鬼の御宿の嫁入り狐

梅野小吹 Kobuki Umeno

アルファポリス文庫

JN090296

https://www.alphapolis.co.jp/

第一話　少女の嫁入り

誰が名付けたのかも定かでないが、晴れているのに降る雨のことを、人々は『狐の嫁入り』と形容する。それを「神聖なものだ」と受け入れる声もあれば、「災いの前触れだ」と畏怖《いふ》する声もあるという。

晴れ間の覗《のぞ》く雲の下。小雨が肌を打つ中で、濡《ぬ》れ羽色《ばいろ》の髪を揺らした小鬼がひとり。此度《こたび》の『狐の嫁入り』は、果たして神聖な吉兆《きっちょう》か？　単なる自然現象か？　或《ある》いは、迫る災いの前触れか――。

「――父上っ！　父上！　大変です！」

雨水を蓄えてぬかるむ土を下駄で踏み抜き、忙《せわ》しなく駆けてきたひとりの小鬼。

高く伸びたクワズイモの葉が密集する中、撥水性《はっすいせい》の高いそれらを雨避け代わりに釣りをしていた男は「あァん？」と気だるげに振り返った。

彼の頭部では二本のツノが雄々《おお》しく雨空を仰いでおり、手には尖爪《せんそう》、口元にも牙が覗いている。金色の短髪と切れ長の目——顔付きは整っていて細身だが、いかにも〝鬼〟といった風格があった。

「どうした、琥珀《こはく》。ドタバタ走るな、魚が逃げちまうだろうが」

「申し訳ありません、父上！　しかしながら、大変なのです！」

「だから何が」

「こちらへ！　早く、来てください！」

釣りに興じる父と同じ二本のツノを持つ幼い子どもは、その腕を掴《つか》むと有無も言わさず強く引っ張る。

強引に腰を上げさせられた父・豪鬼丸《ごうきまる》は、「おぉぃ⁉　急に引っ張んじゃねえ！滑るだろうが！」と語気を強めたが、息子である琥珀は無視して「早く！」と急かした。

いったい何を急いでいるのやら。

おおかた珍しい色の甲虫でも見つけたのだろうと嘆息し、まだ幼い息子に腕を引かれた豪鬼丸は森の奥へと連れ込まれる。

だが、ほどなくして彼は目を見張った。息子が見つけたものは、珍しい色の虫でも、大きな魚でもなかったのだ。

白い獣耳に、三本の尾。ぴくりとも動かない白装束の娘。

地面にくたりと倒れていたのは、ここにひとりでいるはずなどない〝妖狐《ようこ》〟の子どもだった。

「ぬぁっ⁉」

豪鬼丸は思わず驚嘆の声を上げ、幼い少女に駆け寄る。

「こいつァ、妖狐⁉　何でこんな所にひとりで倒れて……ここは鬼の里だぞ！」

「……妖狐？　この子がですか？」

「おォ、どう見たって狐の耳と尻尾《しっぽ》があるだろ⁉　……あ、そういや琥珀は、まだ他の種族を見たことがなかったんだっけか？」

問えば、琥珀は複雑な表情で少女を見つめ、やがて細い声で「ありません……」と答える。

幼い彼は集落の外に出たことがなかった。他種族が里を訪れることも稀《まれ》であるため、鬼以外の種族を目にするのは初めてのことなのかもしれない。

「そうかァ……ったく、妙なもん拾ってくんのはいつもお前だなァ、琥珀」

「この子、死んでしまったのですか……？」

「いんや、呼吸はある。だが、迷子にしちゃ妙だな……普通、俺らみてぇなあやかしは妖力《ようりょく》の匂いで同族の居場所が分かる。それなのにガキがひとりで置き去りにされるなんて……このガキ、まさか妖狐の里を追い出されたのか？」

訝《いぶか》り、豪鬼丸はうつ伏せで倒れている少女を抱き上げた。——その瞬間、彼はことさら大きく目を見張って言葉を失う。

抱き上げた少女の白い着物が、胸部から腹部にかけて、黒く焼け焦げていたからだ。

「……っ⁉　何だ、こりゃ……！」

豪鬼丸は息を呑む。焼けていたのは着物だけではなく、少女自身の肌もだった。特に腹部に惨《むご》い火傷を負っており、火に炙《あぶ》られて間もないのか、傷が膨張して膿《う》んでいる。

スンッ——異臭に交じって鼻を掠《かす》めた残り香に、豪鬼丸は眉をひそめた。

（この匂い……）

覚えのある術の香り。ひとつ、彼の脳裏に疑惑が浮かぶ。

だが、今はそれどころではない。

「琥珀、釣りは中止だ！　お前足速《はえ》ェだろ、急いで母ちゃんのとこに戻って医者を呼ぶよう伝えろ！　このガキ、下手すりゃ死んじまう‼」

熱傷が臓器にまで至っていれば一大事だ。豪鬼丸は即座に彼女を抱え、身をひるがえした。

「わ、分かりました！」

琥珀は頷き、すぐさま地を蹴って自宅へと駆け戻る。豪鬼丸も少女の幼い体に負担をかけぬよう、慎重に抱いて走り始めた。

「おいおい、何だってんだ！　とんでもねえ狐が嫁入りに来やがったな……！」

空は、晴れていながら雨模様。人間が『狐の嫁入り』と呼ぶアレである。

だが、本当に狐が嫁いでくるとは夢にも思わない。ましてや、鬼の里になど。

「ったく、妙なもん拾ってくんのはいつも琥珀なんだよな、本当によぉ！」

吐き捨て、雨に打たれながら、鬼は小さな拾いものを持ち帰ることになるのだった。

◇

四半刻《しはんどき》※も経たぬ間に、鬼の親子は山を下りる。

澄んだ水が流れる河川沿い、立派な木造りの門を構えた大きな屋敷。垂れ下がる紺ののれんをくぐった先にあるのが、羅刹鬼《らせつき》の営む川端の旅籠屋《はたごや》――〝燕屋《つばめや》〟であった。

山で拾った少女が客間のひとつに運び込まれ、数刻が経った頃。琥珀はひとり、その寝顔を覗き込む。

駆けつけた医者がすぐに応急処置を施したものの、少女が目覚める気配はない。熱傷の範囲が広く、体も幼いことから、無事に回復して動けるようになるかどうかも分

※四半刻＝約三十分

からないという。

血の気の引いた顔色。まるで死装束を着た亡骸《なきがら》のようだ。

琥珀は視線を落とし、彼女の手を握り取る。

「……大丈夫。もう怖くない。ここは、強い鬼が守る安全な場所だぞ。安心しろ」

己の爪で傷付けぬよう優しく肌に触れ、琥珀は語りかけた。

細くて浅い呼吸。額《ひたい》に浮かぶ汗。できる限りの負担を指先で拭ってやりながら、琥珀は額に手を置き、ぽつりと口こぼす。

「……熱い……」

「おい、琥珀。ガキはどうなった？」

直後、ふすまを開いて客間に入ってきたのは豪鬼丸だ。琥珀はハッと姿勢を正す。

「あっ、父上！　はい、容態は変わらず、まだ目も覚ましておりません」

「傷も治っていないんだな？」

「はい」

少女の容態を聞き、「そうか……」とどこか遠い目をして豪鬼丸は眉間《みけん》を押さえた。

ここ、燕屋は、彼とその妻が営んでいる旅の宿だ。多くは他の里からやってきた鬼が利用する場所である。

鬼とは本来、同族以外とは馴れ合わない種族。だが、非常に稀ではあるものの、鬼以外の客が宿泊することもある。ゆえに、運び込まれた異種族の狐でも見殺しにされずに済んだのだろう。多少の反対意見はあったが、それでもてきぱきとこの客間を用意してもらえた程度には、少女が受け入れられる環境であったのは不幸中の幸いだった。

琥珀の元へ近づいてきた豪鬼丸は嘆息し、包帯に覆われた少女の腹を見下ろす。

「このガキは、おそらく狐の一族から見放されたんだろう。原因は、この火傷か？」

呟き、彼はその場にしゃがみ込んだ。治らない傷を吟味する父の傍ら、琥珀は黙って俯いている。

「お前も知ってんだろう、琥珀。あやかしの世じゃ、傷物になった女は忌み嫌われる」

「……」

「可哀想に。こんな腹じゃ、もうどこにも貰《もら》い手がつかねえ。里親も見つからねえし、嫁の貰い手だっていねえだろう。たとえこのまま生き残っても、どっかの遊郭《ゆうかく》に引き取られりゃいい方……最悪、地べたで身売りする鉄砲女郎《てっぽうだま》だ」

哀れみつつも冷静に告げる父。琥珀は黙ったまま、彼の話を聞いていた。

強き者が上に立ち、弱き者が虐《しいた》げられるあやかしの世において、傷は弱者の象徴であり、迫害される対象となる。特に女の傷は最も忌み嫌われるため、この少女は妖狐の一族から見放されてしまった――というのが、父の見解だった。

里を追われて捨てられた少女。琥珀は彼女の手を握り、口を開いた。

「……この子は、これからどうなってしまうのですか」

尋ねる琥珀に、豪鬼丸は一瞬口ごもる。ややあって、父は言いにくそうに答えた。

「ひとまずは療養だ。里親も探すが、見つからない場合、遊郭に売りに出す。それでも買い手がつかねえってんなら、山に返すしかねえ」

「山に返す……？　山に置いてくるということですか⁉　それでは、この子を二度捨てることと同義ではないですか！」

「仕方ねえだろ、俺だってどうにかしてやりてえよ。だが、生憎《あいにく》ここは鬼の里だ。蛮族の多い鬼族から里親を探したところで、もっと酷い目に遭わされる可能性の方が高《たけ》ェ……鬼は普通、同族以外を仲間と認めねえからな」

バツの悪い表情でこぼし、豪鬼丸は後頭部を掻きむしる。

琥珀は言いようのない不安を覚えるが、その時ふと、少女のまぶたが微かに動いた。

「……！　起きた⁉」

勢いよく身を乗り出せば、少女の目が薄く開く。「う……」とうめく彼女の手を取り、琥珀は問いかけた。

「大丈夫か？　起きられるのか？　あまり無理をするな、まだ傷が……」

「……や……あなた、だれ……？」

「え？」

「ヨリに、こわいこと、するの……？　やだ、こわいよ、こないで……」

まるで悪夢にうなされているかのように、少女は舌足らずな声で琥珀を拒絶する。

怯えて揺らぐ瞳。青ざめた顔。

琥珀は硬直したが、やがて一瞬だけ苦しげに表情を歪《ゆが》め、離れようとする彼女の手を引き留めた。

「あ、案ずるな、俺は味方だ。ここは羅刹の営む旅籠屋。俺たち羅刹は、鬼族の長《おさ》だ。お前を怖がらせたりしない」

「……はたごや……？」

「ああ、宿泊する場所のことを旅籠屋という。そして俺たち羅刹の一族は、罪なき者を守り、罪深き者を斬るのが責務。……だから、俺にはお前を守る理由があるんだ」

琥珀は日頃から父に教わっている通りの言葉を紡ぎ、「怖がらなくていい」と言い聞かせる。

少女は状況がまだよく分からないらしく、不思議そうに琥珀を見つめていた。しかし敵意がないことは理解したのか、やがて安堵したように強張っていた表情が緩む。

「……ヨリに、こわいこと、しない……？」

「ヨリ？　それはお前の名か？」

「分から、ない……なにも、おぼえていないの……でも、わたしは、ヨリ……」

弱々しく告げ、ヨリと名乗った少女の手からは徐々に力が抜けていった。「おい！」と琥珀が呼びかけても、意識はとぷりと深く沈み、完全にまぶたが閉じ切ってしまう。

「父上……」

琥珀が細く呼びかけると、豪鬼丸は身を乗り出し、汗ばむヨリの額に触れた。

「熱が高い。かなり弱ってやがるな」

「……」

「それなりに妖力があれば、自分の治癒力だけで傷や熱なんぞすぐに消えるはずだが……このガキの怪我は、一向に治る気配がねえ」

「それは、つまり、この子には妖力がないということですか……？」

「ああ。〝傷が残る〟っつうのは、そういうことだ。〝妖力がない〟ってことが浮き彫りになるから、傷のある女は世継ぎに期待されず迫害される」

冷静に紡ぎ、豪鬼丸はヨリの頭を撫でた。

傷が治らないのは、彼女の妖力が弱いから。つまりこのまま、彼女の傷は治らず、おそらく一生肌に残る。〝弱き者〟である証《あかし》として、肌に残されたその刻印に、自身の価値を生涯蝕《むしば》まれ続けるのだ。

琥珀は焦燥を抱き、豪鬼丸の着物の袖を引いた。

「ヨリは、今後どうなるのですか……」

「……さっきも言ったろ。まずは療養。命が助かれば、貰い手を探す」

「そういうことではありません。もし、貰い手が見つからなかったら？　誰もこの子を歓迎してくれなかったら？　里から、また追い出されてしまったら……？」

「……」

「その時、この子は、野垂《のた》れ死《じ》ぬしかないのですか……？」

息子の問いに、豪鬼丸は肯定も否定もしない。ただ「可哀想にな……」とヨリの白い髪を撫でている。

誰にも必要とされない少女。本当の親に捨てられ、弱者の烙印《らくいん》を焼き付けられた、哀れな子ども。たとえ生き残ったとしても薄命だろう。帰る家もなく、嫁ぎ先もなく、子も成せず——孤独を背負って苦しみながら生きていくことになる。

琥珀は唇を噛み締め、眠るヨリを見つめたまま言い放った。

「……であれば、俺がもらいます」

静かに、されど重く告げた一言。豪鬼丸は訝しげに顔を上げた。

「……は？　今なんて？」

「俺がヨリを嫁にもらうと言いました」

「ああ、なるほど、嫁に――……っはあああ⁉」

　想定外の発言に、豪鬼丸は思わず声を張り上げる。しかし、琥珀の眼差しは真剣そのもの。彼は黄褐色の目でまっすぐと父を射貫き、さらに続けた。

「このまま地べたで野垂れ死にさせるなんて、俺にはできません！　ヨリは悪いことなどしていないじゃないですか！　俺は羅刹です！　罪なき者を守るのが羅刹の責務なのでしょう⁉　であれば俺がヨリを嫁にもらいます！　俺がヨリを守ります！」

「おまっ……待て‼　瓜坊《うりぼう》飼うってわけじゃねえんだぞ⁉　嫁にするって意味分かってんのか⁉」

「分かっております！　守りたいと思った女子《おなご》を、生涯かけて幸せにすると誓うことです！」

　琥珀は一切の迷いもなく、堂々と自身の見解を言い放つ。その眼光はやけに強く、逆に豪鬼丸が狼狽《うろた》えた。

「父上が、以前仰《おっしゃ》っていました。『生涯をかけて守りたい女ができた時、その女を幸せにするために嫁にもらう』と。『一生をかけて嫁と家族を守り抜くのが男だ』と」

「いや、確かに言ったことあるが……っ」

「俺は、ヨリを守りたいです。……ヨリを、幸せにしたいのです」

　純粋無垢《むく》な双眸《そうぼう》。懇願するように向けられた視線。その目はあまりに眩しく、豪鬼丸は息を呑むばかりだ。

父には分かっている。息子はまだ幼く、色恋の〝い〟の字も知らない。哀れみによって感情が揺さぶられ、自身が知っている数少ない言葉を使って、ただ「この子を助けてあげたい」と宣言しているだけなのだ。

けれど、その思いが決して生半可な気持ちではないことも、父はよく知っている。息子は息子なりに、真剣に、ヨリの傷を労《いたわ》り、庇《かば》おうとしているのだと。

「お願いいたします、父上」

改めて呼びかけ、一歩前に出た琥珀。畳の上に両手をつき、深々と頭を下げた。

「この子を、俺にください」

「……本気か？　半端な覚悟で言ってんなら、俺は怒るぞ？」

「中途半端な覚悟で申し上げているのではございません。俺が証明いたします。今後、この子を守り、幸せにすることで、必ず」

熱のこもる宣言。豪鬼丸は目を細め、ガシガシと後頭部を掻きながら深いため息を吐きこぼす。

「はあ……。ったく、参ったたな」

だが、呆れたような言葉とは裏腹に、その表情は嬉しそうにほころんでいた。

「――俺の完敗だ」

豪鬼丸が告げた途端、琥珀の顔がパッと上がる。目が合った父は、どこか誇らしげに我が子を見ていた。

「いやあ、我が倅《せがれ》ながら恐れ入ったぜ、将来が恐ろしい」

「え？　なぜ、父上が俺を恐れるのです？　母上が怒った時の方が恐ろしいです」

「お前はすげえ奴だって言ってんだよ！　あー、なんか色々考えてた俺が馬鹿らしい！　よォし分かった、琥珀！　お前がヨリを嫁にもらえ！」

勢い任せに許可を出せば、たちまち琥珀の瞳が輝いた。「よいのですか⁉」と声を張った息子に「ちゃんと幸せにしてやれるならな」と付け加え、豪鬼丸は腰を上げる。

障子戸を開けて縁側《えんがわ》に出れば、空には月がのぼっていながら、やはり雨模様。

人間が『狐の嫁入り』と呼ぶアレである。


「難儀だねえ」

呟き、豪鬼丸は眠る少女を一瞥《いちべつ》した。

「鬼の元へ嫁ぎに来るなんざ、このガキはなかなか素質があらァ」

「素質とは？」

「かーちゃんみてえな鬼嫁の」

「ひっ⁉　こ、このように愛《う》い娘が、母上のような恐ろしい般若《はんにゃ》になるのですか⁉　何かの間違いでは⁉」

「誰の嫁が般若だ！」

目尻を吊り上げて叱咤され、身をすくめる琥珀。そんな彼に手を握られながら、少女は眠り続けている。


鬼のような牙も、爪も、ツノもない。

腹に消えない傷のある小さな娘は、その日、鬼の御宿に引き取られたのだった。

第二話　傷物の異種族

雄々しくそびえ立つ曙山《あかつきやま》の、鋭い矛が天を穿《うが》つ山岳地帯の中央は、まるでぽっかり切り取られたかのように三日月型に拓けている。

ここは鬼の一族が棲《す》まう山間《やまあい》の隠れ里。

通称『織月《ひづき》の里』だ。

悪鬼《あっき》から神鬼《しんき》まで、この地の近辺には様々な〝鬼〟が棲む。緩やかな時が流れる長閑《のどか》な田舎《いなか》盆地――だが、蛮族が悪さをすることもままある辺境の地であった。

そんな鬼の里の旅籠屋に、毛色の違う少女がひとり。特徴的な白い耳を立て、廊下を素早く駆け抜けた彼女は、抜き足、差し足、忍び足……そおっと土間の台所に忍び込み、揚げたての獲物に手を伸ばす。

しかし、その悪巧《わるだく》みはすぐに制された。

「コラァ、縁《より》！　つまみ食いするのはやめなさい‼」

「いたあっ‼」

伸ばした手を強く叩かれ、尻尾の柔毛がぶわりと逆立つ。

齢《よわい》が十六となった妖狐の少女――縁。

彼女はひりひりと痛む手をさすり、唇を尖らせながら目の前の鬼を見上げた。

「お、女将《おかみ》様、手を叩くなんて酷いです……ちょっと味見しに来ただけなのに……」

「なーにが『ちょっと』だ、この大喰らい！　放っといたら全部食っちまうだろうが！」

「な、何のことだか～」

燕屋の女将として旅籠屋を切り盛りする女傑の鬼・玖蘭《くらん》は、修羅のごとく目尻をつり上げて怒気を放つ。が、大喰らい扱いされた縁は目を逸らしてとぼけるばかりだ。

そばで見ていた飯炊きの仲居が「まあまあ、そうお怒りにならなくとも」と微笑むも、玖蘭は容赦なく縁の首根っこをつまみ上げた。

高身長な鬼の女と、小柄な縁。種族の違いもあり、体格の差は歴然。もはや小動物がつまみ上げられているも同然である。

「そうやってすぐ甘やかすから、こんなにふてぶてしく育ったのよ！　あれはお客様用の天ぷらなんだから、つまみ食いはだめだって厳しく言い聞かせないと！」

「はあ、そうですねえ……」

「まったく……。ほら、縁、反省したんだったらこっちの天むす食べな。あんた用に大きいの作っといたから。かき揚げもあるからね、好きでしょ？　あとで甘味も食べる？」

「はいっ！　もちろんです！」

「……一番甘やかしてるのは女将様じゃないですか」

口では甘やかすなと言いつつ、ちゃっかり縁専用のおむすびをこしらえていた玖蘭に仲居は呆れる。冷ややかな視線に気づきながらも、彼女は知らん顔で縁を降ろして両腕を組み、こほんっ、と咳払いをするのだった。

幼い頃に山で拾われ、大火傷を負いながらも一命を取り留めた少女。それが縁である。

目を覚ました当初は鬼の一族を警戒し、部屋の隅で泣いてばかりいた彼女だが、今となってはそんな過去など忘れるほどに表情も明るくなり――むしろふてぶてしく育ち――すっかり鬼の宿に馴染《なじ》んでいる。

竹皮にくるまれた天むすとかき揚げをもらった縁は満面の笑みを浮かべ、それらを袖口にしまい込んだ。

「あ、そうだわ、縁」

そのまま台所を去ろうというところで、ふと玖蘭に呼びかけられて顔をもたげる。

彼女は竹皮にくるまれた天むすをもうひとつ手に取り、縁に手渡した。

「これ、琥珀の分に作ったんだけど、持たせるの忘れちゃってね。豪鬼丸と一緒に川で釣りしてるだろうから、届けてくれる？」

「え……わ、私が？　若様に、ですか？」

「あら、嫌なの？」

「い、いえ！　嫌というわけでは……！」

ぴんと尻尾を立て、緊張感をあらわに背筋を伸ばした縁。彼女の言う〝若様〟とは、この宿の次男である鬼・琥珀のことを指している。

つまるところ、この宿で共に育った玖蘭の息子なのだが――近頃の縁は、琥珀に対して、少しばかり気まずさを抱えていた。

「何よ、琥珀と喧嘩でもしたの？」

なかなか動こうとしない縁に玖蘭が問えば、「いえ……」と尻尾を垂れ下げた縁が答える。

「別に、喧嘩したわけではないのです。ですが……その、何というか、少しだけ、若様に近づきがたいと言いますか……」

「はあ？　今さら何言ってんのよ、あんたたち許嫁《いいなずけ》みたいなものでしょうが」

「許嫁⁉︎　そんな、とんでもございません！　いくつの頃の話をしているのですか！」

縁は頬を赤らめ、玖蘭の発言を真っ向から否定した。

確かに幼い頃から、縁は「琥珀が縁を花嫁としてもらい受けると宣言したおかげでこの宿に引き取ってもらえたのだ」と聞かされてきた。しかし、そんなものは子どもの発した口約束であり、可哀想な境遇を哀れんだ延長で放たれた言葉なのだろうということぐらい、もう理解できる年頃になったのだ。琥珀のおかげで命拾いしたのは確かだが、許嫁などと言われるのは、やはりいささか恐れ多い。

「そもそも、私は、鬼ではありません……」

縁は視線を落とし、自身の着物をぎゅっと握った。

「種族の違《たが》う私が許嫁だなんて、もし他の鬼の耳に入れば笑われてしまいますし、若様の尊厳に関わります。……若様には、もっとお似合いの方がおられますよ」

「……ふーん」

「あっ、でも、もちろん若様のことは、共に育った兄妹だと思ってお慕いしております！　決して嫌いというわけでは……！」

「はいはい、分かった分かった」

嘆息し、玖蘭は再び縁をつまみ上げる。そのままぽいっと台所から放り出した。

「何でもいいから、さっさと行きな。日が暮れちまうだろ」

「ですが、女将様……」

「ほーら、いつまでもグズグズしない！　今夜の夕餉《ゆうげ》抜きにするわよ！」

「それは困ります！　今すぐお届けに行って参ります！」

ころり、態度が一変する縁。今夜の夕餉を引き合いに出された途端、渋っていたのが嘘のように背筋を正して彼女は土間を出ていった。その様子に、玖蘭はやれやれと肩をすくめる。

「ほんと、あの子ったら食い意地張ってるんだから。今夜の夕餉もたくさん作ってあげないといけないじゃない、はあ～まったく困ったわ」

「女将様、甘やかしすぎです」

「コホンッ、うるさい！」

仲居の指摘を一蹴し、玖蘭は仕事に戻るのだった。

◇

縁が燕屋を出てから、少しの時が過ぎた頃。

彼女がいたのは川ではなく、なぜか森の中だった。

「……どうして、こんなことに……」

ばさ、ばさ、どこからともなく響く無数の羽音。背の高い木々が密集する森の中には、陽の光もほとんど届かない。

なぜこんなことになったのか。理由は至極単純だった。うっかり転んだ拍子に天むすとかき揚げの入った包みが地面に転がり、滑空していた鳶《とび》がそれを掴んで攫《さら》っていったのだ。

鳶は森へと飛び去ってしまい、縁はそれを追いかけた。結果、森に入ったところで姿を見失ったというわけである。

「どうしよう……若様の昼餉《ひるげ》が……」

縁は顔を青ざめさせた。鳶に天むすを取られてしまうなど一生の不覚。このことが女将の耳に入れば一大事だ。正座で説教、夕餉抜き、反省文、厠《かわや》の掃除、その他諸々……これまで経験した数多《あまた》の罰が脳裏を飛び交い、般若のごとき顔と怒鳴り声を想像するだけで身震いする。

今すぐ鳶を追いかけなければ。だが、森の中が危険だということぐらいは、冷静さを欠いた頭でも理解できていた。この先に進むのはやめておいた方がいい。森の奥には悪鬼が潜んでいる。

(私ひとりじゃ、獣に襲われても戦えないし……)

しばらく迷っていた縁だったが、結局引き返そうという考えに落ち着いた。下手に深追いして怪我をしようものなら、その方が女将に怒られるということも、長く過ごすうちに彼女が心得た教訓だからだ。何だかんだで身の安全が第一。縁に何かあれば、女将が悲しんでしまう。

そうして身をひるがえした彼女だったが——不意に響いた声によって、縁の賢明な判断は根元から手折《たお》られることとなった。

「あーら！　奇遇ねえ、こんなとこで何してんのよ、害獣！」

無邪気に放たれた高い声。ぎくりと身を強ばらせる縁の正面にいたのは、同じ里に住む鬼の少女たちだった。

ぎらつく瞳と、端麗な容姿、乳白色の短いツノ。いずれもまだまだ子どもだが、鬼の子ゆえに背丈は縁よりも大きい。そんな彼女たちに周りを囲まれ、縁は露骨に表情を歪める。

「げえ……」

「は？　あんた今『げっ』て言った？　身のほど知らずのチビ狐」

「……言っておりません」

「いいえ言ったわ！　狐のくせに生意気！」

腕を組んで縁を蔑《さげす》み、高飛車な女たちは迫ってくる。揃いも揃ってよく知った顔だ。

縁は面倒そうにそっぽを向いた。

「ちょっと、無視するつもり？　チビ」

「羅刹の御宿に住んでるからって調子に乗るんじゃないよ！」

「獣くさくてほんと迷惑」

「琥珀様も豪鬼丸様も、ひとりぼっちで捨てられてた可哀想なあんたを仕方なく面倒見てるだけだって分かってる？　鬼の里に弱っちい狐がいると邪魔なんだから！」

「さっさと里から出ていけ！」

鬼の少女たちは縁を囲い、敵意をあらわに突っかかってくる。縁は口答えなどしなかった。こんなやっかみにも慣れたものなのだ。

彼女たちのような一般的な鬼よりも、〝羅刹〟は高い身分にある。そんな羅刹の旅籠屋に異種族でありながら引き取られ、それなりに可愛がられて暮らしている縁が目の敵《かたき》にされるのは至極当然だった。

心を無にして、聞き流す。それが、里の鬼たちから煙たがられている縁が自分で編み出した処世術である。

だが、時折、その術が効かないこともある。

「そもそも腹に傷がある女なんて、どうせまた捨てられるわよ。気色悪い」

腹に傷のある女――その言葉につい反応し、縁は思わず鬼の少女を睨《にら》みつけた。しかし彼女たちは怯《ひる》まず、冷たい視線を返される。

「何よその目」

「狐が鬼を睨むなんて何様？」

「生意気なんだよ！」

ドンッ。睨んだことが癪《しゃく》に障ったのか、彼女たちは縁の肩を掴み、強い力で突き飛ばした。鬼に比べて体躯《たいく》の細い縁は簡単によろめき、斜面で足を踏み外す。

「わ……っ！」

バランスを崩し、そのまま滑落。落ち葉をまとってゴロゴロと転がり落ちてしまった。

転落した彼女が「痛ぁっ！」と声を上げて枯葉の山に突っ込んだ瞬間、鬼たちは一斉に笑い出す。

「あっははは っ！　葉っぱに突っ込んでやんの！」

「間抜けー！」

「そのまま餓鬼《がき》にでも食われちまえ！」

愉快に笑い、おまけの礫《つぶて》を投げたのち、女たちは去っていく。木の葉に埋もれた縁は背の高い木々を見つめたままその場に寝そべり、やがて顔に張り付いた土や枯葉を払った。

「いっ、たぁ～……うう、あの性格の悪い雌鬼《めすおに》め……！　あーもう、絶対ほっぺ擦剥いちゃった……女将様に怒られる……」

悔しげにぼやいてひりつく頬に触れれば、やはり微量の血が滲《にじ》んでいる。おそらく数日で癒える程度の軽い怪我だろうが――その〝数日〟が、あやかしにとっては長いのだと、縁は知っていた。

ぎゅう。無意識に、縁は着物の帯を握り込んだ。

この下にあるのは、一生消えない火傷の痕《あと》。

自身を縛る〝傷〟に触れ、縁は目元に浮かんだ雫《しずく》を拭う。

「う……」

傷が治らないということは、妖力がないという証だ。

弱き者であり、異端であるという刻印。

同族からも、他種族からも、蔑まれて忌避される。

「この傷さえ、治せたら……」

弱音を紡いだその時――縁の耳は、たどたどしい声を拾い上げた。

「コッチ、コッチダ、コッチ」

「！」

途端に身を強張らせ、縁は素早く身を起こす。木の葉の山に埋もれて周囲を警戒すれば、ほどなくして緑みがかった痩躯《そうく》に簡素な布を巻き付けただけの小さな鬼たちが現れた。

（……餓鬼⁉）

森に棲まう蛮族の登場に、縁は小さく息を呑む。

餓鬼とは、暗がりに生息している妖魔《ようま》であり、満たされない食欲を満たそうとする悪鬼の一種だ。獣もあやかしも見境なく食べてしまうような暴食ぶりで、見つかれば確実に喰らおうと襲ってくるだろう。

一般的な鬼であれば簡単に退治できるような相手だが、狐の縁では到底太刀打ちできない。危険だと判断し、声を出さぬよう口元を押さえた。

（どうしよう、さっき斜面から落ちたせいで、餓鬼の棲家の近くまで来ちゃったんだ。逃げなくちゃ……）

息をひそめ、その場を離れようと少しずつ後退する。

しかし、彼女の背中は突如ずしりと重くなった。

「――キツネ！　キツネダ！　ウマソウナキツネ！」

「……っ!!」

刹那《せつな》、鼓膜を叩いた金切り声。後方から近づいてきたらしい餓鬼の一匹が縁の背に張り付いたのだ。

ひゅ、と息を吸い込んだ瞬間、喚いていた餓鬼の口が大きく開く。生え揃った鋭い牙は縁を喰らおうと瞬《また》く間に迫ったが、腕に食い付かれるという間際、彼女は咄嗟《とっさ》に餓鬼を振り払って蹴り飛ばした。

——ビリィッ！

びっしりと生え揃った牙に容易《たやす》く攫われる着物の袖。同時に縁は立ち上がり、木の葉の中から飛び出して地面を蹴る。

「キツネ！　キツネ！　マテ！」

餓鬼たちは叫び、群れをなして追ってきた。縁は懸命に走ったが、下駄ではうまく走れない。

「っ、いや！　来ないで……っ！」

情けない声を紡ぎ、とにかく森の入り口を目指して駆け戻った。しかしいくら走れど一向に森から出られず、むしろ彼女は暗がりの深部へと入り込んでいく。

焦燥ばかりが胸を覆う中、突出していた木の根にまで足を取られ、縁の体は大きく傾いた。

「うあっ……⁉」

どしゃり。体は地面に叩きつけられ、膝が擦れて熱を持つ。下駄の花緒も切れたらしく、足首まで痛みを訴えていた。すぐに立ち上がろうとするも、痛みと恐怖で力が入らない。振り返れば、複数の餓鬼たちがすぐそこまで迫ってきている。

「嫌……！」

背筋が凍りつき、襲いくるのは言いようのない恐怖。

縁は固く目を閉じ、気がつけば縋《すが》るように、いつも自分を守ってくれる彼の名を口走っていた。

雲間に浮かぶ朧月《おぼろづき》のような、静かに見つめる黄褐色の目が、記憶の中で揺らぐ。

「琥珀……っ‼」


――ゴウッ！

直後、肌に感じたのは強い突風。続いて鋭い音が耳鳴りを伴って閃《ひらめ》いた瞬間、近くで何かがごとりと倒れた。

弾かれたように顔を上げた先で揺らぐのは、出会った頃と変わらぬ濡れ羽色の髪。

そして、あの頃よりも大きくなった背中。

霞《かす》む雲間の朧月は、餓鬼の群れを静かに睨み、やがて重々しく口を開いた。

「……笑えないな、悪鬼共。この地が羅刹の縄張りだと知っての狼藉《ろうぜき》か？」

ぴり、ぴり、雷気《らいき》を含む細かな粒子が、冷ややかに問う琥珀の周囲を浮遊している。

鞘《さや》から抜かれた白刃は周囲で唸《うな》る餓鬼たちを常に捉えており、すでに斬り伏せられた一匹は塵《ちり》となって消えてしまっていた。

底冷えするほどの殺気をまとい、琥珀は低く警告する。

「去るがいい。今の俺は虫の居所が悪い。一歩でも近づけば、その身が果てるものと思え」

しかし、相手は危機感よりも食欲が勝る暴食の鬼だ。

目の前の妖狐《えもの》しか見えていない化け物に、もはや聞く耳などない。

「キツネ！　キツネ！　キツネ！　クウ！」

不気味に繰り返し、一切退く気のない餓鬼たち。琥珀は「警告はしたぞ」と冷たく吐き捨てた。

「去らぬのならば、斬り伏せるまで」

――それからは、まさに一瞬である。

白刃が青く閃いた刹那、琥珀は体勢を低めて地を蹴った。風を裂く瞬足《しゅんそく》と、雷粒《らいりゅう》を散らして悪を断つ剣先。目にも留まらぬ斬撃を受けた餓鬼たちは次々とその場に倒れ、まだ息がある餓鬼も全身に迸《ほとばし》る痺れによって動きを封じられる。

長い睫毛《まつげ》の下、伏せた黄褐色の瞳。愚者に手向《たむ》ける慈悲の色など、どこにもない。

「発破雷々《はっぱらいらい》――滅せ」

キンッ――琥珀が刀を収めた頃。天から落ちる号哭《ごうこく》さながらに、結びつけられていた見えない糸が爆音を伴って雷撃を送り込んだ。感電した餓鬼たちは声も出ぬ間に灰燼《かいじん》となり、風に吹かれて四散する。

響く轟音《ごうおん》。まるで雷神が怒りに任せて打ちつけた太鼓の音のよう。

悪を一網打尽にした琥珀の背後、塵と化した鬼の残滓《ざんし》は風に溶け、遠のいていた静寂が戻ってくる。

朽ちた愚者を冷たく睨み、琥珀はおもむろに踵《きびす》を返した。

そして、すっと息を吸い込む。

「――縁！」

鋭く呼びかけられ、それまで腰を抜かして傍観していた縁は大袈裟《おおげさ》に肩を揺らした。

恐る恐る見上げた先には、眉根を寄せ、怖い顔で近づいてくる琥珀の姿がある。

ああ、怒っている。とてつもなく怒っている。絶対に怒鳴られる。

「ご、ごめんなさ……っ」

怒号を覚悟し、潔《いさぎよ》く謝ろうと口を開いた縁。だが、即座に両肩を掴まれたことで、吐こうとした言葉をすべて呑み込んだ。

　至近距離に迫る端整な顔。怒られるに違いないと身構える彼女。

　しかし、彼から放たれた言葉は、咎《とが》めるようなそれではなく。

「怪我は」

「……え？」

「怪我だ、さっさと言え。この顔の傷だけか」

　真剣な顔で問いかける琥珀。縁は戸惑い、しどろもどろに答えを紡いだ。

「あ、足が……」

　痛いです、とこぼした瞬間、琥珀は深いため息を吐き出した。呆れた表情。落胆されたように感じ、縁の胸に蔓延《はびこ》っていた居心地悪さがことさら膨らむ。

「この馬鹿が……」

　毒づきながら、琥珀は軽々と縁の体を担ぎ上げた。

　米俵のような扱いに「ひゃあ⁉」と狼狽《うろた》える縁だが、彼は構わず歩き出す。

「あ、あの、若様……」

「黙れ、文句は聞かん。森にひとりで入るなと言っただろう。帰ったら母上に説教してもらうからな、縁」

「ひっ……ご、ごめんなさい、それだけは勘弁してください！　夕餉抜きにされてしまいます！」

「自分の飯の心配をしている場合か、お前が餓鬼の餌になるところだったんだぞ。少しは叱られて反省しろ」

「そんな……わあっ⁉」

それまで肩に担がれていた縁の体は突然半回転し、気がつけば易々と姫抱きにされていた。「重い。こっちの方が楽だ」などと余計な言葉を発する琥珀に、縁はムッと眉根を寄せる。文句のひとつでも言ってやろうかと口を開きかけたが、突如彼の顔が至近距離に迫り、こつりと額が合わせられたことで再び縁は口をつぐんだ。

互いの額に触れ合うこの行為は、琥珀いわく〝安否確認〟のひとつだという。

傷が付きやすく病にかかりやすい縁が発熱していないかどうかを確認しているらしいのだが、もはや子どもではない年頃の縁は気恥ずかしさを覚えて頬を火照《ほて》らせ、密着する琥珀の胸を押し返した。

「や、やめてください若様！　熱などありません！　元気ですから！」

「お前、たとえ熱があってもそう言うだろう。大人しくしてろ」

「うう……そ、そんなことより、どうして私の居場所が分かったのですか？　結構森の奥深くまで来ちゃったのに……」

ぎこちなく問えば、琥珀はようやく額を離し、そっと顔を逸らして答える。

「森からかき揚げの匂いがした。どうせお前だろうと考えて追ってきたんだ。大方、猿にでも飯を取られて森に迷い込んだんだろう」

「う……！　ち、違います、鳥に取られたのです……」

「どちらでも同じだ、阿呆」

琥珀はそっけなく告げ、縁を姫抱きにしたまま森を離れていく。縁は複雑そうな表情で彼の腕の中に収まっていた。その脳裏には幼い頃の優しい琥珀の姿がよぎっていたが、どういうわけか、今ではそんな面影はほとんどない。

出会った頃の、素直で可愛げのある心配性な少年はどこへやら。成長するにつれ、琥珀はつっけんどんな態度で縁を冷たくあしらうようになってしまった。

以前はもっと仲がよく、「琥珀」と気軽に呼びかけて、喧嘩のひとつもせず一緒に遊んでいたのだが……。

――たかが狐の小娘が。

――身のほど知らず。

――羅刹の一家の面汚し。

その時、縁の脳裏には他者から投げつけられた過去の言葉まで飛び交ってしまい、無意識に唇を噛み締める。

「縁」

だが、不意に呼びかけられ、彼女は我に返った。

「どうした」

「あ……い、いえ、何でもありません！　お、お腹すいたなって」

「はあ……この大喰らいが」

呆れ顔で皮肉を紡ぐ琥珀。そんな彼の腕の中で儚《はかな》げに笑う縁のぎこちない表情を、木の上でかき揚げをついばむ泥棒鳶が、物言わず眺めていた。

第三話　鬼は狐を嫌う

空の赤が暮れ落ちて、山の向こうに沈んでいくのは一瞬だ。

朝晩の移ろいはあれど、四季の移ろいはない幽世《かくりよ》。桜と紅葉が寄り添い合う中庭の、池の水面《みなも》に星が散らばった頃、縁は黒ずんだ指の先で硯《すずり》に墨を溶かしていた。

「ねえ、聞いたかい？　縁お嬢さんの話」

りん、りん。

日の入りを終え、鳥も寝静まった夜の縁側で、虫の歌声に交じり、耳に届く噂話。

それを拾い上げた縁は顔を上げることなく黙って俯き、己の気配を殺していた。

「聞いた聞いた、まーた顔に傷作って帰ってきたんだろう？」

「まったく、お転婆《てんば》なのはいいけど、あんな風に堂々と顔を傷付けられちゃたまらないよ。燕屋《うち》の評判が落ちるじゃないか」

「本当よね。女将様が怒るのも当然だわ。傷が残るなんて恥ずかしい……なんで妖力もない狐なんか、いつまでもここに置いてるのかしら……」

ぴく、ぴく。白い耳が拾い上げるのは、裏庭でひそめき合う若い仲居たちの声だ。

旅籠屋で長らく暮らしていると言えど、ここで働くすべての鬼たちが縁を歓迎しているわけではない。特に最近入ってきたような若者たちは、とにかく〝狐〟という異分子をこの宿から排除したがっている。

ほどなくして女たちの声が遠のいても尚、胸にちくちくと棘《とげ》が刺さるような心地は消えなかった。縁は黙って俯いたまま、右手に持った筆の先を硯の中の墨に浸《ひた》す。

鬼は狐を嫌うのだ。そんなことは痛いほど分かっている。

「よお、縁。反省文進んでるかぁ？」

その時、居間へ続く障子戸ががらりと開いた。

短い金髪に、だらしなく着崩した褐色の着物。その場に現れた壮年の鬼はにんまりと口角を上げ、縁に近づいてくる。

　一瞬身構えた縁だったが、彼の姿を認識すると緩やかに肩の力を抜いた。そして、ぺこりと小さく会釈する。

「豪鬼丸様……おかえりなさい」

「おう、ただいま。ところでお前、今日森の奥で餓鬼に食われかけたって？　玖蘭が激怒したらしいじゃねえか、大丈夫か？」

「だいじょびません……」

「だろうなァ、目が死んでやがる」

　旅籠屋の主・豪鬼丸に苦笑され、縁はゆるゆると視線を落とした。

　彼女と琥珀が帰宅してから、数刻。普段であれば夕餉を食しているはずの頃合。燕屋に帰宅した豪鬼丸が見たものは、縁側に正座させられて腹の虫を唸らせながら反省文を書かされている縁の姿だった。額には墨を塗られ、戒《いまし》めのごとく〝晩飯抜き〟と記されている。どうやら玖蘭が綴《つづ》った文字らしい。

「ははっ、よほど叱られたらしいな」

　豪鬼丸は笑い、涙ぐむ縁の隣にあぐらをかいた。

　筆の先を墨に浸したまま、縁は「不名誉な傷を作ってしまい、申し訳ありませんでした……」と消え去りそうな声を紡いでいる。頬に付いた擦り傷はすでにカサブタになっているが、まだ消えそうにない。

──そもそも腹に傷がある女なんて、どうせまた捨てられるわよ。気色悪い。

森の中で他の鬼に投げ放たれた言葉が、今になって、ちくりちくりと胸を刺す。

「あの、豪鬼丸様……」

「んー?」

「私、豪鬼丸様に拾ってもらって、この御宿に置いてもらってから、もう随分と経ちます。……でも、私みたいな弱い狐が、この里で鬼と一緒に暮らしているのは……やっぱり、迷惑ですか?」

か細く、掠れた声で問いかける縁。俯く横顔には不安と哀愁が滲んでいる。今にも泣いてしまいそうな憂いすら伝わってくる中、豪鬼丸は柔く口角を上げ、彼女の手から不意に筆を取り上げた。

「縁よ」

「……はい」

「お前、自分の名がどういう字なのか知ってるか?」

唐突な問いかけに、縁は顔をもたげる。目が合った豪鬼丸は優しい表情で彼女を見ていた。

「……? は、はい。〝縁《えにし》〟という字を書いて、〝より〟と読みます。豪鬼丸様からいただいた字です」

「そうだ。〝えにし〟ってのは、簡単に言うと他者との繋がり。種族の違うお前が、この里で孤独を覚えなくていいように、鬼との縁《えん》を大事に繋ぎ止めていられるように。……俺は、お前にこの字を与えた」

豪鬼丸は縁の手を取り、華奢な手の甲に彼女の名を記す。

縁――この字は、山に捨てられていた彼女が、豪鬼丸から最初にもらい受けた大事なものだ。〝ヨリ〟という名前自体は、十年ほど前、火傷を負って拾われた直後に自分自身で名乗った言葉らしい。しかし、縁はあの頃の記憶が曖昧《あいまい》だった。その名を告げたことも覚えていないし、火傷を負った時のことすら記憶にない。

「鬼は確かに、力関係を何より重視するし、鬼という一族の血に誇りを持つ。だが、ここは羅刹の営む旅籠屋だ。羅刹は他の鬼と違い、か弱き者を守る責務がある」

「か弱き、者？」

「ああ。その昔、羅刹はただの悪鬼だった。だが御仏《みほとけ》の元で改心したのち、咎を屠《ほふ》り、罪なき者を守る鬼になったんだ」

幼な子に昔話でも語るように、豪鬼丸は縁を抱き上げ、自身の膝の上に乗せる。縁は「ご、豪鬼丸様、おやめください！」と抵抗したが、痺れた足では抗いきれず、強引に豪鬼丸の膝に乗せられてしまった。

「だ、だめです！　私のようなただの狐が、羅刹のお膝に乗るなんて……！　それに、私、もう子どもではありません！」

「なーに言ってんだ、昔からこうやって膝に抱いてたろ？　それに、俺にとっちゃ、お前らはみーんないつまでもガキだよ」

「ですが！」

「まあまあ、大人しく聞け縁。俺たち羅刹にとって、種族の違いは関係ねえ。相手がたとえ言葉の通じねえ動物でも、野蛮な人間でも、罪があれば斬るし、罪がなければ守る。ただそれだけのことなんだって」

豪鬼丸は虫の音の中で笑い、優しく語る。縁は後ろめたさすら感じながらそわそわとしばらく落ち着きがなかったが、やがて抵抗を諦めたのか大人しくなり、聞き慣れない言葉に首を傾げた。

「……人間、とは、何ですか？」

「あァ、お前、人間を知らねえのか。まあそうさな、お前は昔の記憶がないんだ。鬼の里に来る前に聞いたことがあっても、覚えているわけがねえ」

「も、申し訳ありません……。あの火傷を負った時のことを考えても、前後の記憶があやふやで、頭に霧がかかったみたいになって、いまだに何も思い出せないのです……」

「謝る必要なんざねえだろ、きっとろくな記憶じゃねえんだ。無理して思い出さなくてもいい」

豪鬼丸は縁の頭を撫でて言い聞かせ、〝人間〟についての説明を始めた。

「人間ってのは、現世《うつしよ》に棲む神様だ」

「かみさま？」

「御仏にはほど遠い神だがな。奴らは現世を支配していて、欲深い連中だ。同族同士の殺し合いが当たり前に行われることもさることながら、鬼の首を取れば英雄になれると思っていやがる蛮族さ」

「ひっ……⁉ そ、そんなに怖い種族がいるのですか⁉」

「まあ、すべてがそうとは限らねえが……もし人間の姿を見るようなことがあれば、絶対に関わるなよ。曙山には現世に繋がる社《やしろ》があって、稀に人の子が迷い込むことがある。お前は狐だからすぐ攻撃される心配はねえかもしれねえが、用心するに越したことはねえ」

「は、はい、近づきません！」

ぴっ、と背筋を伸ばす縁。その頭を乱雑に撫でてやれば、耳がひょこひょこと動いて柔らかく目尻が下がった。ことごとく感情の分かりやすい狐である。

「まあ、何にせよ、俺らは何があってもお前を守るってことだ。種族の違いなんざ気にするな」

　牙を覗かせて笑った豪鬼丸に、縁は照れくさそうにはにかんだ。しかしやがて、そろりと視線を落とす。

「……若様も、同じように、思ってくれているでしょうか……？」

　自信なさげに問えば、豪鬼丸はニヤついて目を細める。

「んー？　琥珀か？　アイツにゃァ、もっと特別な責任があるぞォ？　なんせお前を嫁にしたんだからな」

「嫁って……そんなの、幼い頃のおままごとです。本気で思ってなどいないでしょうし、今は、もう……」

「そうとも限らねえぞ？　ここだけの話だがな、お前を拾った時のアイツときたら、そりゃあもう格好つけた言葉を吐いてお前を幸せにするって――」

「父上」

　スパンッ。引き戸が勢いよく開き、突として現れた琥珀は豪鬼丸の言葉を遮った。

「うおお⁉」と露骨に肩を跳ねさせる父の傍ら、「適当なことを吹き込まないでください」と釘をさし、彼はふたりの元へ近づいてくる。

　豪鬼丸は早鐘を打つ胸を押さえ、牙を見せて吠えた。

「こ、こ、琥珀！　お前、急に出てくんなよ！　心臓止まるかと思っただろ‼」

「父上こそ、俺の幼少期の戯言《たわごと》を勝手に蒸し返すのはやめていただけますか」

「なーにが戯言だ、お前自分で吐いた甘ったるい台詞忘れたのか⁉　だいたい今日だって『森から縁の匂いがする』っつって釣り竿ぶん投げてすっ飛んでっちまったくせに――」

「父上、そういえば先ほど母上が探しておりましたよ。賭博の件で話があるから今すぐ来いとのことです」

「……げっ⁉　ま、まさか賭博で大敗したことがバレ……そりゃまずい！」

琥珀の報告を受けるやいなや、縁を膝から降ろして立ち上がる豪鬼丸。そのままばたばたと居間に戻っていき、琥珀は嘆息しながら開きっぱなしの戸を閉めた。

それまでの喧騒が嘘のように、しんと満ちる静寂。縁は気まずそうに顔を逸らすが、琥珀は何食わぬ顔で口火を切った。

「お前、反省文は書き終わったのか」

琥珀の問いかけに、縁はしおらしく耳を垂れ下げる。「まだです……」と正直に告げれば、琥珀は眉ひとつ動かさず縁の隣に腰掛けた。

「ほら」

「！」

「握り飯だ。くすねてきた」

「ごはんっ……！」

不意打ちで取り出された握り飯に、感激のあまり瞳が潤《うる》む。同時にぐうう、と腹の虫が唸り、空腹だった縁はごくんと生唾を飲み込んだ。

「よ、よいのですか……⁉　で、でも、これがバレたら若様まで女将様に怒られるのでは……っ」

「食わんのならいい、俺が食う」

「いえ！　食べます！　今すぐに！」

慌てて琥珀から塩むすびをひったくり、縁はさっそくかぶりつく。いささか不格好な形の握り飯は、琥珀いわく「くすねてきた」そうだが――もしかしたら、自分で握って持ってきてくれたのかもしれない。

「若様、ありがとうございました」

あっという間に食べ終え、縁は琥珀に深々と頭を下げた。対する琥珀はそっぽを向いたまま顎《あご》を引く。

「……ああ」

「本当に助かりました、お腹が空きすぎて死んでしまいそうだったのです！　おかげで命拾いをいたしました」

「俺は、今日の昼間の方が、お前が死んでしまうと思ったがな」

琥珀は告げ、じろりと縁を睨んだ。

その視線には怒りがこめられているように感じ、縁は言葉を詰まらせてたじろぐ。反射的に目を逸らした瞬間、不意に琥珀の手が伸ばされた。つい身構えて強く目を閉じると、頬に彼の指が触れる。

「あ……す、すみませ……」

「頬に飯粒がついている」

「縁」

米粒を指で掬《すく》い上げ、琥珀は縁の名を呼びかける。恐る恐る目を開ければ、黄褐色の瞳に正面から射貫かれた。罪を裁く羅刹の眼光は鋭く、物言わずとも縁の行いを咎めているのだと分かる。

「いかなる理由であれ、今後、もう二度とあの森にはひとりで入るな」

「……はい……」

「次また同じようなことがあれば、俺も母上も許さないぞ」

「ごめんなさい……もうしません……」

「分かればいい」

縮こまる縁に改めて忠告し、琥珀はため息交じりに腰を上げた。

よもや幻滅されてしまったのではないか。そんな言いようのない不安を覚え、縁は思わず「若様！」と呼び止める。

　琥珀は振り向いた。

「何だ」

「あ、あの、今日は助けていただき、ありがとうございました。今こうして命があるのは、若様のおかげです。本当にありがとうございます」

「……そういうのは、もういい。気にするな」

「でも……っ」

「何が言いたい」

　短く返され、声に詰まる。琥珀は元々口数が少ない。普段からこういう態度で、いつも通りであるはずなのだが、その胸の内には失望の色が蔓延《はびこ》っているのではないかという不安ばかりが広がってしまって、たちまち背中が寒くなった。

　そもそも、縁がこの旅籠屋に置いてもらえることになったのは、琥珀が豪鬼丸に嘆願してくれたおかげだと聞いている。ゆえに、縁は彼に対して大きな恩義と信頼を感じていた。だが、そんな大きな恩がありながら、力のない縁では、何ひとつ彼らに恩返しすることができない。こんな弱い自分に呆れられ、落胆されてしまったのではないかと、縁は恐れていた。

「わ、私は……その……」

訥々《とつとつ》と口こぼすが、言葉の続きはつっかえたままだ。結局、自分は何を言いたいのだろうか。「失望しないで」？　「捨てないで」？　「嫌いにならないで」？　どれも違うような気がして、それ以上の言葉が出てこない。

言葉の選別に迷っているうちに、琥珀は目を細め、縁に背を向けた。

「終《しま》いか？　俺は明日も朝早い。特に用がないなら、そろそろ休むぞ」

「あ……ま、待ってください、若様！」

「……まだ何かあるのか」

咄嗟に袖を掴めば、琥珀がそっと振り返る。辟易《へきえき》されているのではないかと不安を抱えつつ、縁は彼の着物をぎゅっと握り込んで声を紡いだ。

「……若様は、昔と少し変わられた気がします……」

「……」

「それって、私が弱いせいですか？　私が鬼じゃなくて妖狐だから、嫌いになってしまったのですか……？　確かに私は弱い狐です。羅刹の血を引く若様と対等になろうなどとは思いません。でも、妖狐とか鬼とか関係なく、私は、昔みたいに……」

「勘違いするなよ」

ぴしゃり。言いさした縁の言葉を、琥珀は容赦なく遮る。

怒らせただろうかと肩が震えるが、顔を上げた際に目が合った琥珀の顔は、どこか苦しそうに歪んでいて——強張っていた体から、ふっと力が抜けた。

「……若様……？」

そっと呼びかける。普段であれば己の感情をうまく隠し、他者に容易く読み取らせることなどないはずの彼の表情は、まるで哀切を噛み潰して呑み込んだ子どものようなそれだ。

しばし黙り込んでいた琥珀だが、やがてふいっと顔を逸らし、か細く告げた。

「……俺は、最初から、狐なんか好きじゃなかった」

そして放たれる、残酷な一言。キン、耳鳴りを伴って鼓膜の奥に染み渡る。

力の抜けた縁の手をそっと払い、琥珀は背を向け、その場から去っていった。ほんの一瞬の出来事だったはずなのに、まるで時が止まったみたいだと縁は感じていた。

戻ってきた静寂。鳴いているはずの虫の音すら聞こえない。

縁はしばらく呆然と放心していたが、ややあって緩やかに視線を下げ、縁側に座り込んで膝を抱える。その胸の奥に刺さったまま抜けてくれないのは、やはり、昼間に会った鬼の女たちから投げつけられた言葉の棘だ。

——そもそも腹に傷がある女なんて、どうせまた捨てられるわよ。

もう痛みなど感じないはずの腹の火傷が、じくじく、焼け付くような痛みを放っている。

第四話　塩味の口約束

鬼の一家の朝は早い。早朝は魚がよく釣れるからだ。

東の空に朝日が昇る前、朝まずめの時間帯に動き出し、夕まずめを終えて帰宅する――琥珀の一日は、ほとんどがそうして過ぎていく。燕屋の料理に使う魚は、豪鬼丸と琥珀がこうして朝から漁に出ることで仕入れているのだ。

ゆえに、今日も今日とて釣り場へ赴こうと、こうして竿を手入れして準備を進めている……の、だが。

不意に母から呼び止められたことで、忙しなく動いていた彼の手は止まった。

「琥珀。悪いんだけど、今日、縁を連れて宵ヶ原《よいのがはら》まで行ってきてくれない？」

宵ヶ原――織月盆地の山を越えた先にある、幽世で一番大きな都のことである。

ありとあらゆる種族のあやかしが集う交流の場であり、商いの場。夜市が賑わうのはもちろん、遊郭や賭場まで大量に軒を連ねている。

琥珀は露骨に顔をしかめた。喧騒を好まない彼にとって、多くのあやかしが集まる都など嫌悪しかない場所なのだ。

「こーら、あからさまに嫌な顔しないの。頼めるのがあんたしかいないのよ、お願いできない？」

「父上に頼めばよろしいのでは……」

「あの馬鹿は酒場と賭場に入り浸るからダメ。しかも、今回はそんな馬鹿が育てた特・大の馬鹿の回収が目的だから、ことさらダメ」

うんざりした顔でのたまい、玖蘭は琥珀に一通の文《ふみ》を手渡した。琥珀は無言で目を通し、やがてすべてを理解したのか、死んだ魚さながらの表情で母に視線を戻す。

「……なるほど。また兄上ですか」

「あたしが直接行ってぶん殴ってやってもいいんだけどねえ。宿をほったらかすわけにもいかないでしょ？　琥珀、悪いけど頼める？」

「はあ……分かりました。兄上のことは俺が責任持って殴りましょう」

物騒な一言と共に代行を請け負い、琥珀は玖蘭に文を返した。

羅刹の一家は、男ふたりの兄弟だ。琥珀は次男にあたり、上に奔放《ほんぽう》な兄がいる。

先ほどの文には、その兄が賭博に敗けて一文無しになったため都から帰れなくなった――という趣旨の内容が記されていた。

同じ羅刹の血を引いていながら、琥珀と真逆で自由奔放な兄。いわゆる〝うつけ者のちゃらんぽらん〟で、遊び呆けてばかりいるのである。

そんな兄は母の怒号を恐れてほとんど実家に寄りつかないものの、時折こうして面倒な報せを送り込んでは家族を困らせるのだった。

「ところで、母上」

琥珀は顔を上げ、玖蘭にひとつの疑問を呈する。

「兄上を迎えに行くのは構いませんが、なぜ縁まで連れていく必要があるのですか？　都に用などないでしょう。俺の足なら数刻で辿り着きますが、縁も連れていくとなると日が暮れてしまう……」

「んー？　まあ、気分転換よ。森で餓鬼に襲われてから、あの子、心做《な》しか元気がないような気がしてね。何か心当たりある？」

「……いえ」

琥珀は目を伏せてうそぶいた。おそらく自分が告げた一言によって傷付けてしまったのだろうという自覚はあったが、ここで母に事実を吐露すると話がややこしくなりそうで憚られる。

シラを切り通す判断をした琥珀の一方、母の顔は訝しげだ。玖蘭は「ふーん」と何かを怪しんでいるようでありつつ、「まあいいわ」と先ほどの会話の続きを語る。

「何はともあれ、たまには里の外であの子を遊ばせてやってちょうだい。都で遊べば少しは元気が出るかもしれないし、あんたが一緒にいれば安心でしょ？」

「……俺は正直、アイツを都に近づけたくはありません。もしも妖狐の一族と鉢合わせでもすれば、アイツが……」

視線を落とし、神妙な面持ちで琥珀は呟く。玖蘭はしばらく黙っていたが、ほどなくしてフッと短く笑った。

「あーん？　なーにビビってんだぁ〜？　妖狐が縁を取り返しに来るとでも思ってんの？　あんたもまだまだケツの青いガキだねえ」

「違います。俺はただ……」

「安心しな、琥珀。何かあってもあんたが縁を守りゃいいだけなんだから。だいたいあのクソ狐共、どの面下げてあの子を取り返しに来るつもりよ。自分らの都合で縁を傷付けて捨てやがったくせに」

ぴり、とその場に緊張感が満ち、怒気を孕《はら》む声が静かに放たれる。「今さら返せとか言いやがったら、その時はあたしが金棒でぶん殴るわ」と続けた母。

琥珀の表情は複雑に歪み、やはり浮かない様子だったが、ほどなくして小さく顎を引いた。

「……そうですね」

「というわけで、今すぐ縁のこと起こしてきて！　まだ寝てやがんのよ、あの寝《ね》坊助《ぼすけ》」

「アイツは一度寝ると昼まで起きませんから」

冷静に言い放ち、軽く会釈した琥珀は、母のそばを離れて縁の眠る寝間へと向かう。

まだ暗い板張りの廊下。古びて軋《きし》むそれらを踏み鳴らし、しばらくして、琥珀は閉ざされている襖《ふすま》越しに中へと声をかけた。

「……縁。入るぞ」

呼びかけるが、返事はない。おそらくまだ眠っているのだろう。

琥珀は息を吐き、襖を開ける。殺風景な室内。耳に届くのは規則的な呼吸の音だ。

案の定、縁は敷布団の上で丸くなり、自身の尻尾を大事に抱えて眠っている。

無防備に眠るあどけない寝顔を見下ろし、琥珀は音もなく近寄ってしゃがみ込むと、彼女を起こさぬよう綺麗な柔髪を撫でた。

もう何度も見た、この寝顔。

苦しんでいる時も、穏やかな時も、ずっと見てきた。

「……狐なんか嫌いだ」

ぽつり、呟いた言葉が狭い寝間に溶けていく。琥珀の脳裏には先ほどの母の言葉が蘇《よみがえ》っていた。

――今さら返せとか言いやがったら、その時はあたしが金棒でぶん殴るわ。

琥珀は黙り込み、白い髪を指で梳《す》きながら思案する。

あやかしとは、総じて格式高く、お家柄を強く尊重する種族が多い。ゆえに、弱さの象徴である〝傷物〟が一族から追放される事例などありふれていることだった。

体に火傷を負った縁を山に捨て置いた時点で、妖狐側が彼女に執着しているとは考えにくい。だが、琥珀には懸念があった。

彼は目を伏せ、幼い頃の縁の顔を思い起こす。

火傷の痛みと悪夢にうなされながら、うわごとのように繰り返していた、言葉たちも一緒に。

――痛い……怖い……。

――父上……母上……。

――……おうち、かえりたい……。

彼女が幼い頃、本当の家に帰りたがっていたことを、誰よりも琥珀自身がよく知っている。

「……本当の家族の元に戻りたいと、お前の方から言われたら、俺は……」

再び苦く呟いた――直後。ふと、縁の睫毛が微かに動いた。

薄く開いたまぶたからは淡藤《あわふじ》色の双眸が覗き、ハッと我に返った琥珀は彼女の髪に触れていた手を素早く引っ込める。バツが悪そうに顔を逸らした頃、縁は呑気にあくびを漏らした。

「……んー……こはく……？」

目を覚まし、やはり警戒心など微塵もない様子で起き上がる彼女。〝琥珀〟の名で呼びかけるその声を、随分と久方ぶりに聞いたような気がした。昔はそう呼ばれていたが、成長と共に距離が開き、いつしか〝若様〟と畏《かしこ》まった呼び方に変わってしまったから。

縁はまだ寝ぼけている。寝衣《しんい》は乱れ、大きくはだけた襟元。着崩れて白い肩があらわになってすらいる。

無防備で無警戒。どうしてこうも油断できるのだろうと、琥珀は浅く苛立《いらだ》った。

「どうしたの……？　今日、釣りはぁ……？　朝まずめ、終わっちゃうよ……」

「……うるさい、寝坊助。早く起きろ」

「んー……？　うん……」

寝ぼけた顔でうつらうつらと船を漕ぎ、縁は琥珀にのしかかる。想定外のことに琥珀の体が強張る中、「連れてって〜……」とわがままを垂れる甘え声。

　着崩れたままの襟元から覗く肌にざわりと腸《はらわた》が震える感覚を覚えたが、琥珀は自身を律し、彼女の乱れた着物を直すとその体を突き放した。

「おい、縁、いい加減にしろ！　俺がお前を攫いに来た暴漢だったらどうする、もっと警戒したらどうなんだ」

「んえ…………」

　語気を強めると、縁はまばたきを数回繰り返した。そしてみるみる青ざめる。どうやら完全に意識が覚醒したらしく、琥珀に抱きつくような体勢で引っ付いている現状を理解すると、今度は顔を真っ赤に染めて彼の上から飛びのいた。

「わ、わっ、若様!!」

　声を裏返し、縁はすかさず正座して背筋を伸ばす。琥珀はやや乱れてしまった自身の襟元を正して嘆息した。

「……朝が弱いのは相変わらずか」

「た、たた大変失礼いたしました！　すすすすみませ……！」

「いい。そんなことより出掛けるぞ、さっさと支度《したく》しろ」

「へ？」

「詳細は歩きながら説明する。俺は外で待つ。早く着替えてこい」

　淡々と言葉を紡ぎ、琥珀は寝間を出ていく。縁はその後ろ姿を見つめ、先ほど触れた一瞬のぬくもりを思い出しながら、切なげに視線を落とすのだった。

◇

「えっ、兄様《あにさま》が都の賭博で無一文に⁉」

「大きな声で喚くな、一家の恥を晒すようなものだぞ」

朝餉《あさげ》を済ませ、家を出た琥珀は、現在の状況を縁に手短に説明した。それを聞いた縁は〝昼用に〟と玖蘭から持たされていた握り飯にさっそく手をつけながら一度は驚いたものの、「それって、いつものことでは？」とすぐさま平静を取り戻す。

「兄様が賭博に敗けてふんどし一丁になったという話は、年が明けてからもう三度は聞いたような……」

「ああ、そうだな。だが、いくら鬼であろうと仏の顔は三度まで。そろそろ母上が兄上の頭を金棒でかち割る」

「わあ、それは怖い……」

縁は金棒を構えて待ち受ける玖蘭の姿を想像して身を震わせつつ、そんな鬼女将の握った塩むすびを頬張った。

元より口数の少ない琥珀は、説明を終えると黙り込んでしまい、淡々と山道を歩いていく。和気あいあいとお喋りに付き合ってくれるような性格でないことなど知っているが、先日の一件をまだ引きずっている縁には空気が重苦しく感じられてしまう。

できるだけ気まずさを和らげようと、縁は明るく声を張った。

「そ、そういえば、私、都に行くの初めてです！　大きい夜市があるんですよね、楽しみだなあ〜」

強引に笑う縁の隣で、琥珀は複雑そうに口元をまごつかせる。

ちらり、縁の足を一瞥した琥珀。先日の怪我はすっかり治ったらしく、跛行《はこう》する様子はなかった。

「お前、足は治ったのか」

唐突に足を止め、琥珀は問いかけた。縁は一瞬反応が遅れる。しかしすぐに背筋を伸ばし、「は、はい」と頷いた。

「……そうか」

「あの、私、もしかして歩くのが遅かったでしょうか……？　術が使えないので、自力で歩くしかなくて。その、ごめんなさい……」

「いや、治ったのならそれでいい。ただ――」

「ただ？」

何かを言いさした琥珀を見つめ、縁は続きの言葉を待つ。だが、琥珀はそのまま言葉を呑み込んだ。胸中には言いようのない感情がしつこく粘りついている。

きっと、もう、彼女はどこまでも歩いていける。

都にだって、夜市の屋台にだって——本当の家族が棲まう、自分の故郷にだって。

「……何でもない」

控えめに転がり落ちた言葉。縁はきょとんと目をしばたたき、再び歩き始めた琥珀を小走りで追いかけた。

「あ、あの、若様……っ、きゃ！」

しかし、彼に追いつこうとした直前で、縁の足は木の根に引っかかって派手につまずく。そのままあわや転倒——というところだったが、彼女の体はすんでのところで琥珀の腕に抱きとめられた。

ばくばくと心臓が騒ぐ中、ぎこちなく琥珀を見れば、彼はほうと息をつく。

「……気をつけろ」

「……あ、ありがとうございます……」

「ん」

素っ気なく顔を逸らされ、体から手を離された。縁はまだ琥珀との間に気まずさを感じていたが、それでも触れる手つきには不器用な優しさが込められているように思えて、気恥ずかしさとむず痒《がゆ》さが膨らんでいく。

（琥珀、いつのまにか手が大きくなってる……）

その事実に、いささか複雑な気持ちが芽生えた。

軽くもたげた自分の手のひら。特別大きいわけでも、尖った爪が生えているわけでもない。やはり、自分は狐なのだ。どう足掻いても、鬼にはなれない――。

「縁」

ぼうっとしている最中に呼びかけられ、縁は露骨に驚いてピンと耳の毛を逆立てる。

数歩先を行く琥珀は、振り向きもせず彼女に言い放った。

「……お前、勝手に俺から離れるな」

「え……」

「そばにいろ。分かったな。勝手にどこかへ消えたら、今度こそ怒るぞ」

目すら合わせず告げられた言葉。

よもや、都を勝手に徘徊して迷子になるとでも思われているのだろうか。

いつまでも子ども扱いされているようで少しだけ不服に思いながらも、縁は彼の言葉に頷いた。

「そうご心配なさらずとも、もうひとりで遠くまでは行きません！　都なんて行ったことないですし、ずっと若様と一緒にいます」

「さあ、どうだか」

「信用ない……」

「そんなことよりお前、また口元に米がついてるぞ」

「え！」

指摘しつつ縁の口元に残った米粒を掬い取り、伏し目がちに己の口内へ運んで、琥珀はほのかな塩味を嚥下《えんげ》した。

第五話　戯の沙羅双樹《しゃらそうじゅ》

からん、ころん、下駄を奏でる足音小町。

しゃなりと優雅な花魁《おいらん》道中、蛇目《じゃのめ》の傘が咲いては閉じる。

ここは蛍火《ほたるび》連なる夜市の中心。

もののけ芸者が舞い踊り、笛と琵琶《びわ》の音が絶えず大路を賑やかす、種族を問わないあやかしの街。

宵ヶ原——人ならざる者の集う、幽世の都である。

「わあぁ～！　すごいっ、あそこに綺麗な飴玉がありますよ、若様！」

ぴょこ、ぴょこ。白い耳を嬉しげに上下させ、縁は興奮した様子で市場の屋台を指さした。

少し後ろを歩く琥珀は嘆息し、今にも駆け出しそうな彼女の衿《えり》をつかまえる。

「あれは硝子《ガラス》細工のとんぼ玉だ。食い物じゃない」

「あちらにはとても小洒落《こじゃれ》た焼き魚用の串が！」

「かんざしだ。魚に刺すものじゃない」

「あのおいしそうな黒砂糖は⁉」

「火打ち石だ。……お前、少しは食い物から離れろ」

目に映るものすべてが食べ物に見えている縁。さすがに呆れる琥珀だが、「どれもおいしそうです！」と無垢な笑みを向けられてしまってはぞんざいにあしらうこともできず、しばしの間を置いて「……そうだな」と頷くことにした。

「兄様はこの街にいるのですか？　羨《うらや》ましい、こんな場所で過ごしているだなんて！きっと毎日おいしいものを食べているのでしょうね！」

「……さあな。俺には金がなくてひもじい生活を強いられている兄上の姿が目に見える。下級のあやかしに土下座してでも金を借りて賭博に行きたがるような性格だしな」

「うーん、兄様、黙っていれば豪鬼丸様に似てかっこいいのに、本当に残念な性格——あっ、若様！　あちらからおいしそうな匂いが！」

「あとで買ってやるから寄り道するな」

食い気盛んな縁を捕まえて引きずり、琥珀は賑やかな大路を逸れる。

その時ふと、彼は複数の視線を感じ取った。

赤い番傘が開く甘味屋。三色団子をつまんでふたりを見遣るのは、沙羅双樹の白い花が咲く仮面で目元を隠した双子のあやかしだ。鳥のくちばしがごとく長い鼻尖《びせん》を尖らせた漆塗りの面は全体的に赤黒く、眼球などどこにも描かれていないというのに、まるでギラギラと目を光らせて獲物を吟味しているかのようにも見えた。

チッ、と琥珀は舌を打つ。

「面倒なのがいる……」

「はい？」

「天狗《てんぐ》の双子だ。ろくなものじゃない。無視するぞ」

「天狗……ですか？　若様のお友達なのでは？」

「ふざけるな、あんなものはよく喋るただのゴミだ」

「ゴミ⁉」

辛辣《しんらつ》に言い切って細道の奥へ足を速める琥珀。よほど嫌っている相手だったらしく、

「そこまで言わなくても……」と縁は苦笑するが、琥珀は不服げに目を細める。

「お前はあの天狗共の蛮行を知らないからそう言えるんだ。餓鬼の方がまだ利口だぞ」

「え、ええ……」

「もし話しかけられても絶対に無視しろ。さもなくば――」

「ククッ、無視なんて酷いんじゃねえのかい、羅刹の若君」

直後、琥珀の忠告を遮るように声が放たれ、視界の中を木の葉が舞う。

同時に縁は強い力で引き寄せられ、背後から羽交い締めにされる形で天狗の片割れに抱き込まれていた。

「ひゃあっ⁉」

悲鳴に近い声が上がった刹那、殺気立った琥珀は一瞬で刀を引き抜くと天狗の喉元に突きつける。しかしその刃先はたちまち鳥の羽根に変化し、弾けて地面に散り落ちてしまった。

「チッ……」

「ああ！　若様の刀が⁉」

「ひょお、怖い怖い。危ないぜい、若君〜。うっかり神通力《じんつうりき》なんか使っちまったじゃねえか、弾け飛ばなくてよかったなあ？」

「……戯《あじゃら》の天狗が……」

忌々《いまいま》しげに呟き、琥珀は〝アジャラ〟と呼ばれた天狗の双子を睨む。しかし、件《くだん》の天狗たちに悪びれる様子はない。

彼らは〝戯の天狗〟――その名の通り、娯楽と快楽を司る戯《たわむ》れのあやかしである。悪意を持って他者を害することはないが、善意を持って他者を顧《かえり》みることもない。純粋で無垢、楽観的で本能的。自由奔放な風塵《ふうじん》なのだ。

「雌《め》っちょの狐が都にいるなんざ、珍しいこともあるもんだなァ？　目立って噂になってたぜ？」

双子は琥珀を楽しげにからかいながら、捕まえている縁の頬の肉をつまむ。

「ふーん。顔は可愛いが、貧相でチビ。あんまりいい味がしなさそうだな」

「なっ……！」

「ひょろひょろだなァ、もう少し食った方がいいぜ、おチビ狐」

「よ、余計なお世話よ！　結構食べてるんだから！」

縁は頬を赤らめながら反論した。続けて「離しなさい、怒るわよ！」と強気な態度で暴れるが、彼らは縁をがっちりと拘束したまま、琥珀に見せつけるかのように「くくく、可愛い可愛い」と両側から挟み込んで頬擦りしている。

琥珀はうんざりした表情で双子を見据え、眉間の皺を深く刻んだ。

「はあ、面倒な……そいつを離せ、天狗共。お前らに構っている暇はない」

「くくっ、あんたが都に来る理由なんてひとつだ。どうせ黎雪《りせつ》を連れ戻しに来たんだろォ？　うつけの兄を持つと苦労するねえ、羅刹の若君」

「……分かっているならさっさとそいつを寄越せ。種族は異なるが、そいつも羅刹《うち》の一員だ」

「ふーん？　天狗の拘束も振り払えねえようなおチビの妖狐が、羅刹一家の姫君ってかァ？　そりゃ面白い、夜伽《よとぎ》の技でも仕込んでんだろ」

下卑《げび》た笑みを浮かべた天狗は楽しげに舌舐めずりをしている。琥珀は殺気をけぶらせ、肌がひりつく冷徹な視線を投げつけた。

縁は思わず身震いしたが、天狗はくつくつと喉を鳴らすばかり。

「んだィ、そう怒んな。心配せずとも姫君を取って喰いやしねェってぇ、女に困ってもいねえしなァ」

「だが兄者、ちぃっとぐらい味見してもいいんじゃゃ？」

「ひゃはっ！　好き者だな兄弟、獣まで喰らおうってのかァ？　……まあ、腹に穴開けて腸《はらわた》ごと喰っちまうのも悪くねえが」

耳元でささやかれたと同時に、絡みついている天狗の骨張った手が着物の中へ滑り込んでいく。傷の残る腹を撫でられた途端にぞくりと肌が粟立《あわだ》ち、縁は身をよじるが――その瞬間、双子の真横に鋭い雷撃が降り落ちた。

バチィッ、と迸って弾けた雷粒。髪や着衣にまとわりつき、じりり、じりり、静電気が肌を撫でる。

縁が身を強張らせる傍ら、髪の毛先を焦がされた天狗の双子は動じない。むしろ楽しげに口角を上げており、その様を睨みつけながら、雷撃を放った琥珀は低音をこぼした。

「……黙ってそいつを返せ。次は頭頂《ずちょう》に落とす」

「ひょお〜っ！　楽しくなってきやがった！　久しぶりにヤり合うかァ⁉」

「返せと言っているのが聞こえないのか。よほど骨まで消し炭にされたいらしいな」

天狗のひとりは高揚した様子で身を乗り出してくる。仮面に咲いた白い沙羅双樹の花は、その下に隠れた目が爛々《らんらん》と輝くのを体現するかのように生き生きと花弁を広げてみせた。閉じていた蕾も膨らみ、彼らの目元には雅《みやび》やかに花が咲き乱れる。

美しくも薄気味悪く咲き誇る花々の奥から琥珀を穿つ双子の瞳は、獲物を探し当てた猛禽類《もうきんるい》さながらの獰猛《どうもう》さを孕んでギラついていた。

一触即発の空気感がその場に満ちる——が、その一瞬の隙を見計らい、縁は双子の拘束を脱した。

「んあ？」

片割れが間の抜けた声を発したものの、彼女は一目散に地を蹴って琥珀の胸に飛び込んでいく。力強くすがりつき、すぐさま背中に隠れた彼女。

目尻を吊り上げ、涙目でぷるぷると震えながら天狗を睨む様は、しっぽの毛を逆立てて威嚇する小動物さながらである。

「ふうっ、ふう……！」

「あーあ、逃げちまった……せっかく連れ攫ってコンコン鳴かせてやろうと思ったのによぉ」

「こ、コンコンなんて鳴かない！　あっち行け、シッシッ！」

「ひゃはっ、おもしれー姫君だ。まあいいさ。これ以上若様を怒らせちゃァ、本当に殺し合いになっちまう」

からりと笑い、天狗の双子は黒い翼を広げた。高下駄でトンと地面を蹴り付け、彼らは宵の空へと羽ばたいていく。

「今宵は上弦の月なり。鏃《やじり》は天より我らを見遣る」

「油断大敵、穿たれぬよう忍ばれよ」

「――これにて御免、羅刹の若君」

最後の一言は声を揃え、双子の姿は闇に紛れて景色に溶けた。

はらり、はらり、いくつかの羽根が舞い落ちる。それは風とたわむれ、やがて粒子となって消えてしまった。

不機嫌そうに舌を打った琥珀は、術が解けて刀身が元に戻った刀を鞘に収める。それまで威嚇するように毛を逆立てていた縁も、天狗が消えたことに安堵したのか耳をへにょりと垂れ下げた。

「こ、怖かったぁ……何なの、あれ……」

「縁」

「はい、何でしょ……ひょわあっ⁉」

刹那、突として琥珀は腕の中に縁を閉じ込めた。予期せぬ抱擁に縁は紅潮し、「な、なに⁉　何事です⁉」と混乱するが、おもむろに顔をもたげた琥珀の表情は渋柿でも食したかのような顰《しか》めっ面で、ぎくりと背筋が冷えてしまう。

「わ、若様……？」

「……くさい」

「くさ……っ⁉」

「チッ、天狗の匂いを移された……不愉快だ、今すぐ元に戻せ」

「んな無茶な！」

真正面から「くさい」と言い放たれた挙句に無理難題を突きつけられ、縁は首を横に振ったが彼の目は本気である。「そんなすぐに戻せません！」と喚いても聞き入れてもらえず、体を担がれ、細道を逸れた琥珀によって彼女は雑木林へと連れ込まれてしまった。

◇

やがて地下水が湧き出る泉へと辿り着いた頃、そこでようやく降ろされ、縁はおずおずと琥珀を見上げる。

「あ、あの……まさか、ここで水浴びしろとか言わないですよね……？」

「嫌なら風呂屋に行くか？」

「そ、それは……ちょっと……」

言葉尻を細め、縁は自身の下腹部を押さえながら俯く。

都に限らず、風呂屋の大半は男女混浴の大衆浴場だ。いくら湯着を着用するとは言え、腹部に火傷痕がある縁にはいささか入りにくい場所である。

観念した彼女は足袋《たび》と下駄を脱ぎ、ちゃぷりと泉に足先を沈めた。上弦の月は水面に反射し、弦の向きを変えている。

「……今宵のような月は苦手だ。天から嘲笑《わら》われているような気分になる」

不意に、琥珀が静かに言葉を転がす。同時に水に浸した濡れ布巾で首元をなぞられ、縁は冷ややかな感触に思わず背を仰《の》け反って声を漏らした。

「ひいっ⁉　つ、冷た……っ」

「水浴びしたくないなら我慢しろ」

「うぅ……」

動きを制され、縁は素直に身を任せる。しかしなかなか匂いが取れないのか、時折すんすんと首筋や胸元の匂いを嗅がれては、琥珀に渋い顔をされてしまった。

己の体臭による顔ではないにしろ、湧き出してしまう羞恥心《しゅうちしん》はごまかせない。

「そ、そんな、ずっと嗅がれたら、恥ずかしいです……」

「まだくさい」

「ううぅ……」

水滴が着物の中に入り込み、冷たく湿った嫌な感触にぷるるると身が震える。首や頬を入念に拭っていた琥珀だが、やがてそろりと縁の腹部に手を置いた。

ビクッ、と肩を震わせ、縁は身を強張らせる。

「……さっき、傷に触れられたか？」

ほどなくして降ってきたのは、どこか労るような細い声だった。優しいような、けれど、何かに怯えているような。何かを紐解いて、中を覗こうとしているかのような。

真意の読めない声色に、縁の目が泳ぐ。

「縁」

「……あ……」

「どうなんだ。触れられたのか」

縁に注がれる視線は真剣そのもの。空で見下ろす月と同じような色をした瞳を見つめ、縁は小さくかぶりを振った。

「い、いえ……そんなには、触れられておりません」

「少しは触れられたんだな」

「う、その……はい」

目を泳がせながら肯定すると、琥珀は表情もなく黙り込み、そっと縁の肩を押した。とん。軽い力で地面に押し倒され、身を乗り出した彼が突然覆い被さってくる。

「え……」

目を見張り、硬直する縁。近くなった互いの距離。

ふつふつと頬が熱を帯び始めた縁の視線の先には、目鼻立ちの整った琥珀の顔と、空で弓を構えて笑う月が見える。

「えっ、わ、若様、あ、あのっ、近……！」

「……少し黙ってろ」

一拍ほどの間を置いてこぼされた声は、どこか頼りなく縁の耳に届いた。ひりついた頬の熱。不意に着物の上から腹部を撫でられ、ことさら体温が上昇していく。

先ほど天狗に触れられた際は、恐ろしさと嫌悪感で身の毛がよだつだけだった。だが、なぜだか琥珀に触れられても、嫌な感情をまったく感じない。

表情の読めない彼の視線。怒っているのかも分からない。

しかし、不思議とその瞳は、幼い頃、病や怪我に伏せってばかりだった縁に向けられていた彼の目を思い出させた。

——縁、大丈夫だ。俺がそばにいるから。

——俺がお前を守るから。

——早く元気になれ。

不安だらけの顔で、時折泣き出しそうな顔で、いつも心配そうに縁の手を握っていてくれた。

あの時の瞳に、よく似ている。

「……大丈夫だよ」

ぽつり、言葉が無意識にこぼれて、琥珀の頭に手を伸ばした。黒い髪をさらりと撫でてやれば、琥珀は驚いたように瞠目《どうもく》する。

「私、何ともないよ。だから心配しないで」

「……っ、お前、何を言ってる。俺は別に心配などしていない」

「ふふ……本当？　では、私の勘違いでした。ごめんなさい、若様」

心做《な》しか動揺している琥珀に笑いかけると、彼は舌打ちと共に縁から離れた。顔を背《そむ》け、深く息を吐き出す。何となく彼から一本取ったような心地になり、縁は得意げに尻尾を揺らした。

「……何を笑っているんだ」

「んー？　いいえ、何も？」

「チッ……。それよりお前、天狗の匂いがまったく取れん。帰ったらすぐ湯汲《ゆあ》みしろ、くさくてかなわん」

上体を起こし、早口で紡がれた言葉はそれである。

縁も起き上がって微笑みながら「はいはい」と頷き、ちゃぷりちゃぷりと、水面に映り込む月を足先で撫でるのだった。

第六話　うつけの長男

泉で天狗の匂いを洗い落とした後、裏路地に連なる赤提灯《ちょうちん》に導かれた琥珀と縁は、兄がいるであろう賭場へとようやく辿り着いた。

しかし、涼しげな顔でのれんをくぐった琥珀とは対照的に、縁は緊張した面持ちで肩に力が入っている。

「あの、ここって、鬼の集まる賭場なのですよね？　私が入って大丈夫でしょうか……？」

「歓迎はされないだろうな」

「そうですよね……」

「案ずるな、浅慮《せんりょ》な鬼とてそれなりに見識はある。羅刹の連れにいきなり襲いかかるような真似などしない、俺の刀の錆《さび》となるだけだからな」

琥珀は何食わぬ顔で言い、賭場の中へと歩いていった。「若様、何でもすぐ斬ろうとなさらないでください……」と縁は頬を引きつらせたが、彼の言葉を要約すると、おそらく〝何かあっても守ってやる〟ということなのだろう。様々な不安は拭えないが、縁はひとつ深呼吸し、意を決して賭場へと足を踏み入れた。

かくして、彼女が初めて目にした賭場は、異様な活気に満ちていたのであった。

薄暗い廊下に揺れる蝋燭《ろうそく》や行燈《あんどん》の光。誰かが使った形跡のある将棋や囲碁の台。さまざまな面や布で飾り立てられた壁。酒の匂いと煙の匂い――。

そこはまるで、外から切り離された別の世界だ。木張りの通路の向こうには襖を隔てて畳の部屋がいくつかあり、胸にサラシを巻いた壺振りの女が薄暗い室内で金屏風を背に笊《ざる》を伏せる様子が見て取れる。「丁！」「半！」と飛び交う声も耳を叩き、加えて歓声や悲鳴、怒号にすら似た熱狂があちこちからなだれ込んできた。

縁は臆して一歩後ずさり、つい無意識に琥珀の着物の裾を握ってしまう。

同時に番頭らしき女とも目が合い、ことさらたじろいだ縁は琥珀の背中におずおずと隠れた。

「ふぅん、雌の狐とは珍しい。琥珀、もしかしてこの嬢ちゃんか？　噂の姫君」

白魚《しらうお》のごとく片袖から伸びた長い腕、凛《りん》と整った切れ長の目、肩口に剃り込まれた刺青《いれずみ》――頭部には乳白色の短いツノがあり、どうやら彼女も鬼の一族らしい。美しい女は気だるげに煙管《きせる》を吹かし、よく知ったような口振りで琥珀に尋ねる。

紫煙が天井へとのぼる様を見遣り、琥珀はため息交じりに眉間を押さえた。

「……どんな噂かは存じ上げませんが、おそらくそうでしょうね」

「ほう。お前も好き者だなあ、琥珀よ。そんなチンチクリンがお好みか」

（誰がチンチクリンだっ！）

初対面にもかかわらず〝チンチクリン〟扱いされ、縁は胸の内だけで憤慨する。

そんな番頭の揶揄《やゆ》に対して琥珀は「それなりに気の利くチンチクリンですよ」などと返答しており、不名誉な肩書きに精一杯の怖い顔を作って睨むが、当然のように無視されてしまった。

「気の利くチンチクリンねえ。まあ、都を楽しんでいきな、狐の嬢ちゃん」

頬杖をつき、流し目で告げる番頭。その所作すらも美しく、戸惑う縁は控えめに頷くしかない。

鬼という種族は皆、男女を問わず容姿端麗。そして男よりも女の方が高身長である。おそらくこの番頭も、ひとたび立ち上がれば縁が見上げることになるほどの長身なのだろう。そんな鬼の中に狐の小娘が交じっているのだから、チンチクリン扱いされても仕方がなかった。

鬼の男は、強い女を好んで番《つがい》にする。そのため大きくて気丈な女が人気を得る。種族の違う縁は言いようのない疎外感を覚えながら、琥珀の横顔を見つめた。こんな〝チンチクリン〟が隣に並んでいることを、彼は恥ずかしいと感じていないだろうか。

しかし、縁の憂いげな視線に気づく様子もなく、琥珀は本題に入る。

「……ところで、番頭殿。兄の件で文をいただいていたようで。此度は兄が迷惑をおかけしました」

「ああ、黎雪だろう？」

番頭は呆れ顔で嘆息し、「あの大うつけには困ったもんだね」と肩をすくめた。

「賭けの負け分を取り戻そうと、着物も刀も丸ごと質に入れちまったらしくてな。挙句、宿代までスッちまって、今じゃすっかり無一文だ」

「はあ……」

「その後はずーっとこの賭場に居着いてんのさ。本当に困ってる、どうにかしてくれ若様」

「返す言葉もありません」

琥珀はうんざりと目を細めながら、「兄はどこへ？」と周囲を見渡した。女は紫煙を吐き、軽く顎をもたげて襖の向こうを指し示す。

直後、その襖が勢いよく開き、中から見知った鬼が現れた。

「っあああ‼　ちくしょう、また負けた‼」

父親譲りの金髪をぐしゃぐしゃと掻き乱し、苛立った様子で出てきた男。着物もまとわずさらされた裸体には、紅《あか》い数珠《じゅず》の首飾りとふんどしだけが残っている。

「兄上」

琥珀が呼びかければ、琥珀の兄――黎雪はきょとんと目をしばたたいた。

「んあ？　この声は……まさか琥珀か⁉」

「兄様！」

「おおっ、しかも縁もいるじゃねえか⁉　お前らなんで都にいんだよ⁉」

「あなたを引き取りに来たんですよ兄上、ひとまず歯ァ食いしばってください」

「グベァ!!」

しかし、感動の再会……とはならず。兄が駆け寄ってきた瞬間、琥珀は渾身《こんしん》の右拳で躊躇《ちゅうちょ》なく左頬を殴打する。

ふんどし姿のまま床に転がり、「いってええ!! 何すんだ!? 俺はお前の兄貴だぞ!?」と憤慨した彼だが、琥珀は当然のように無視して番頭の女へ向き直った。

「長らくご迷惑をお掛けしました。この大うつけは責任持って里に連れ帰ります」

「そうしてくれ、これ以上居座られちゃ困る。うつけと言えど、このロクデナシも羅刹の一族だ。豪鬼丸様の顔もあるから、あたしじゃ下手に追い出せないしな」

「あぁ!? んだよ、別に俺だって好きで居座ってたんじゃねーっての! 宿代スっちまったから仕方なく賭場に寝泊まりしてたの!」

「知るか、ここを宿の代わりにするな。賭ける金がないならさっさと帰れ、うつけ者め」

番頭は辛辣に突き放し、吸い込んだ紫煙を黎雪の顔面に吹き付けた。「ごほぁッ!」とむせ返った彼は涙目で咳き込みながら「煙てぇんだよ、やめろ!」と憤慨している。

そうこうしているうちに、襖の奥からは次々と別の客が顔を出した。

「なあにー、何の騒ぎ?」

「おや、琥珀じゃないか。久方ぶりだな」

「琥珀って、黎雪の弟？　大きくなったわねえ」

「琥珀、お団子食べな！　ほらほら！」

襖の向こうで賭博に興じていた客は、ほとんどが鬼の一族だったようだ。

見目麗しい鬼たちは琥珀に語りかけ、瞬く間に彼の腕を引いて取り囲む。その一方、小柄で華奢な縁は彼らの勢いに圧されて一瞬で弾き飛ばされてしまった。

「ちょ、痛っ⁉　わ、若様――」

呼びさした声も、別の鬼の甲高い声で遮られてしまう。

「ねえねえ琥珀、久しぶりだし、あたしと賭けで勝負しない？　黎雪じゃ張り合いがなくてつまんないの」

「あはは っ、あんた琥珀を脱がせたいだけでしょ～」

（脱がす⁉　そんなのだめ……！）

「ねー琥珀、あたしこんなに身長高くなったんだよ～？　魅力的になったでしょ」

「ふふふ、やめなよ、小さい子だっているんだから」

楽しげに笑い、勝ち誇ったような顔で縁に視線を送る鬼の女たち。

明らかに見せつけられていると確信した縁は眉根を寄せたが、入り込む余地もなく、ぽつんと店の端に取り残されて何もできない。

「若様……」

弱々しく呼びかける声。やはりそれは届かず、琥珀は露出の多い女たちに囲まれ、体格差も相まってすっかり見えなくなってしまっていた。

鬼の営む賭場なのだから、鬼の客が集まるのはごく自然なことだ。だが、見ず知らずの女たちに囲まれている琥珀は、どこか遠い存在のように思えて胸がざわつく。

若い女のひとりが彼の腕に絡みついているのも視界に映り、密かに唇を噛んだ縁は、そっと後退して賭場の戸を開けた。出ていく間際に番頭の女と目が合ったが、特に何も言わず、見て見ぬふりだ。

歓迎されていない客に、彼女も用はないのだろう。

「……つまんないの」

ぴしゃりと戸を閉め、賭場を出た途端にまろび出た本音は誰の耳にも届かず消えていく。こつん、小石を軽く蹴り飛ばし、縁は複雑な心境で地面を見つめていた。

狐は鬼に歓迎されない。初めから分かっていたことだった。

けれどいざ目の前で他の雌鬼が琥珀を取り囲んでいる様を見せつけられてしまうと、言いようのない感情で胸が押しつぶされそうになる。

「……若様の女たらしめ」

ぽつりと無礼な言葉をぼやいた、その時。突如周囲に喧騒が広がり始める。

大路を歩いていたあやかしたちはざわめき、こぞって小脇に逸れると道をあけた。

縁は顔を上げ、何かあるのだろうかと前のめりに身を乗り出すが、「こら、道に出るんじゃない！」と見知らぬあやかしに着物を捕まえられてしまう。

「わ……⁉　な、何です⁉」

「今からここを提灯行列が通るんだよ、道をあけにゃならねえ」

「提灯行列……？」

「ああ、そうさね。いわゆる花嫁行列だよ」

はなよめぎょうれつ。

そう告げられた瞬間、縁は遠くから近づいてくるいくつもの怪火《かいか》を視界に捉えた。

ゆらゆらと揺れるその光の正体は、どうやら赤提灯にともっている火の明かりだ。

シャン、シャン、シャン――鈴の音が近くなるにつれ、白無垢姿の花嫁と、それに続く行列が見えてくる。

「ありゃあ、勿嶺《ながれみね》の妖狐だねィ……」

見知らぬ男の呟きに、縁の胸は震えた。妖狐――自分と同じ一族。

「え、あのっ、妖狐って……もしかして狐の一族が、今からここを通るのですか⁉」

「ああ、そうだが……ん？　そういや、あんたも狐か。雌の狐が里の外にいるとは珍しい。迷子か？」

男は不思議そうに問いかけたが、それすら縁の耳には入らない。

自分の血縁である妖狐の一族が、今から目の前を通る――そのことで頭がいっぱいだったのだ。

（どうしよう、同族を見るの、初めてだ……）

今から花嫁行列を行うのは、過去に自分を捨てた者たち。気にはなるが、少しだけ怖い。

周辺のあやかしたちが「狐の嫁入りだ」とひそめき合う中、縁は汗ばんだ手でぎゅうっと自身の帯を握り込む。

シャン、シャン、シャン――鈴の音と共に、目の前を通過する花嫁行列。

縁は気まずさすら感じながら半ば俯いていたものの、自分と同じ一族の行列が見れるとあって、どこか得体の知れない期待が膨らんでもいた。

ちらり、おもむろに顔を上げる。

しかし、その瞬間――彼女の視界は遮られた。

「……見るな」

声と共に手のひらで目元を覆われた縁は、背後に力強く引き寄せられる。

琥珀の仕業《しわざ》だとすぐに気がついたが、非難も抵抗もさせてもらえず、彼女は息を詰めて耳に届く鈴の音を拾い上げていた。

「若様……？」

　シャン、シャン、シャン。

　過ぎゆく鈴の音に合わせ、砂利を踏みつける行列の足音が通過する。琥珀は何も言わず、ただ縁の視界を遮り、背後から抱きすくめるように密着した。

「……見るな、縁」

「な、なん、で」

「見たら、攫われる。……お前が」

　どこか頼りなげに声が降り、隠しきれていない憂愁が響く鈴の音に紛れている。

　何かに怯えるような彼の声色を察し、縁は目元を覆う無骨《ぶこつ》な手にそっと触れた。

「ど、どうしたんですか、若様。攫われたりしません、大丈夫」

「……どうだか。今も勝手に賭場を出ていっただろう、俺のそばを離れるなと言ったのに」

「それは、だって……若様が、他の女の子と仲良くしたいのなら、私は邪魔かもしれないと思って……」

「吐《ぬ》かせ、女なんてお前の相手だけで手一杯だ」

「な、何ですか！　まるで私が手のかかるじゃじゃ馬みたいな……！」

むっと顔を顰めて振り向けば、ようやく手が離れて琥珀の瞳と視線が交わる。彼は苦しげに表情を歪め、縁をまっすぐと見つめていた。

「若様……？」

呼びかけると、琥珀は顔を逸らして気まずそうに口を噤《つぐ》むだけ。その胸にどんな感情を抱えているのか分からない。けれど、おそらく追及しても白状してはくれないのだろうと、長い付き合いを経たのだから心得ている。

そうこうしているうちに行列は遠ざかり、鈴の音も遠く離れていた。振り返れば、おぼろげに揺れる怪火だけが縁の視界にちらついている。

「あ……」

結局、妖狐の姿を見ることはできず。不気味に揺れるわずかな光は、闇の中に溶けてしまった。

そっと肩を落とした縁。

時を同じくして、賭場からは黎雪が出てくる。

「おいおい、急に出ていくんじゃねーよ琥珀！　女共を俺に押し付けやがって」

「……申し訳ありません、兄上」

「ったく、血相変えて出てったから何かと思えば——なるほど、妖狐の花嫁行列ねえ。嫌な匂いが残ってやがるぜ。都は色んな匂いが混じってやがるから、特定の匂いが分かりにくくていけねえ」

すんすんと鼻を鳴らして何らかの匂いを嗅ぎ取り、黎雪は縁の頭にぽんと手を置いた。「何もされてねーか？」と問う彼に戸惑いつつ、縁は頷く。

「はい……」

「そーか、そりゃよかった。ま、琥珀がついていたなら心配ねえな。妖狐も軽率に手なんざ出さねえだろうさ」

「あの……妖狐って、そんなに、怖い一族ですか……？　攫うとか、手を出すとか……」

いささか気落ちした様子で問う縁に、琥珀は何も言わなかったが、代わりに黎雪が笑顔でかぶりを振った。

「いいや、鬼の嗅覚が敏感なだけだ。狐火《きつねび》は術香《じゅつこう》が強いからな、あんまり俺らの鼻に合わねえのさ。何も気にしなくていい」

「鬼は、みんな、妖狐の匂いがお嫌いですか？　若様も、『狐は好きじゃない』と言います……じゃあ、私のこと、みんな本当は……」

「何言ってんだ、お前は特別。俺らの家族だろ？　お前には妖力がねえんだから、変な匂いもしねえよ」

呆れたように発した黎雪は節くれた手を縁の頭部に置き、ガシガシと乱雑に掻き回す。肩を落としたまま撫ぜられていた縁は、おもむろに黎雪から手を引かれて歩き始めた。

「ほら、来いよ縁。お前食うの好きだろ、おすすめの屋台がいくつかあるんだ、見て回ろう」

「……兄様、お金あるんですか？」

「ない！」

「ええっ？　……ふふっ。兄様って、本当に潔く格好悪いですよねえ」

「あん？　悪いか？」

「いいえ、そういうところが兄様らしくて好きです。でも着物は着てください、ふんどし一丁では恥ずかしいです……」

大雑把《おおざっぱ》な黎雪の言葉によってようやく縁に笑顔が戻り、ふたりは手を繋いだまま賑わいを取り戻した大路に出る。

「ほら、琥珀も行くぞ！」

兄の呼びかけは、もちろん弟の耳にも届いていた。

その場に佇《たたず》んでいた琥珀は伏せていた睫毛の奥で黄褐色の瞳を持ち上げると、一度振り向き、遠ざかった行列の残影を目で追う。

シャン、シャン、シャン。

先ほど目の前を通過していった狐たちの姿と鈴の音を思い出し、同時に脳裏をよぎったのは、幼い頃に見た長髪の妖狐だった。

無表情にこちらを見る、九つの尾を持った彼。火にあぶられ、傷付いた縁を捨て置いて、消えた、あの日の——。

琥珀は奥歯を軋ませ、吐き気すら覚えながら舌を打った。

「……嫌いだ……」

誰にも気取られぬよう殺気を抑え、忌々しげに呟いた彼は、おもむろに地を踏んでふたりの元へ歩み始めた。

第七話　過去の傷ごと

深夜。長い帰路を経て、ようやく辿り着いた繊月の里にて。

雷が落ちる、とは、まさにこういうことを言うのだと、飛雷のごとき一発が振り下ろされた瞬間に縁は理解した。

見えるはずもない閃光が視界に散らばり、直後、黎雪は地面にひっくり返る。

ドタンッ。

白目を剥いた彼は意識を手放し、あっという間に夢の中。

「ったく、これで少しは反省するかしら」

「お見事です、母上」

怒気をまとう玖蘭の隣で頷く琥珀。その背に隠れ、縁はびくびくと戦慄《せんりつ》していた。

長旅を終えた彼らは、夜が更けて井戸の中の蛙《かわず》すら眠った頃、ようやく燕屋へと帰宅した。

門前で腕を組みながら待ち構えていた玖蘭は、頬を引きつらせて逃げた黎雪を即座に捕まえ、渾身のゲンコツを彼に振り落とす。それは物言わぬ怒りがすべて込められた憤怒の一撃で、普段怒鳴られ慣れている縁ですらもただならぬ気迫に怯み、そそくさと尻尾を巻いて隠れる程度には恐ろしい形相だった。

結果、大きなタンコブを作って倒れた兄。玖蘭は意識を手放した黎雪のふんどしを捕まえて引きずり、情けない格好のまま門をくぐらせる。

「ご苦労だったわね、あんたたち。夜遅くまで馬鹿兄のお迎えありがと。夕餉は食べた？」

「ええ。食い気の盛んな大喰らいが一匹いたので、屋台で適当に済ませました」

「そう」

平然と答えた琥珀はしれっと縁を皮肉ったが、下手に言い争ってこれ以上女将の機嫌を損ねてはいけないと考える縁は一切の不満も紡がずこくこくと頷いた。

その様子に琥珀が肩をすくめる中、玖蘭は満足げに微笑む。

「だったら、先に湯汲みの準備をするわ。疲れただろうからね、特別に薬湯にしてあげる」

「ありがとうございます」

「そうだ、初めての都はどうだった？　縁」

それとなく問いかけられ、縁はまだ怯えているのか小さく震えながらも、一瞬悩んでそろりと呟く。

「え、えと……見たことのないあやかしがたくさんいて、ちょっとだけ、怖かったです……」

小さく続けた彼女に、玖蘭は首を傾げた。

「怖かった？　何かされたわけ？」

「い、いえ、その……」

「天狗に匂いを移されました」

「あっ、ちょっと、若様!!」

せっかく明言を避けたというのに、あっさり暴露してしまった琥珀の着物を強く引っ張る。しかし彼は素知らぬ顔でそっぽを向き、「薬湯で念入りに体を洗え」と声を低めた。

どうやらまだ天狗の匂いを気にしているらしい。玖蘭も状況を理解したのか、くつくつと喉を鳴らす。

「ふふっ、なあにぃ？　戯の仲良し天狗にまんまと縁を搔っ攫われたってわけ？　油断したわねえ、琥珀」

「俺が悪いんじゃありません。こいつがぼんやりしていたのが悪い」

「な、何よ、それを言うなら若様だって、賭場で鬼の女に囲まれてたくせに……！」

「あらまっ、そーなの⁉　やるわねえ、色男！　どーりで嗅ぎ慣れない雌鬼の匂いがすると思った」

「……え？」

ニヤつく玖蘭に肘でつつかれ、琥珀は面倒そうに息を吐いた。一方、彼女の発言を耳で拾った縁は目を見張る。

――琥珀に、他の雌鬼の匂いがついている？

今しがた明らかにされた事実にざわりと胸中がモヤつき、縁は目を泳がせた。

「あ、あの、女将様……」

「ん？」

「わ、若様は……今、どんな匂いがしているのですか……？」

聞きたいような、聞きたくないような。複雑な心境を抱えつつ控えめに問うてみる。

玖蘭は意外そうな顔で二回ほどまばたきをし、さも当然とばかりに答えた。

「え、あんた、分からないの？　こんなに雌鬼の匂いがぷんぷんするのに？」

「え……」

「近くにいたから鼻が慣れちゃったのかしら。よく嗅いでみな、ここと特に――」

「母上、余計なことは言わなくていいです」

玖蘭の言葉を食い気味に遮り、琥珀がぴしゃりと釘を刺す。

すると彼女は疑わしげに目を細めた。

「あん？　何よ、まさか疚《やま》しいことでもあるわけ？　それは見過ごせないわねえ？

母の前に、女として」

「……はあ。あるわけないでしょう。俺は賭場の女たちに興味などありませんし、彼女らの声は耳障りでやかましい。そもそも、賭場に入り浸る女には品がない……」

「ふーん？　こう言ってるけど、どう？　縁」

「どうと言われましても……」

縁は困ったように眉尻を下げ、何も答えられずに口ごもる。

すん、すん。鼻で匂いを辿ってみるが、やはり縁には香りの違いなど分からない。おそらく妖力がないから分からないのだ。

何となく嫌な感情が押し寄せるものの、自分が一体何に対して不満を持っているのか、それすら縁には分からなかった。

ちらりと琥珀を一瞥すれば、少し前まで同じ高さだったはずの目線やつむじが随分と遠く感じる。今、彼に知らない女の匂いがまとわりついているのだと、そう考えるだけで胃の奥が重たくなる。

得体の知れない感情が、じわり、じわり、体の内側に染み入り、臓器を圧迫して苦しい。

「ま、とりあえず家に入りな」

結局何も言い出せず自身の着物を握り込む中、玖蘭はふたりの背中をぽんと叩いた。

「豪鬼丸もあんたたちを心配して、ずっと待ってたのよ。待ってるうちに酒呑んで寝ちゃったけど」

「はあ、父上らしいですね」

ため息交じりに呟き、琥珀は玖蘭に続いて燕屋の門をくぐる。縁も複雑な心境を拭えないまま、彼らの背を追いかけていった。

◇

旅籠屋へと帰宅してしばらくしたのち、湯汲みをすべく先に風呂場へ向かったのは琥珀の方だった。

普段から丁寧に体を洗い、のんびりと湯に浸かる縁に対し、琥珀の湯汲みはカラスの行水《ぎょうずい》。明日こそ朝まずめを狙って釣り場に赴きたいと考える彼は、いち早く身を清めて床《とこ》につこうとしていたのだ。

そんな彼が湯に浸かっている間、縁は行燈のともる廊下にひとり座り込んでいた。

普段であれば琥珀が呼びに来るまで居間や寝間で待つのだが、今日はどうにも落ち着かず、こうして風呂の前で膝を抱えているのである。

「女の匂い……」

ぼそり、自分で呟いておきながら、その言葉が棘を構えてチクリと心を刺してくる。

むう、と口をへの字に曲げつつ抱えた膝にうずめていると、落ち着くどころかどんどんモヤモヤは増していき――。

だめだ、このままでは気持ちが悪い。縁はぐっと拳を握り込んで立ち上がり、まだ琥珀が入っているであろう風呂場の戸をスパンと開けた。

「若様！」

「……⁉」

「お背中流しても構いませんでしょうか⁉」

「なっ――⁉」

腰紐で着物の袖をまとめ、襷掛《たすきが》けにしながら堂々と入ってきた縁に琥珀は驚愕して目を見開く。「お前、男が湯汲みしている最中に入ってくるなんて何考えてる！」など琥珀は激昂《げっこう》しているが、縁は構わず垢擦《あかす》りの布を手に取った。

「別に、ただ若様の体を労わろうと思い馳せ参じただけです。どうせ私もこのあと入るのですから、濡れても構いませんし……」

「そういう問題じゃない！　はしたない真似をするな！」

「昔は一緒に入っていたではありませんか！　何がご不満なのです！」

「いくつの頃の話をしているんだお前は！」

抑止もきかずに迫ってくる縁。伸ばされた彼女の手は彼の左肩に触れ、琥珀はいよいよ焦りの表情を浮かべて「やめろ‼」と怒鳴ってその手を振り払った。

腰巻きをきつく巻き、半身を隠しながら湯の中に逃げる。ざぶりと飛沫《しぶき》が上がる中、琥珀は威嚇するように縁を睨んだ。

「さっさと出ていけ！　垢擦りなんて必要ない！」

「っ、い、嫌です、若様の垢を擦るまで出ていきません！」

「戯言をぬかすな！　何をそんなに……」

「私についていた天狗の匂いは無理やり拭い取っていったくせに、若様についた雌鬼の匂いは取らせてくれないなんて納得がいきません!!」

自分で思うよりも大きな声が飛び出し、縁は一瞬戸惑ったが、それでも垢擦りの布を強く握って彼の前に立ちはだかる。

「……なんで、私が触ると嫌がるのですか」

声が震えて、少し掠れた。脳裏には昼間の光景ばかりが過ぎって、見知らぬ女に触れられる彼を思い出してしまう。

「他の女には触らせるくせに！」

思いついたままに言葉を放てば、琥珀は意外だとばかりに目を見張って硬直した。声を詰まらせた琥珀と、頑なに動かない縁。その間に短い沈黙が流れたのち、彼は小さく嘆息する。

「はあ……母上が余計なことを言うから……」

ぼやいた直後、縁はむっと目尻を吊り上げた。

「な、何よ、琥珀の阿呆！　女将様が言わなかったらバレなかったのに……みたいな言い方して！　どうせ妖力のない私じゃ細かい匂いの違いなんて分からないと思ってたんでしょ！」

「バカ、騒ぐな。夜中だぞ。それに、お前が気にすることじゃない」

「気にするよ！　自分は私に『天狗くさい』って文句言ったくせに！　不公平だ！」

「おい、分かったから少し声を抑えろ。父上や母上が起きたら面倒だろ……」

普段の敬語も忘れて喚く縁。琥珀は周囲を気にするような素振りを見せ、彼女を宥めた。ますます縁の不満は膨らみ、同時に言いようのない悔しさが群青色の塊となって迫り上がってくる。

シャン、シャン、シャン。

見ることができないまま過ぎ去っていった花嫁行列の鈴の音が、脳裏で何度も響いている。

「今日だって、そうだよ……私、妖狐の花嫁行列、見てみたかったのに……」

「！」

「何で、見せてくれなかったの……？　妖狐が、何か、悪いことしたの……？」

「……お前が気にすることじゃない」

知っていた答え。素っ気なく突き放すそれ。

琥珀はいつだってそうだ。ぐらり、また群青が迫って、視界が揺らいだ。

どうしていつも、自分だけが知っていればいいとでも言うような態度をするのだろうか。こちらには何も教えてくれないのだろうか。

種族が違うから？　妖力がないから？

琥珀ばかりが数歩先を歩いているように感じて、いつか置いていかれてしまうのではないかと、不安になってしまう。

「琥珀は、いつもそうだよ……」

この旅籠屋で、ふたりは一緒に育ってきた。けれど、種族の違いによる能力の差異や、成長の速度には抗えない。

いつの間にか自分よりも高くなっていた背丈。

自分には分からない女の匂い。

教えてくれない隠し事。

傷物。チンチクリン。異端。不要。

己を形容する冷たい言葉と、埋められない違いのひとつひとつが、縁の心を圧迫していく。

「ずるいよ、自分だけ私に文句言って……自分だけ背が高くなって……。ずるい……」

淡藤の瞳が潤み、本格的に揺らいだそれは今にも溢れてこぼれ落ちそうだ。琥珀はぎょっと背筋を冷やし、湯の中から出て縁の目尻を拭った。

「な……！　お、おい、泣くな、どうしたんだ」

「うぅ……」

「縁……」

「ぐす、わ、分かんないよぅ……何か、嫌なんだもん……」

とうとう涙が溢れ、縁は顔を覗き込んでくる琥珀からおもむろに顔を逸らして拒絶する。けれど琥珀はその頬を掴み、強引に角度を戻すと、顔を向かい合わせて自身の額を押し当てた。

この〝安否確認〟という名目の行為すら、いつの間にか琥珀が背中を丸めてくれるようになった。強く押さえつけられる腕が、縁の力だけでは振り払えなくなった。

同じ歩幅で歩けなくなって、何かを隠されているような気がして、距離がどこか遠くなって……彼を囲う他の者たちとの顕著な種族差が苦しくなった。

どんどん置いていかれる。それが嫌で、また視界がぼやける。

「俺がさっき怒鳴ったせいか？　お前の手を振り払ったのが嫌だったのか……？」

「うう……ひっく……ちがう……」

「じゃあ何だ？　何がそんなに嫌なんだ」

「わ、私も、分かんないよぉ……でもね、なんかね……琥珀は鬼なんだから、同じ鬼の女の子と関わるのも普通だし、私より大きくなるのも、当たり前なのにね……」

しゃくり上げ、つっかえながら紡がれる声。透明な涙の膜を張った瞳には端整な琥珀の顔が映っている。

縁は鼻を啜《すす》り上げながら、きゅうと彼の胸に寄りかかり、縋るような情けない声をその耳に注いだ。

「琥珀が、離れていくみたいで、やだ……」

そう発せられた直後、琥珀は唐突に縁の体を抱き上げる。

驚いた彼女が悲鳴をあげる隙すら与えず、彼は風呂場の段差を上がり、縁を床に降ろした。

どんっ。

檜《ひのき》の壁に背中を押し付けられ、尖爪の生えた無骨な手が、彼女の両側を囲うように逃げ場を奪う。水気を含んだ長い前髪は琥珀の表情を隠しており、縁の視点からでは窺《うかが》い知ることができない。

緊迫する空気感。縁は狼狽《うろた》え、怯えるような目で琥珀を見上げた。

（お、怒ってる……っ）

肌で感じ取ったのは明らかな怒気だ。

先ほどの発言の何かが逆鱗《げきりん》に触れてしまったのは間違いなかった。

俯きがちだった顔が持ち上がり、前髪の隙間からは黄褐色の瞳が覗く。さながら雲間の朧月。やはり怒っているように見えて、縁の背筋は凍った。

「わ、若様……」

「……戯《ざ》れるなよ、お前」

「ひ、う……ごめんなさ……っ」

低音に恐れをなして身を縮こめる。彼は顔を近づけ、縁の肩口に目元を押し付けた。

「いつか、俺から離れていくのは、お前の方だろ……」

そうして、噛み殺すように低く告げられた声。

ぱた、と頬にかかる水滴が、湯上がりの彼の髪からしたたり落ちて縁を濡らす。

「……え？」

声が小さく漏れた時、琥珀は縁の肩口から顔をもたげた。

もう怖い顔はしていない。けれど、どこか苦しそうな、今にも泣き出しそうな顔をしていて――見てはいけないものを見てしまったような、罪悪感にも似た感情にきゅうと胸が締め付けられる。

「若様……」

「……少し逆上《のぼ》せた」

「え？　だ、大丈夫ですか？」

「……お前のせいだ」

小さく紡いで、琥珀は縁にのしかかってくる。彼は手の位置をずらし、衿をはだけさせて白い肩口をさらすと縁の柔肌に触れた。

縁は慌てて着物を押さえ、困惑に揺らぐ目を泳がせる。

「え、若様っ、ちょっと、ねえ、着物が……っ」

「どうせ今から風呂だろ」

「そ、そうだけど……」

「嫌なら大声で助けを呼べ。酔いどれている父上はどうか分からないが、母上ならすぐ起きる」

平然と紡ぎ、琥珀は着物の帯を緩めてさらに縁から布を奪おうとする。

あまりに突然のことで戸惑い、身を強張らせる縁だったが——この行為が嫌かと問われると、別に嫌とは感じない。

しかし、不意に滑り込んできた彼の手が狙いすましたかのように火傷痕が残る場所に触れ、縁はぞわりと身を震わせた。

「ひ……っ、やっ、やだ！　そこは傷があるの、汚いから嫌だっ！」

「この傷は嫌いか？」

「うぅ……き、嫌いだよ……っ！　だって、この傷のせいで、私はみんなに要らないって言われて……」

再び目尻に滲んだ涙。琥珀は淡藤色の瞳を覗き込み、凛と澄んだ声で一切の揺らぎもなく告げる。

「俺は言わない」

「……え……」

「俺は何があっても、お前を不要だなんて思わない。絶対に捨てない。あの時、この傷ごと、俺がお前をもらうと決めたんだ」

赤らむ顔を覆っている小さな手。それを優しく引き剥がし、琥珀は縁の手に指を絡めて包み込む。

「俺は羅刹。羅刹は罪を屠る鬼。俺は、罪を罪のまま、この身で呑み込んだりなどしない……」

困惑した表情で涙ぐむ縁と向かい合い、こつり、不可解な言葉を告げた彼は願いを乞うかのように額を合わせた。

「……俺は、もう、二度と、お前を……」


一層強く手が握られ、琥珀の顔が近づく。

視線が交わり、鼻先が触れ合い、あとほんの数寸で唇が重なる——という、瞬間。

スパンッ！

風呂場の戸が、勢いよく開いた。

「いってぇ〜……！　ちくしょう、あの鬼ババア、力いっぱい殴りやがって……。だぁ〜からこの家帰ってきたくなかったんだよ！　明日は朝イチで金作って、さっさと自由な都に戻──」

──ぴた。

母への愚痴を垂れ流しながら気だるげに風呂場へと赴いたのは、頭頂部に大きなタンコブを作った兄・黎雪である。

とんでもない状況で鉢合わせた一同。凍りつくその場には沈黙が流れ、しばしの静寂が辺りを包む。

どくん。どくん。どくん。

心臓の早鐘ばかりが両耳の奥で打ち鳴らされる中、黎雪はすぐに〝やばい〟と気がついた。

ゆらりと立ち上がった琥珀。亡霊さながらのその様を見遣り、目を泳がせて、黎雪はどうにか誤魔化そうと精一杯の笑顔を作って叫ぶ。

「す、スケベは男の特権だ！　お前は何も悪くないぜ、琥珀！」

「顔面失礼いたします、兄上」

──バキィッ！

一切の迷いもなく腕を振りかぶった琥珀は、その能天気な顔面に、重たい拳を叩きつけたのであった。

第八話　不穏な残り香

都への遠征から一夜明け、織月の里には朝日が昇る。

琥珀と豪鬼丸は日の出前に起床して釣り場へと赴き、玖蘭は客用の朝餉を忙しなく仕込む、そんな普段通りの日常の中。

昨晩風呂場で琥珀に殴られた黎雪と寝坊助の縁は、日の位置が高く昇りきった頃にようやく目覚めて居間へと出てくるのであった。

「ったく、あそこまで強く殴ることねえだろ、琥珀のやつ……あんなとこでスケベしてんのが悪いってのに」

「す、すけべって言わないでください」

「あん？　あんなもん完全にスケベだろうが！　縁も大きくなったんだなあ〜、兄貴分としてはちと寂しいぜ」

「ち、違うもん、誤解です……」

囲炉裏の前であぐらをかき、昨晩殴られた箇所に触れながらからかってくる黎雪。

ぎこちなく目を逸らした縁は頬を赤らめながら握り飯を口に運んだ。

昨晩、琥珀が黎雪を殴り、意識を刈り取ってしまった後。

冷静さを取り戻したらしい琥珀は乱れた縁の着衣を正し、「悪かった」と気まずそうに謝って、風呂場を出ていってしまった。

残された縁はどくどくと耳の奥にまで届く心音に戸惑ったまま、自身の湯汲みを終えたわけだが——床についても尚、悶々《もんもん》と考えてしまってなかなか寝付くことができず。結局、朝方になってようやく目を閉じ、昼まで眠っていたというわけである。

件の琥珀はまだ釣り場から帰ってきていないようだが、果たしてどんな顔で会えばいいというのだろうか。

よくよく考えてみれば、昨晩の自分はどうかしていた。風呂場に乱入し、勝手に喚いて、勝手に泣いて……一連の行動を思い返しては、頬に熱が集まってくる。

「うう……私のばか。昨日大人しくしていれば、あんなことには……」

「あんなことって？」

「その……裸で迫られるとか……」

「ほら見ろやっぱスケベじゃねえか!!」

「スケベスケベ言わないでください、兄様のばかぁ!!」

肩をポカポカと殴りながら縁は叫び、揶揄する黎雪を睨んだ。「あれには色々な事情があるんです‼」などと必死に弁明するものの、黎雪は「ほーん？」と疑わしげに目を細めるばかり。

飯粒をつけたままの口元をへの字に曲げれば、彼は膨れっ面の彼女をひょいと抱えて自身の膝の上に乗せ、頬の飯粒を指先で掬った。

「お！　重くなったなあ、縁！　この前までアメンボみてえに軽かったのに」

「あっ、ちょっと！　兄様まで私を膝に乗せるのやめてください！　私はもう子どもじゃないんですよ⁉　あと重くなったとかも嫌でございます、最近若様にも言われてちょっと気にしてるんですから……」

「バァカ、もっと重くなっていいわ。女はちぃっと太ましいぐらいがスケベでいいんだよ」

「兄様の頭の中はスケベばっかりです……」

露骨な黎雪の発言に不服げな表情を浮かべる縁だが、兄の膝の上に抱かれるのは存外嫌いではない。

母とよく似た琥珀に対し、黎雪は父の豪鬼丸によく似ている。大雑把ながらも優しさに溢れた抱擁はまさに豪鬼丸を彷彿《ほうふつ》とさせるようなそれで、縁は納得がいかないという顔をしながらも大人しく彼に身を寄せた。

「はー、いつ見てもちっこくて可愛いなあ、お前は。この家で唯一の癒しだわ～……」

「私は女将様みたいに大きくなりたいのですが……」

「なーに言ってんだ、そりゃ無理だぜ。お前は狐だろ?」

「……でも、鬼は、みんな強くて大きい女性がお好きでしょう? 兄様も、若様も……」

「んだよ、そんなこと気にしてんのかぁ? 俺は別に小さくても気にしねーけど」

おかしそうに笑い、黎雪はまた縁を抱きしめて小動物でも愛《め》でるかのようにぐりぐりと顔を押し付けてくる。「苦しいです」と訴える縁の頭をぽんぽんと撫で、黎雪は白い狐耳の間に挟まる形で縁の頭頂部に顎を置いた。

「なんか、お前らも不思議な関係性だよなァ」

呟いた彼は縁の白い髪を掬い上げ、世辞にも器用とは言えない手つきで三つ編みにすると、どこからともなく取り出した赤い紐でくるりといびつな蝶《ちょう》を描く。

不格好な編み込みと蝶々結び。それはどう見ても下手くそだったが、兄の手で結ばれた赤い紐が、縁には少しだけ嬉しく思えた。

「そうでしょうか? そんなに私たち、不思議ですか?」

「いやあ、不思議だろ。ひとつ屋根の下で暮らしてる義兄妹で、幼なじみで、許嫁……? どれが正しい肩書きだ?」

「許嫁って……そんな、大袈裟です。私と若様は、そんなのじゃないです……幼い頃の口約束ですし」

「許嫁みてーなもんだろ。もうさあ、さっさと祝言《しゅうげん》とか挙げちまえば？　巷《ちまた》の女は十三過ぎたら嫁入りすんだぜ？　もう十六とかだろ、お前」

「……嫁入り、なんて……」

握り飯を口に運び、縁は眉をひそめる。やがて彼女はゆるゆると視線を落とした。

「……私には、嫁入りなんてできません。花嫁修業もしておりませんし、そそっかしいですし、鬼ですらありませんし……それに、ほら、私……傷物ですから……」

尻すぼみになっていく縁の言葉に耳を傾け、黎雪は母親譲りの赤い双眸を細める。移した視線の先には、片手で隠すように押さえられた腹。――消えない傷を宿した、その場所。

そこに黎雪が躊躇《ためら》いなく触れれば、縁はびくりと肩を揺らした。

「なァーに言ってんだ、お前が要領悪くて大喰らいで間抜けなことなんざもう知ってんだよ。こちとらずっとお前の成長見てきてんだぞ？」

「あ、兄様……。そこまで言わなくてもいいじゃないですかぁ……」

「阿呆、気にしなくていいって言ってんだ。周りの鬼には色々言われるだろうが、全部聞き流せ」

「……でも……お家柄が……」

「知るか、そんな古いしきたりクソ喰らえだ。種族がどうとか家柄がどうとか、んなもん二の次三の次でいいんだよ。お前自身は、結局どう思ってんだ」

――琥珀のこと。

そう続けて、黎雪は縁に視線を投げる。

琥珀のことをどう思っているのか。そんな直球すぎる疑問に、縁は何と答えればいいのか分からなかった。

幼なじみ？

義兄弟？

友だち？

許嫁？

どの形にもうまく収まらない。言いようのない感情の行き場がない。

「私は……」

ためらう縁が言いさしたその時、足音すら聞こえなかった廊下に、誰かの気配を感じ取った。

「――ただいま戻りました」

スパンッ。強めに障子戸を開けて現れたのは、珍しく早めに帰宅したらしい琥珀だった。

露骨に縁が肩を跳ねさせる傍ら、黎雪は「お、旦那様のお帰りだ」と呑気に揶揄を紡いでいる。一方で琥珀は、兄が縁を背後から羽交い締めにしているかのような光景を目にする形となり、ため息交じりに眉間の皺を深めた。

「……兄上、飯を食っている時の縁にちょっかいをかけるのはおやめくださいと申したはずでしょう。そいつはすぐ喉に飯を詰まらせるんです、気をつけてくださらないと」

「んっだよ、相変わらず過保護だなァ。飯が喉に詰まったら指突っ込んで取ってやりゃいいだけだろぉ？」

「縁の喉に穴でも開ける気ですか？　兄上は手先が器用ではないのですから、爪も研《と》いでない指で縁に触れるのすらお控えいただきたい。この不格好な三つ編みをしたのも兄上でしょう、本当に美的感覚がない」

　つらつらとダメ出しを並べて三つ編みに触れ、琥珀は黎雪から縁を引き剥がす。必然的に彼と密着することとなった縁は昨日の出来事を思い出し、ことさら心臓の動きが速まって、思わず彼の胸を押し返した。

「や、やだ！　琥珀のばか！」

「……は？」

「し、しばらく私に近寄らないで！」

「はあっ？　いきなり何を言っているんだお前、昨日は自分から風呂場に入ってきたくせに……というか、いま兄上とは密着していただろうが。なぜ俺だけ——」

「とにかく！　やだ！　来ないで！　ごちそうさまっ！」

「な……っ、おい！」

今度こそ強めに琥珀を押し退け、縁は外へ出ると下駄に足を通し、兄弟から離れていく。

完全に拒まれた琥珀は硬直したまま絶句しており、露骨に放心しているその様子に黎雪は噴き出し、腹を抱えて笑い始めた。

「ぶっ……ぎゃっっははは!!　見たかよ今の、完ッ全に拒まれてやんの～！　嫁に嫌われることとしたんじゃねーのか、琥珀！　ははは！」

「お、俺は、何も……」

「はー、愉快愉快、可哀想に琥珀ちゃん！　優しいお兄様が抱きしめて慰めてあげようかぁ？」

「……っ、慰めなど必要ありません！　そもそも俺は、縁に嫌われようが拒まれようが、別にどうだっていい」

ふいっと顔を背け、早口で言い切った琥珀。

それまで笑い転げていた黎雪は不服げな琥珀の横顔を見つめ、やがて呆れたように目を細めた。

「ったく……素直じゃねーよなァ、我が弟ながら。言っておくが俺は知ってんだぞ、お前が実は甘えたがりで寂しがり屋なの」

「それは兄上の幻想です。冗談はろくでもない放蕩癖《ほうとうへき》だけになさってください」

「ハッ、茶渋でもすすったような顔して見栄張ってんじゃねーよ。縁の前じゃ格好つけてやがるが、本当は干し柿とか饅頭《まんじゅう》とか、甘〜いのが好きなヤツだろ、お前は」

肩をすくめて鼻で笑えば、琥珀はじろりと兄を睨んだ。蛇も蛙も逃げ出しそうな眼光。一見恐ろしげで近寄りがたい雰囲気だが、こう見えて琥珀は、柔く繊細な心を持っているということを兄は知っている。

そういうところは母譲りだな、と黎雪は冷静に分析し、いくら睨まれたとて動じることもなかった。

「よしよし、まあそう睨むなよ。横に座れ、琥珀。酒でも呑むか？」

「俺は酒は嗜《たしな》みません」

「チッ、ノリが悪ィ。昔は『兄上、兄上』ってずっと引っ付いてきてたってのに」

「……もう昔の俺ではないのです。失礼いたします」

「はあ、そういう年頃かねえ」

辛辣に突き放して出ていく弟に肩をすくめ、黎雪はやれやれとかぶりを振った。

しかし、その時――ふと、黎雪の鼻が覚えのある匂いを捉える。

（……⁉）

弾かれたように振り向き、黎雪は鹿威《ししおど》しの音が響く穏やかな中庭を凝視した。

カコン――竹が石を打ち、蓮の花が咲く溜め池の水面が揺れる。

鬼は、妖力の匂いに敏感だ。

中でも黎雪は、とりわけ鼻がよく利く鬼だった。

柔らかなそよ風。じゃれ合う小鳥の心地良いさえずり。溜め池の中の鯉《こい》は躍り、イモリが赤い腹を見せつける――いずれも見慣れた中庭の光景。

微細な術香を即座に嗅ぎ分け、黎雪は訝しげに眉根を寄せる。

「今の匂い……！」

危機感を持って呟き、彼は即座に障子戸を開けた。

「琥珀ッ！」

先ほど出ていった琥珀を追って呼びかける。しかし、たった今出ていったはずの弟の姿は、いつの間にか消えてしまっていた。

とぷん、とぷん……再び中庭に目を向ければ、池の鯉が逃げ惑い、水面が大きく波打っている。おそらく異変を察知した琥珀が、池の水すら踏み越えて外へと駆けていったのだろう。

「おお、いつの間に……さすが足が速《はえ》え……」

感心しつつ、黎雪は顎に手を当てた。研ぎ澄ました嗅覚でもう一度風の匂いを辿るが、巧妙に紛れてしまったそれは羅刹の鼻をもってしても嗅ぎ分けられない。

「隠れやがったな……」

冷静に分析して眉をひそめる。この件を父に報せるべきだろうか――黎雪はいささか迷ったものの、仮に気のせいであれば余計な混乱を招く。それに、たとえこの悪い想像が当たっていたとしても、琥珀が先ほどの気配に気づいて追っていったのであればひとまず大きな心配はない。

ただひとつ、懸念があるとすれば、常に無防備で体の弱い妹分が、先ほど外へ出ていったことだ。

「……何事もなきゃいいが」

黎雪が縁の身を案じて呟いた頃、そよ風に攫われた不穏な妖力の残り香が、鹿威《ししおど》しの音に紛れて溶けていった。

第九話　気紛れ鬼遊戯《おにごっこ》

黎雪と琥珀が旅籠屋でほのかな妖力の残り香を感知していた頃。

琥珀から逃げるように燕屋を出ていた縁は、宛てもなく畦道《あぜみち》を歩いていた。

ひょこひょこと跳んで移動する土蛙を追い越し、餌を運ぶアリの行列を跨《また》いで、彼女はひたすら道沿いに進んでいく。

踏んで奏でる下駄の音を、カラン、コロン、カラン、コロン。転がせるだけ転がして、縁は大きなあくびを噛み殺した。

「ふあぁ……眠い……。昨日あんまり眠れなかったから……全部若様のせいだ……」

この場にいない琥珀に睡眠不足の責任を押し付け、同時に昨晩の出来事を思い出してしまって、彼女は頬を赤らめながら歩き続ける。

本日は快晴。暑すぎず、寒すぎず、風の機嫌もちょうどよい。

まさに絶好の洗濯日和。旅籠屋の南側にずらりと客間用の敷布団が天日干しされていたのも納得の気候だった。

四季を問わず様々な草木に囲われ、気温もさほど変化がない幽世では、一年中桜が咲き、若葉が芽吹き、紅葉が山を彩《いろど》る。

そんな鬼の里を歩く中、ぴんと立った縁の白い耳は、井戸端で世間話に花を咲かせる女たちの声を拾い上げていた。

「それでねえ、その時あの店の旦那が……」

「えー本当？」

「ふふふ」

カラン――彼女たちの噂話に割り込むように、石畳の上で響いた下駄の音。その音に反応した鬼の女たちは、談笑を止めて振り返る。

「……あ……」

目が合った途端、彼女たちの表情が一様に強張ったのを、縁は見逃さなかった。

「あ、あらぁ、やだ～、燕屋の狐ちゃんじゃなぁい。今日はいい天気ねえ、お散歩かしら？　うふふ……」

「……こんにちは」

ぎこちなく微笑まれる中、縁は控えめに会釈して彼女たちの前を通過していく。

縁が早足でその場を離れた頃、彼女たちは声を潜め、また密やかに話し始めた。

「あの子、まだいたのね」

「あんな傷物のくせに、鬼の里にいて恥ずかしくないのかしら」

「羅刹のご一家は器がお広いから……」

「そろそろ餓鬼に食べられてしまう頃だと思ってたわ」

「貧相で硬そうな狐の肉だもの、餓鬼でも食い余すほど不味いんじゃない？」

「いつまで鬼の里にいるのかしら……」

ちく、ちく。

棘のある言葉の全貌を聞かないよう耳を塞ぎ、縁は小走りに彼女たちから逃げていく。

カラン、コロン、カラン……。

やっとのことで遠く離れて足を止めた時、縁は俯き、乱れる呼吸と早鐘を打つ鼓動を落ち着かせようと胸を押さえた。

そして、黎雪に告げられた言葉を思い出す。

――さっさと祝言とか挙げちまえば？

「無理、だよ……」

ぽつり、呟き、視線は無意識に足元へ。

風そよぐ木陰の草花には、朝霧によってもたらされた露のかけらがまだ残っている。

「そんなの、できるわけない……鬼は、鬼と、結ばれるべきで……私は……私なんかじゃ……」

淡い藤の瞳に映ったのは、白い髪を編んで兄が結びつけた不格好な蝶々結び。

左右の紐の長さは等しくなく、円の形も揃っていない。少し強く引っ張れば、結び目はほどけ、蝶は片翼を失ってしまった。

ばらばらとほどけていく髪。ただの紐に戻った蝶。

琥珀と縁もこれと同じだ。鬼と狐――左右の形が違っては、たとえ男女の契《ちぎ》りを結んでも、紐の端を引っ張るだけで、それらは容易くほどけてしまう。

つうと流れる涙さながらに、葉脈を伝った朝露のかけら。地面に落とされ、土に染み込んで消えていく。

その横で縁は、また下駄の音を転がし、足取り重く歩き始めた。


――お前が、鬼と、〝縁〟を結べるように。


そう願いを込められて、父に与えられた〝縁〟の字。

大切にしていたはずのこの名前が、近頃は時々、少し重たい。

いびつな形にしかなれない自分が、鬼との縁など結びつけてよいのだろうか。

もしも相手が自分と同じ妖狐なら――同じ形で、揃った円を並べて、硬い結び目にできたのだろうか。

「……こんな傷さえ、なかったら……」

「なあーにウジウジぼやいてんだァ？　羅刹の姫君」

「――ひっ⁉」

と、その直後。

突如背後から耳元に息を吹きかけられ、ゾゾッと背筋に電流が走る。

尻尾を抱えた縁が悲鳴と共にその場から飛び退けば、視界に入ったのは沙羅双樹の面で目元を隠した見覚えある双子――。

「ああーーっ!?」

けたけたと声を上げて笑う彼らを指さし、縁は声を張り上げた。

「あ、あなたたちは……！　都の変態天狗双子っ!!」

「はあー？　変態天狗双子ぉ？　おいおい、随分とヒデェ言い草じゃねーかァ？　傷付いちまうよなぁ、兄弟」

「そうだそうだ、おチビの狐に変態呼ばわりされるたァ心外だ。俺らはアジャラ、愉悦と娯楽を求める無邪気な天狗様なんだぜェ？　敬《うやま》え敬えっ！」

黒い翼を羽ばたかせ、高下駄で小器用に飛び石の上を移動しながら、以前都で出会った双子・戯の天狗が騒ぎ出す。

仮面の下に隠されたぎらつく眼光を感じ取り、たじろいだ縁は彼らから距離を取った。

「ち、近づかないで、このケダモノ！　また匂いが移ったらどうするのよ！」

「ひゃはっ、獣にケダモノ扱いされちまうたァ傑作だ！　俺らの匂いも気に入ってくれたみてえで満足だぜェ」

「傑作だ傑作だァ！　まあまあおチビ、そう警戒すんな。取って食やしねえってぇ」

「嘘だっ！　来ないで！　獲物を見るような視線を感じるっ！」

「別に食われてぇってんなら食ってやってもいいぞ？」

「や、やだっ！」

「ひゃっははは‼」

縁の反応にふたりは笑い、高下駄でトンと地を蹴って双子の片割れが背後に回る。

包囲された縁は逃げ場を失い、露骨に顔を青ざめさせたものの、ここで怖気《おじけ》づいては羅刹の一家の顔に泥を塗ってしまうと己を律して拳を握った。

「あ、あなたたちなんて、全然怖くない！　さっさと私の前から立ち去りなさい！」

「へえ、威勢だけはいいなァ。戦う気かぁ？　俺らと」

「やってやれよ兄者、神通力で脳みそ破裂させちまえ」

「破裂⁉　や、や、やれるものなら……！」

「冗談だよっ、バァーカ！」

たちまち狼狽《うろた》えた縁を嘲笑い、アジャラたちは舌を出す。からかわれたことに気づいた縁はみるみると頬を紅潮させ、振りかぶった拳を勢いのまま突き出した。すかっ。

しかし放った渾身の一撃は、ひらりと見事にかわされる。

「ひゃははっ、ざ〜んねぇ〜ん！　当ったりっませ〜ん！」

「くぅ……っ！」

「そーだ兄者っ！　ここって鬼の里だし、どうせならオニゴッコしようぜ！　おチビ、お前オニな！」

「へ⁉　ちょ、ちょっと何勝手に決めて……」

「俺らのどっちか片方でも捕まえられたら両方ぶん殴っていいぞ？　やるぅ？」

「やる」

こくり、頷き、縁は二つ返事で即答した。「そうこなくっちゃなァ！」と口角を上げ、双子は赤黒い翼を大きく広げて二手に分かれる。

「楽しいオニゴッコの始まりだっ！　十数えたら追ってきな、おチビ！」

「ぜっったい負けないからねっ！　いーち、にーぃ……」

「逃っげろー！」

南から西へと陽の光が傾き始めた頃、気まぐれで始まってしまった縁と双子の鬼《おに》遊戯《ごっこ》は、特に意味もなく幕を開けるのだった。

◇

かくして、鬼遊戯《おにごっこ》の開幕からしばらく経った頃。

素早い天狗を懸命に追いかけていた縁だったが、木から木へ、次々と飛び移る天狗の俊敏さたるや、ちょっとやそっとで追いつけるようなものではない。距離など縮まるはずもなく、結局一度もその体に手を触れられぬまま、彼女はズザァッと落ち葉の中に倒れ込んだ。

「はあっ、はあ……疲れた……。疲れたよぉ、アジャラぁ、休憩しよ～……」

息も絶え絶えに訴えかければ、頭上で揺らめく木々の枝葉がざわりと撓《しな》う。高下駄で器用に細枝へ着地した双子は、疲れ切って音を上げた縁を見下ろしながら楽しげに笑った。

「根性ねえなァ、おチビ！」

「くくっ、バテてやがらァ。降参かァ？」

「降参も何も、そんな高いとこ走られたら届くわけないでしょ……自分たちばっかりぴょんぴょんして……」

不平不満を伝える彼女に、双子は「何のことだか～」としらばっくれる。

むっと目を細めた縁。やがてふたりは彼女の両側へ軽快に降り立ち、満足げに伸びをした。

「あー、動いた動いた。随分遠くまで来ちまったなっ！ それにしてもおチビ、降参すんのが遅すぎるぜ。勝ち目なんざねえの分かるだろォ？」

「そーだそーだ！　届くわけねーのにがんばって追いかけてくれちゃって、健気《けなげ》で可愛いねえ」

「むぐ……」

「ま、俺らは楽しかったけどなァ、満足満足！　お前も楽しかったろ？　おチビ」

落ち葉の上で寝そべる縁と同様に、双子も彼女を挟むように倒れ込んで問いかけてくる。

縁はしばらく唇を尖らせていたが――ほどなくして緩やかに口角を上げると、両側のふたりを交互に見遣った。

「……まあ、ちょっとだけなら楽しかったかも。ちょっとだけね！」

「かーっ、素直じゃねえの」

「そーだそーだ、すっげえ楽しかったくせによォ！」

「ふふふ」

縁が微笑む傍ら、「なあ、次は何して遊ぶ？」と双子は期待をこめて声を揃える。

その様はまさに、戯れ好きの子どもさながら。

自由気ままで行動の読めない厄介者、という周囲の評価には概《おおむ》ね同意だが、少なくともこちらを貶《おとし》めようという悪意はなさそうだ。

縁は安堵の息を吐き、彼らの片割れに視線を向ける。

「まだ遊ぶの？　元気だねえ、えっと、アジャラの、うーんと……あなたはどっち？」

「どっちも何も、俺はアジャラだ」

「いや、そうじゃなくて……。そもそもアジャラって、あなたたちふたりを表す名前でしょ？　それぞれの名前はないの？」

問えば、アジャラの片割れは肩をすくめた。

「そんなもんねえさ。俺らはアジャラ。ふたりでひとつ。兄と弟、俺らが互いを分かってりゃ、名前なんて必要ねえだろ？」

「うーん……？　そ、そう……？」

共感しがたい主張に首を捻りつつ、けれども〝そういうもの〟なのだろうと縁は口ごもる。

幽世には幾千ものあやかしがいる。それぞれの種族にそれぞれの常識があるのだから、〝そういうもの〟だと言われれば、きっとそういうものなのだ。

「そう言うおチビにゃ、名前があんのか？」

逆に問われ、縁は頷いた。

「もちろんあるよ！　私、縁って名前なの。エニシって字を書いて、ヨリって読むんだ。豪鬼丸様に付けてもらったの」

「……ヨリぃ？　ひゃはっ、羅刹の旦那は随分トガった感性をお持ちだ！　そりゃあ犬に〝イヌ〟って名前つけるようなもんだろォ？」

「へ……？」

「いんやァ？　出会った時から変わった〝ヨリ〟だと思っちゃいたが、まっさか名前までヨリとは面白え。なあ兄弟」

「くくっ、そうさな兄者。喋るし笑うし、しかも鬼の里にいる〝ヨリ〟ときた。こんな珍品、羅刹の旦那もよく見つけたもんだ」

「えっ、え？　どういうこと？」

不可解な会話。縁は眉をひそめて問いかける。

彼らは同時に上体を起こし、「知らねーのか？」と声を揃えた。

「狐に嫁入りした雌を、妖狐はみんな〝ヨリ〟って呼ぶのさ。まあ簡単に言えば、狐の花嫁を指す言葉だ」

「へ……」

「なああ、そんなことより次はかくれんぼやろうぜ、かくれんぼ！　おチビ、お前オニな！」

「よし、隠れるぞ兄弟！」

「おうよ兄者！」

「ええっ⁉　ねえ、ちょっと待ってよ！」

縁は身を乗り出すが、彼らはすでに走り去ってしまっている。残されたのは柔らかな風のみだ。

伸ばした手のひらが空《くう》を掴んだのち、どこからともなく「十数えてから探しに来いよ～！」という声が届いて、縁は半ば諦めたように目を瞑った。

「……いーち、にーぃ……」

律儀に数を数える最中、脳裏に張り付いて離れなかったのは、〝ヨリ〟という名が狐の花嫁を指している、という先ほどの会話。

眉根を寄せ、縁は目を閉じたまま訝しむ。

（どういうこと……？　私、幼い頃の口約束とはいえ、若様の花嫁って名目で拾われたんじゃなかったの？）

考えているうちに十まで数え終え、目を開けた彼女は複雑な表情で山道を見つめた。

銀杏や紅葉の木々が色づく隙間からは、過ごし慣れた鬼の里が見える。

夜明け前にはモヤがかかり、朝方は濃霧に覆われるこの里。おぼろげな薄雲に包まれた、三日月型の隠れ里。

この里でひっそりと、縁は拾われ、鬼に育てられた。

（豪鬼丸様は、私に名前を与えてくれて……若様も、兄様も、女将様も、みんな、私をこの名で呼んでくれる……）

何も妙ちくりんな名ではない。何らおかしなことなどない。

けれど、どこか疑念が蔓延《はびこ》って、心が重いと感じてしまう。

鬼の里。かくれんぼ。狐の花嫁《ヨリ》。鬼の縁《ヨリ》……。

もういいかい、まぁだだよ——頭の中で誰かが囁いた気がした。

オニになったら探さなくては。頭では分かっている。

けれど、隠されているのは実は自分の方なのではないかと、確証のない憶測がしつこく脳裏を巡ってしまう。

琥珀は、昔から縁に隠し事をしていた。

黎雪も、何か知っている風でありながら素知らぬ振りに徹しているようだった。

豪鬼丸も、玖蘭も、他の仲居も——何か重要なことを、自分に隠しているような気がする。

何を隠しているのか。なぜ教えてくれないのか。

もし、自分が、重要な何かを知らないのだとしたら。

本当は、羅刹の一家にすら、歓迎されていなかったのだとしたら。

「そしたら、私……この世のどこに、居場所があるの……？」

小さな言葉がか細く転がる。

ぼやけた視界が揺らいだ瞬間——俯く彼女の近くでは、枝葉が踏みつけられる音が響いた。

「……これはこれは、驚いた。ようやく長年の探し物が見つかったようです」

背後から降ってきた耳慣れない声。縁の鼓膜をそっと叩き、彼女はハッと顔を上げる。

「っ！」

しかし振り向いた瞬間、吹き付けたのは強い旋風。渦を巻いて縁を包み、落ち葉が円を描いて宙を舞った。

縁は一瞬固く目を閉じたが、風はすぐに収まる。一体何事だろうかと警戒しつつ薄くまぶたを開き、現れた何者かへと視線を注いだ。

白の羽織と、白銀の長髪——それらをそよ風になびかせ、凛と佇む見知らぬ誰か。閉じた扇子《せんす》を口元に当てて微笑む様には気品すら感じた。

頭部には見慣れた狐耳が。背面には毛並みの整えられた七つの尾が。

眉目秀麗《びもくしゅうれい》な青年の容姿を目にした縁は硬直し、その姿を見つめる。

「お迎えに上がりました。私の花嫁」

澄んだ碧眼《へきがん》を細めて縁を見つめていたのは、息を呑むほどに美しい、妖狐の青年だった。

第十話　幻と隠れん坊

(今、花嫁って言った?)

木の葉が舞う中、生まれて初めて出会う同族を前にして、縁は目を見開いていた。

なぜか〝花嫁〟と称された彼女。驚きと好奇心に胸を震わせつつも生唾を嚥下し、一歩、二歩、つい狼狽《うろた》えて後退する。

妖力のない縁でもひりひりと肌で感じ取れてしまうほど、その男は荘厳とも言える力を有しているように見えた。畏怖すら感じ取り、本能的に鳴らされた警笛。警戒する縁と向き合いながら、妖狐は頬を緩め、扇子で軽く口元を叩く。

「おや、警戒させてしまいましたか。そう怖がりなさいますな。下劣な天狗の悪童よりは、私の方が幾分か品もよいでしょう」

「……っ」

「さあさ、こちらへ。共に里へ戻りましょう。あなたの家族が待っておられます」

「……か、ぞく……？」

ようやく喉の手前でつっかえていた声を細く発すると、目の前の妖狐は訝しげに目を細めた。同時に、縁の脳裏には覚えのない記憶が蘇り始める。

──お前はヨリに選ばれた。

最初に思い出したのは、どこか上機嫌な男の声だ。

記憶の中の縁は、着ている白装束の衿を正しく整えられながら、たった今『ヨリ』と呼びかけてきた男と、その隣にいる女を見つめている。

顔や姿はよく思い出せない。だが、彼らが自分の〝家族〟であったことだけは、明確に思い出していた。

『父上、母上……』

涙声で呼びかけるが、ふたりは聞き入れず、『さあ、行きなさい』と幼い縁の背中を押す。縁は複雑な心地だったが、逆らうことはしなかった。

そうだ、あの日──縁は、どこかへ行かなければならなかった。

それは嬉しいことであり、誇りに思うべきこと。だが、親元を離れ、故郷を出ることに対して、年相応に寂しさを抱いてもいた。

薄っぺらな白装束に身を包まれ。

己の齢に不釣り合いな白粉《おしろい》と紅を塗られ。

父と、母に、別れを告げる。

——シャン、シャン、シャン。

迫ってくる鈴の音。月夜にもかかわらず降り出した雨。

お迎えが来たのだと言われ、縁は振り返る。自分が何に選ばれたのか、彼女は分かっていた。

『……私は、花嫁《ヨリ》』


これは、一体、いつの記憶なのだろう。


「……おやぁ？」

ずい。

追想の続きを遮るように歩み寄り、妖狐の青年は身を乗り出す。青ざめた縁が「ひっ……！」と思わず声を発すると、彼は一層訝しげに目を細め、しかし何かに納得したかのように数回こくこくと頷いた。

「……ああ、ははぁ～。なるほど」

「……？」

「鬼に余計なモノでも入れられたのでしょうか。で、成り損なっておられた、と」

「え……な、何？　余計なもの……？　なりそこなっ……？」

「ほう、やはり意思を持って反応しますか。これは面白い。我々の〝ヨリ〟が鬼の里に隠されているとは俄《にわか》に信じがたい話でしたが、都で羅刹と共にいたという情報は正しかったようですね」

青年はひとりで結論を出し、閉じていた扇子をおもむろに広げる。舞でも踊るかのように優雅にそれを回した彼は、やがて深々と頭を下げた。

「申し遅れました。私は良影《よかげ》。勿嶺から来た七尾《しちび》の妖狐にございます」

以後お見知りおきを、と続けて顔を上げた、良影と名乗る美しい妖狐。

切長の碧眼に捉えられた縁は動けず、妙な緊張感に包まれたまま控えめに顎を引いた。

琥珀や黎雪も普段から距離が近いが、初対面だというのに良影も随分と距離が近い。慣れない相手ゆえに居心地悪さを感じる中、彼はことさら距離を詰めてきた。

「ひゃ……っ、あ、あの……近……」

「おや、まだ怖がっておいでですか？　一体どこに怖がる必要がありましょう」

「え……」

「私たちが寄り添い合うのは当然のことです。あなたは本来、私の元へと嫁入りに来た身。――私たちは夫婦なのですから」

優雅な微笑と共に告げられた一言。縁は息を呑み、今しがた投げかけられた発言をしばらく受け止めることができず、ややあってようやく咀嚼する。

夫婦？　嫁入り？　私が？　この方の？

困惑に目を泳がせたその時、良影の手は縁の頬へと伸ばされた。そしてその肌に触れようとした――刹那。

――ブワッ！

突如、足元の落ち葉が勢いよく舞い上がり、吹き込んだ風は縁を守るように彼女を取り囲んで旋回する。

やがて風は鋭利な風刃《ふうじん》となり、伸ばした良影の腕を巻き込んだ。それらは彼の肉を裂かんと牙を剥き、躊躇《ちゅうちょ》なくその腕を切り刻む。

「きゃあっ⁉」

縁はたまらず悲鳴を上げた。だが、それらは良影の着物の袖を刻んだのみで、地肌には傷ひとつ入らない。

攻撃を受けた良影は一切動じず、小さなため息を浅くこぼした。

「……ふむ、神通力か。小賢しい真似を」

冷静に状況を判断し、良影は切り刻まれた袖など意にも介さず扇子を閉じて口元に当てる。直後、縁の目の前にはふたつの影が落ちてきた。

彼らは落ち葉が舞う中に飛び降りて着地し、面に隠された双眸をぎらつかせる。

「ひゃはっ、コイツァどうにもいただけねえなァ？　……俺たち戯の天狗が、楽しい戯れを邪魔されちまうなんてよォ」

縁を庇うかのように良影の前に立ちはだかったのは、それまでかくれんぼに興じて身を隠していたはずの天狗たちだ。

彼らの登場にも良影は動じず、むしろ穏やかな笑みを浮かべて吊りがちな目尻を柔く緩める。

「ほう、これもまた面白い。他者を顧みることなどないはずの悪童天狗が、種の違う者を庇うとは。私の花嫁を、あなた方もお気に召しましたか？」

「くくっ、まっさか！　おチビを庇うわけじゃねえ、俺らは楽しい〝戯れ〟に水を差されたことが気に食わねえのよ」

「そーだそーだ、夢幻《むげん》のママゴトしかできねえ七尾の妖狐なんざお呼びじゃないぜ。ヤり合いてーなら本物を連れてきな！」

双子は良影の発言を鼻で笑い、自らの背に生えていた黒い羽根のひとつひとつを切り離して集積し始めた。

やがてそれらは寄せ固まり、強固な黒羽根でできた巨大な鉄扇《てっせん》を作り上げる。

「——我らは戯。娯楽と愉悦の天狗なり」

声を揃え、ふたりは神通力を用いて巨大な扇を宙へと運んだ。

「他者を憎まず顧みぬ」

「高く清《きよ》け神にも通ずる」

「愉楽の妖《あや》にしばし付き合え、夢幻《ゆめまぼろし》の獣《けだもの》よ」

面の沙羅双樹が妖しく光を放った直後、世界がひずんだような錯覚に陥り、縁は強い妖力に気圧されながら身震いする。自分には一生をかけてもできない芸当だ。

強大な神通力によって角度を変えた鉄扇は鈍く唸りながら虚空を扇ぎ、猛烈な暴風を呼び起こした。

ブオッ——旋回した風はたちまち鎌鼬《かまいたち》となり、良影を呑み込むように直撃する。

「ほぉら、勿嶺に帰った帰った」

にたり、口角が上がる双子。余裕綽々《しゃくしゃく》といった様子でこの状況を楽しんでいるようにも見える。

大胆不敵な彼らの立ち振る舞いには安堵すら覚えるが——しかし。その態度も長くは続かなかった。

次の瞬間、舞い上がった落ち葉の中心を割り裂くように何かが放たれ、鋭利なそれは双子の片割れを突き刺していたからだ。

「がッ……⁉」

ドッ――。

腹部を穿たれた彼は目にも留まらぬ速度で背後の樹木に叩きつけられる。まさに一瞬の出来事。残されたアジャラの片割れと縁は声を張り上げた。

「兄者ッ⁉」

「きゃあっ⁉」

「……っ、ぐ……！」

どろり、流れ落ちる妖力を含んだ黒い血。目に見えない何かに腸《はらわた》ごと貫かれた双子の兄は奥歯を軋ませ、すぐ目の前の虚空を睨んだ。

すると、何もなかったはずのその場所から声が放たれる。

「……いきなり襲いかかってくるとは、随分野蛮ですねえ。玩具《がんぐ》を取られて癇癪《かんしゃく》を起こす、愚かな悪童そのものだ」

くつくつと喉を震わせ、至近距離から届いた声。それまで何もなかったアジャラの正面には少しずつ実体が現れ、やがて炙り出されるかのように、良影の姿がくっきりと浮かび上がる。

舌を打ち、アジャラはうんざりしたように顔を歪めた。

「チッ、これだから幻を相手にすんのは嫌なんだ……」

当てつけのように血を吐いてぼやくと、実体を現した良影は彼の腹を貫いた腕をさらに奥へと沈めてくる。激痛に声を詰まらせ、アジャラは苦しげに呻いた。

「……ッ、あ、がっ……！」

「夢幻の術を持つ妖狐を侮ってはいけませんね。幻とは姿形が見えぬもの——無論、そこに在るとも限らない」

「ぐ、ぅっ、あぁ……っ！」

「はは、所詮は子ども。相手との力量差を見誤った自分を恨みなさい」

苦鳴《くめい》に喘《あえ》ぐアジャラを追い詰め、妖狐は不気味なほど穏やかに笑みを浮かべる。

「あやかしとは、強さこそがすべて。懦弱《だじゃく》な天狗の薄汚い臓物など、すべて引き抜いてさしあげましょう」

恐ろしい宣言を添えて舌舐めずりをした良影に、縁は身体中が凍てつくような心地を覚えた。どうにかアジャラを助けようと足に力を込めるが、駆け出す寸前で双子の片割れが縁を制す。

「……っ、アジャラ……！」

なぜ止めるのかと顔を上げれば、しぃ、と彼は唇に指を押し当てた。

「案ずるな。兄者とて阿呆じゃない」

小声で囁かれ、縁は焦燥を抱えたまま口を噤む。

ほぼ同時に耳に届いたのは、「ハッ」と良影を鼻で笑い飛ばす、双子の兄の声だった。

「妖狐を、侮るなって……？　かはっ、そりゃあ、失礼……。だが、あんたも、あまり侮らねえ方がいい……」

「ほう？　虫の息で何ができると？　もう片方の天狗が割って入ったところで、おそらく何も変わらないと思いますが？」

「いいや、俺たちのことじゃねえ……」

腹をえぐられ、血を吐いても尚、アジャラは口角を上げている。

「ここは、鬼の里だ」

すうっと息を吸い込み、彼は続けた。

「山の麓《ふもと》、霧に隠れた山間の、繊月《せんげつ》の中に鬼は棲む……」

「……」

「曙《あかつき》の矛は天高く、霧をも裂いて、朧月《ろうげつ》にかかる塵を衝《つ》かんとす。……そこに棲まう鬼も、また然りなり」

仏が教えを説くかのごとく唱導《しょうどう》した直後——良影の頭上では、強い閃光がひらめいた。

彼がハッと振り向いた時には既に手遅れ、一瞬で轟音と雷《いかづち》がその頭頂部に降り注ぐ。激しい雷撃によって良影は弾き飛ばされ、腹を貫かれていたアジャラは拘束を解かれて力なく地面にくずおれた。

「くっ……！」

直撃はまぬがれたらしい良影がふらりとよろめいた隙に、木々の間を俊足で蹴り付けながら飛び込んできた影は迷うことなく剣を抜く。

振り下ろされた雷刃《らいじん》。しかしそれは良影自身を捉えられず霧散した幻を裂くのみで、鋭利な刃先は空を斬った。

トン――着地した彼は数歩下がり、ゆらりとその場に佇んで、前方を見据えながら剣を構え直す。

「討ち損じたか」

風に揺らぐ濡れ羽色の髪。鋭く吊り上がる月色の目は、咎を捉えて静かに殺気立った。

「……お前たち、ここが羅刹の縄張りと知っての狼藉だろうな」

その場にようやく駆けつけた鬼――琥珀は、警戒をあらわに声を低め、姿を隠した狐の幻影を睨みつけた。

第十一話　咎負いの迷子

刀と共に降り立った琥珀は、霧散した幻と対峙《たいじ》し、見えない相手を睨みつける。その隙に離れ離れだったアジャラ同士は互いに再会して支え合い、縁も彼らのそばに駆け寄った。

緊迫した空気の中。

何もなかったはずの虚空は水面さながらに揺らめいて、妖狐が再び姿を現す。

「こんにちは、羅刹の若君。こうしてお会いできて光栄です」

微笑む良影。

琥珀は眉ひとつ動かさず彼を見遣った。

「御託《ごたく》はいい。即刻この場から消えろ」

直球な言葉を放たれ、良影はすいと視界を狭める。

しばし無言で向き合う羅刹と狐。一触即発の雰囲気に戦慄した縁が不安げに身をすくめ、琥珀を見つめた頃、ようやく起き上がったアジャラが不服をあらわに口を挟んだ。

「おーいおいおい、おっせーよ若ァ！　何してやがった、腹に穴ァあいちまったじゃねえか！」

「そーだそーだ、もっと早く助けに来いってんだよ羅刹の若君よォ！」

「……はあ」

ぶうぶうと文句を垂れ、外野から野次を投げる双子。先ほどまで瀕死の重傷を負っていたように見えたが、腹に空洞をあけられても尚ピンピンしている。

その姿に縁が唖然とする中、琥珀は大袈裟にため息を吐くと死んだ魚のような目をして振り返った。

「……勘違いするな、ゴミ共。お前たちを助けるために来たわけじゃない。というか、腹にあいた穴ぐらいすぐ治るだろう。そもそもなぜここにいる？」

「おチビと一緒に遊んでたんだわァ」

「ひゃはっ、そしたら腹に穴ァあいちまった！」

「目障りだ、消えろ」

辛辣に一蹴し、琥珀は刀を鞘に収める。その行動に良影は「おや？」と首を傾げ、口元に宛てがっていた扇子を広げた。

「武器をしまってよいのですか？　警戒を解いてくれたようには見えませんが」

「刀など振るだけ無駄だ、俺の一太刀はお前に届かない。――織月の土を踏んでいないどころか、勿嶺から出てすらいないだろう、お前」

鋭く告げれば、良影は細めていた視界をわずかに開いた。彼は口角を上げ、「聡い若君にはお見通しのようだ」と先ほど開いたばかりの扇子を閉じる。

「仰る通り、私は幻。本来の体は曙山を越えた先、勿嶺の屋敷内にて鎮座しております」

「げえっ、アイツ、この近辺にすらいなかったのかよ！」

「そりゃあ狡《ず》っけえぜ！」

「ふふ……〝夢幻の妖狐〟という俗称だけで私を幻だと疑う者は多くいますが、本体の居場所まで言い当てる者は珍しい。さすがは鬼の長たる羅刹一族、よく鼻が利く」

双子の野次を受け流した良影が笑顔で讃える一方、琥珀は警戒を解かず、冷たく彼を睨んだまま。

殺気すら帯びる視線を浴びても尚、狐は穏やかに微笑んで臆す様子を見せない。

やがて、彼はちらと縁を一瞥した。

「あのヨリの拾い主はあなたでしょう」

顎で示され、縁はびくりと震えて縮こまる。

琥珀は否定も肯定もしなかった。

「私どもの同族が鬼の地で暮らしていたとは、いやはや予想外でした。しかし会えて嬉しいですよ、とても愛らしい乙女へと成長したものだ」

感慨深そうに語る良影の発言に違和感を覚え、縁は眉をひそめる。

予想外だったというのはどういうことだろう――だって、自分は幼い頃、妖狐の一族の手でこの地に捨て置かれたはずなのだ。

縁は妖狐に見捨てられた、と、そう聞いている。なのに、どうしてこの場所にいるのが意外だと言われるのだろうか。

疑念が募る傍ら、ようやく琥珀は低音を発した。

「……無駄話をするつもりはない。二度も言わせるな、この地から早々に去れ」

「あの娘には幼い頃の面影がまだ残っている。母君譲りの美しい耳や、尻尾の毛並みもそのままだ。蛮族と称される鬼でも毛繕いぐらいはしてくれるのですね」

「動揺を誘おうとしても無駄だぞ、妖狐は平気で嘘を吐く。お前らの言葉など着物の端切れよりも薄くて軽い。……そして、俺にお前らの幻術は効かない」

「ほう、するとやはり視えているわけだ！　この幻の本来の姿が！」

それまで平坦だった良影の声色は突として跳ね、高揚した様子で尾を広げた。彼は爛々と輝く瞳で琥珀を見遣る。

「実に興味深い！　妖狐の幻術を見破る者はいても、術そのものを振り払える存在は稀だ。いくら羅刹と言えど、この術を撥《は》ね除《の》けられる者などいるはずがない」

「……」

「幻を振り払えるということは、あなたは非常に勇敢な鬼なのでしょう。しかし同時に愚かで哀れだ。——あなたが過去に選んだその選択を、私は好ましく思いますがね」

「それで、戯言は終いか?」

琥珀は表情ひとつ動かさず、至極冷静に声を紡いだ。空気中には妖力が混じり、雷気と湿気を含んだ風がぴりぴりと肌を痺れさせている。

雷雲をまとうがごとく、己が妖力を術として練った彼は黄褐色の瞳をもたげた。

「仏の顔とて三度目はない。鬼の面《ツラ》であれば尚更だ。……そろそろお帰り願おうか」

薄雲が月を隠すように、琥珀の周囲に立ち込めた黒いモヤ。それらは恐ろしさすら感じるほどの妖力を放出し、琥珀の姿を覆い尽くした。

太古には悪鬼と称された羅刹の妖術——その禍々《まがまが》しさを見せつけられ、良影はくつくつと喉を鳴らし、楽しげな口元に扇子を宛てがう。

「どうやら、これまでのようですね」

紡ぎ、不意に縁へと視線を移した彼は、硬直してすくみ上がっている彼女に微笑みかけた。

「——またいずれお会いしましょう、私の花嫁」

ドォンッ!!

轟音と共に降り落ちた雷撃。皆まで言わせぬとばかりに狐の言葉を遮り、揺らぐ幻を跡形もなく斬り裂く。

彼はその場で塵となって霧散し、さらさらと薄れて消えてしまった。

琥珀はそこで初めて表情に変化を見せ、眉根を寄せながら憎々しげに舌を打つ。

「……何が花嫁だ、よくもぬけぬけと……」

恨み節をこぼし、彼は振り返った。沈黙が戻る山中。樹木にもたれかかる双子に寄り添い、地面にへたり込んでいる縁は、どこか青ざめた顔で虚空を見つめていた。

ざわり。琥珀の胸には得体の知れない焦燥が立ち込める。

「……っ、縁！」

焦りを含む声が転がり出て、琥珀はらしくもなく手のひらに滲む汗を握り込んだ。

幸い彼の呼びかけは縁の耳に届いたらしく、彼女はハッと我に返って顔を上げる。

「あ……」

「お前、何かされたのか？　アイツに何を言われた？　どこかに触れられたりしてないだろうな？」

「え、と……」

距離を詰められ、矢継ぎ早に問いかけられる。

縁は視線を落とし、だいじょうぶ、と当たり障りない言葉を告げようとして――ふと、出会い頭に良影が語っていた言葉を思い出した。

――あなたは本来、私の元へと嫁入りに来た身。

――私たちは夫婦なのですから。

彼の声が脳裏で響くと同時に、遠い日に失っていたおぼろげな記憶も蘇る。

あどけない顔に化粧を施され、白い装束をまとい、どこからともなく近づいてくる鈴の音に迎えられた、幼い日の記憶が。

そうだ、確か、あの日――。

「……私、あの日……妖狐に嫁入りに行くはずだったの……？」

薄れていた記憶に微かな色が戻り、琥珀は目を見開いた。それは核心を突かれて狼狽《うろた》えたようにも見えて、縁は完全に戻り切らない記憶にもどかしさを感じながら彼に詰め寄る。

「昔の記憶が、うまく思い出せない……ねえ、琥珀、もしかして何か知ってるの……？」

「……っ」

「私、私……小さい時、妖狐に捨てられたんだよね？　でも、今の妖狐は、ずっと私を探してたって言ってた……それに、私を花嫁だって——」

「馬鹿なことを言うな‼」

突如、怒号にも近しい声で鼓膜を叩かれ、縁は露骨に震え上がった。身を乗り出して発言を遮った琥珀の怒声には殺意すら込められているように感じた。

怯んで言葉を呑み込み、強張った表情で唇を噛み締める縁。

怒鳴った琥珀はすぐに冷静さを取り戻したらしいが、何も言わずに目を伏せ、やがて「すまない……」とぎこちなく顔を逸らす。

「つい、感情的になった……違う……怒鳴りたかったわけじゃ、ないんだ……」

「……」

「縁、惑わされるな。狐の言うことなんて全部嘘だ。ヤツらは過去にお前を捨てた。言葉巧みにお前を誑《たぶら》かして、あわよくばお前を攫おうとしているだけで……」

「一度、捨てたのに、また私を攫うの……？　どうして……？」

「……っ、それは……」

純粋な問いを投げかければ、琥珀は言葉に詰まってしまう。明らかに歯切れの悪い台詞ばかりを紡がれ、縁の胸中はどんどん黒いモヤで覆われていった。

「琥珀は、いつも、何も教えてくれない……」

そしてついに、抱えていた本音が口をついてこぼれ落ちる。

「私に隠し事ばっかりして、ずっと何かをはぐらかして……今のも、その場しのぎで誤魔化そうとしただけでしょ？　なんでいつも私だけ除け者にするの？　本当のこと言ってよ」

「……縁……」

「狐の言うことは全部嘘だって、本当にそう思ってるの？　私だって……っ、私だって、狐だよ……？　私の言うことも、全部嘘に聞こえるの？　ずっと、そういう目で見てたの……？」

堰《せき》を切ったように溢れ出した言葉たちが、まるで琥珀を責め立てるように放たれていく。彼は苦しげに表情を歪め、「違う……」と弱々しくこぼして手を伸ばす。

しかし、縁はその手を振り払った。

「どうせ、琥珀は私のこと信用してないんだ。私が鬼じゃないから。妖力もないから。消えない傷があるから……」

「違う……縁、俺は……！」

「何も違わないよ！　狐なんか好きじゃないって言ってたくせに！　どうせ私なんか

「本当は邪魔な存在なんだ！　私は……っ、私は……」

とうとう声を張り上げた縁の表情が泣き出しそうに歪み、淡藤色の瞳が揺らぐ。彼女は涙ぐみ、俯いて、絞り出すように言葉を紡いだ。

「私は、琥珀も、みんなも、大切だと思ってたのに……」

頼りない声を紡いで、縁はその身をひるがえす。背を向けた彼女は、鼻を啜りながらとぼとぼと歩き、ひとりで山を下り始めた。

戻ってきた静寂。ツンと鋭く耳を刺す。

傍観していた双子は顔を見合わせ、動かない琥珀に語りかけた。

「追わなくていいのか？　若様」

しばしの間をあけ、琥珀は何の言葉も返さずに俯く。

彼がどういった心境なのか、その表情すら双子の視点からでは窺い知れない。

寂しげな憂いを背負った鬼の後ろ姿は、天狗の背丈よりも大きいはずなのに、まるで帰り道を見失った幼い迷い子のように小さく見えた。

第十二話　そばに天かす

「妙なもん拾ってくんのは、いつも琥珀なんだよなァ……」

　普段よりも少し遅めの夕餉の時刻、旅籠屋へと帰宅した豪鬼丸は目の前の光景に嘆息しながら呆れ顔で呟いた。

と、言うのも――ここにいるはずなどない双子の天狗が、旅籠屋の居間に堂々と居座っていたからで。

「よぉ～、羅刹の旦那ァ！　邪魔してるぜ～」

「くくっ、相変わらず魚くせー旦那様だなっ！」

「……いや～、戯の天狗がお出迎えたァ、随分なもてなしで頭抱えちまうな……。おい琥珀、お前どうした？　アイツらのこと嫌いだっつってたのに、やっと友達になったのか？」

　いささか頬を引きつらせ、豪鬼丸は問いかける。しかし、アジャラにまとわりつかれたまま夕餉の椀を手にしている琥珀は心ここに在らずといった様子でぼんやりしており、虚空に注がれる視線は微動だにしない。

一切の反応がない息子に、豪鬼丸は首を捻った。すると、彼の代わりに黎雪が応える。

「今は何話しかけても無駄だぜ、親父ぃ。こいつ、花嫁様に嫌われちまったんだとよ」

「……はあぁ？　何だァ？　縁と喧嘩したのか」

「そんな単純な話ならいいんだけどさ～」

焼いた魚の腹を箸でつつき、黎雪は崩した白身を口に運ぶとあぐらの上に肘を置いた。

「どうにも、縁が勿嶺の妖狐に出会っちまったらしくてな」

そう続けた黎雪に、豪鬼丸は目を見張る。

ややあって概ねの状況を理解したのか、「あー……なるほどな……」と眉間を押さえた。

「どういう風の吹き回しだ、今さら妖狐が縁に接触するだなんて。ばったり出会ったってわけじゃあねえんだろ？」

「双子が言うには、わざわざ幻術使って現れたらしい。そりゃ俺の鼻でも微妙にしか感知できねえはずだわ、本物がいねぇんじゃ匂いも微弱だ」

黎雪はため息交じりに囲炉裏の火を見遣る。「もっと俺が早めに気づいてりゃ……」

と眉尻を下げた彼は再び魚に箸を割り入れた。

「匂いが弱かったからあんま確信が持てなくてさ、親父には黙ってたんだよ。それに琥珀なら、縁が狐と関わる前に無理やりにでも連れ戻してくれるだろうと思ってたし。それがまさか、すでに接触しちまってたとは……」

「なるほど。帰ってきてみればこのザマ、ってわけか」

「そう。どっちも怪我なく帰ってきたのはいいんだが、詳しく聞いても何も話さねえの。ったく、お兄様はもうお手上げだぜ」

大袈裟にかぶりを振り、黎雪と天狗は同じような表情で揃って両腕を掲げた。まるで打つ手なしとでも言いたげだ。

豪鬼丸は顎に手を当て、ぼんやりしている琥珀を再び一瞥する。

――なるほど、妖狐ねえ。

過去の出来事を思い返し、彼は目を細めた。

「……まあ、状況は分かった。で、縁は？」

「アイツなら琥珀よりも早く帰ってきて、飯も食わず自分の寝間に閉じこもっちまった。お袋が握り飯は持っていったけど、ちゃんと食ったかどうか……」

「――食べさせたわよ、強引にね」

直後、黎雪の発言を遮り、ひと仕事終えた玖蘭が襖を開けて入ってきた。

彼女は腕を組み、黒い髪を耳にかけながら眉をひそめる。

「ほら、そろそろ話しなさい、琥珀。あんた、今度は何したの？　縁ったらめそめそ泣いてたわよ」

「ひゃはっ、おチビのやつ、まーだ泣いてんのか」

「ほんっと弱っちいなァ！　からかってやろーぜっ！」

「黙らっしゃい天狗共‼　あんたたちは腹の穴が塞がるまで安静にしてな！」

「ヒェッ、羅刹の女将が怒った！　こっわ！」

玖蘭の怒号に震え上がり、天狗の双子は琥珀の背に隠れた。それでも琥珀は頑なに沈黙を貫いており、抜け殻にでもなったかのような放心状態で、手に持った椀の中の汁にさえも口をつけない。

豪鬼丸はその様子を黙って見下ろし、やれやれと肩をすくめる。

「……お前が縁を拾った日から、いつか、こんな日が来るたァ思ってたけどな」

何気なく放たれた豪鬼丸の一言に、琥珀はようやくピクリと反応を見せた。

顔をもたげ、己を見下ろす父と目が合って、喉の奥が急激に渇いていく心地を覚える。

冷え切った背筋は体の芯から熱を奪っていくのに、肌の表面には汗が滲み、耳のすぐ横で動いているのではないかと疑うほどに、脈打つ鼓動の音が何度も脳裏に響いている。

「父上……まさか、あなたは……」

弱々しく口火を切った息子の言葉の全容を待たず、豪鬼丸は「さァて！」と声を張った。

「ここは俺が、親父として大事な倅を励ましてやらねえとなァ！　腕がなるぜ！」

「……はあ～？　おいおい、無骨な親父にそんなことできんのか？　お袋に怒られてる時ですらテキトーに取り繕おうとして、いつも墓穴掘ってるだろぉ？」

「お、男と女にゃ色々あんだよ……だが、男同士の付き合いなら任せとけ。俺の倅なら、コイツで万事解決よォ!!」

どんっ！

意気揚々と宣言した豪鬼丸が引っ張り出してきたもの。

それを目にした途端、双子は顔を見合わせ、黎雪は目を輝かせ、玖蘭は頭を抱えた。

彼らの目の前に堂々と置かれたもの——それは、黎雪や琥珀が両腕を回してぎりぎり手が届くかどうかというほどの、大きな酒甕《さかがめ》だったのだ。

想定外の展開に琥珀が絶句する傍ら、父は満面の笑みである。

「俺が隠しといた上等な酒だ!!　いいかガキ共、嫌なことなんてな、全部酒に溶かして呑み込みゃいいってもんよ！　ほら黎雪、とっととこの蓋開けろ！」

「合点承知ィ〜‼　さっっすが親父‼」

「ひゃっはァ！　たまにゃァ鬼の里に遊びに来てみるもんだな、兄弟！」

「そーだな、兄者！」

「はあ、これだから男ってのは……」

突飛で豪快な夫の行動に、玖蘭はほとほと呆れ顔。かくして黎雪や双子がえっさほいさと甕《かめ》の蓋を叩き始めたものの、琥珀だけは硬直したまま青ざめていた。

あやかしの世では、十五を過ぎれば一人前だと認められ、酒も賭博も解禁される——つまり飲酒などとっくに覚えているはずの琥珀だが、彼はとにかく、この独特な香りを放つ透明な液体が苦手だった。

「ち、父上、俺は……っ！　う……っ」

ついに甕《かめ》の蓋が叩き割られ、強い匂いが鼻をつく。口元を押さえ、顔面蒼白で助けを求めようと母を見遣るが、普段ならば止める彼女も腕を組むばかりで息子を助けようとはしなかった。

「腹くくりな、琥珀」

無慈悲な一言。琥珀は絶望し、迫り来る酒の匂いから逃げようとする。……が、間に合わず。

閻魔《えんま》のごとき禍々しさすらまとって見える父の腕に捕まえられてしまい、続いて兄や双子にまで拘束された。

「さあ、若様。思い切ってどうぞ」

この上なく楽しそうな双子天狗に盃《さかずき》を押し付けられ、一層顔を青ざめさせた琥珀は、悪夢のような酒盛りへと身を投じられるのであった。

◇

すん、すん。

居間で地獄の酒盛りが始まる一方、少し離れた狭い寝間の中からは、か細く啜り泣く声が聞こえてくる。

縁は自分の尻尾を大事そうに抱え、背を丸めて泣きじゃくりながら敷布団に横たわっていた。まるで心に木枯らしでも吹き付けているかのようだ。掴みどころのない虚しさはいつまでも拭えず、悲哀に満ちた泣き声だけが静かな部屋によく響く。

一家が騒ぐ声もしっかりと両耳で拾い上げており、孤独はますます満ちていくばかりだった。

「ぐす……っ、私、やっぱり、要らない子なの……？」

耳に届くのは楽しそうな笑い声。やはり羅刹の一家にとっての自分は、いてもいなくてもいい存在なのではないかと疑心暗鬼にさえ苛《さいな》まれる。

傷のある腹部に手を添え、着物を握れば、つきりとこめかみが鈍く痛んだ。

「う……あたま、いたい……うぅ……」

泣き疲れたのか、頭がやけに痛みを発してぼんやりしている。もしかしたら熱が出たのかもしれないと縁は危ぶんだ。彼女は妖力もない上、病にもとことん弱いのだ。

傷物で病弱、妖力もなく器量も悪い。

そんな〝不良品〟である惨めな自分が、鬼の頂《いただき》たる羅刹の一族に歓迎されるはずなどない——自ら不安を広げるようなことばかり想像してしまい、また頭が痛くなる。

「……うぅ……痛いよ……」

呻《うめ》くようにこぼして、眉根を寄せたまま寝返りをうつ。やがて尻尾を抱きしめていた手はおもむろにそこから離れ、何かを探して動き始めた。

だが、求めていたものには触れられず。

虚空を掴んでは胸が狭まり、虚しさだけが募っていく。

「……こはく……」

無意識に名前を紡ぎ、目を閉じて、また手を伸ばした。だが、いくら探しても、あたたかくて優しい手のひらがどこにもない。昔はこうして探さなくても、すぐに手を取りに来てくれたのに。

思い返せば幼い頃、琥珀と縁は本当に仲がよかった。互いに名前で呼び合い、常に寄り添い、支え合って一緒にいた。しかし、羅刹の後継が異種族である狐と馴れ合うことをよしとしない鬼たちが、やがて縁を見て囁くようになったのだ。

――たかが狐の小娘が、気安く羅刹の名を呼ぶものではない。
――若君の顔に泥を塗る。
――身のほど知らずの捨て子のくせに。

その言葉はじわじわと縁を蝕み、自責の念を植えつけた。自分が琥珀と馴れ馴れしくしてしまっては、羅刹の名に傷が付く。そう考えて、縁は少しずつ琥珀との距離を取り、言葉を改め、呼び方も変えて、よそよそしくなったのだ。
それでも、病弱ゆえに度々熱を出し、体調を崩して寝込んでしまう縁のそばで、ずっと変わらず手を握っていてくれたのは――いつだって彼だけだった。

『大丈夫。大丈夫だ、縁。俺がそばにいるから』

額に浮かぶ汗を拭って、頬に触れる幼い手。

縁の体調が悪い時、そばには必ず、愛しい温もりが寄り添っていた。

彼女は、鬼の一家からあたたかくて大事なものをもらってばかりだ。

何もできないのに。迷惑ばかりかけるのに。何ひとつ恩を返せないのに。

重たいまぶたを持ち上げれば、静かで優しい月色の瞳が、いつでも心配そうに縁を見ている。


『たとえお前が何も思い出せなくとも、俺はずっと覚えているから』


琥珀は何かを知っていた。

縁が失くした、知らない何かを覚えていた。

そして、時々、ひどく苦しそうな顔をする。


『俺が必ず、この手でお前を、――してやるから……』


いったい自分は、何を忘れてしまったのだろう。

「琥珀……」

虚空に呼びかけ、寂しさと同時に涙があふれて、しつこく嗚咽《おえつ》が漏れ出ていく。

しかしその時――ガタンッ！　と大きな音が響き渡ったことで、縁の肩と尻尾は大きく跳ね上がった。

どんっ、どんっ、どんっ……。

不規則でおぼつかない大袈裟な足音が、少しずつこちらに近づいてくる。

ほどなくして、縁のいる寝間の襖は開け放たれた。

「――縁ィ！　助けてくれ‼」

「ひいっ⁉」

ばんっ！

震え上がった縁などお構いなしに、勢いよく寝間へと乗り込んできたのは黎雪である。その肩にはぐったりと力の抜けた琥珀が寄りかかっており、意識があるのかどうかも定かではない。

いったい何事だろうかと縁は困惑したが、ほどなくして鼻を掠めた強烈な臭気に顔を顰めた。

「え、酒くさ……っ。兄様、これ、まさか妖酒《ようしゅ》の匂いでは⁉」

「おォ、よく分かってんじゃねーか！　さっき琥珀に一口呑ませたらぶっ倒れちまってよ！」

「はいっ⁉　若様に呑ませたのですか⁉」

涙も引っ込み、縁は体の不調すら厭《いと》わずガバリと起き上がる。

琥珀が下戸《げこ》であることは、縁もよく知っていた。その程度は凄まじく、少し匂いを嗅ぐだけでも限界まで酔いが回ってしまうほどだ。

だが、そんなことは一家の誰もが知っているはず……もはや周知の事実だというのに、なぜ彼が酒を呷《あお》ることになってしまっているのだろうか。

「あ、兄様、若様は大丈夫なのですか⁉　ピクリともしませんが、死んでしまったのですか……⁉」

「……さあ、死んじまったかもなァ～」

「そ、そんな、琥珀……！」

たちまち血の気が引き、縁はつい琥珀の名を口走ってしまいながらその顔を覗き込んだ。すると彼はピクリと反応し、赤らむ目を薄く開いて視線をもたげる。

「縁……」

力なく紡がれる名前。頬にも赤みがさしており、切なげに眉をひそめている。よかった、意識はあるようだ……と、密かに縁は安堵したが、それも束の間。

彼は兄から離れ、縁の元へと飛び込んできた。

「うぐっ⁉」

「縁……。縁……」

「え、ちょっと若様っ、重……きゃう！」

不意打ちで全体重をかけられ、支えきれなかった縁は敷布団の上に尻餅をついた。酔っている琥珀も共に倒れたが、縁を押し潰さないよう配慮する思考はまだ残っていたらしく、覆い被さりながらも四つん這いに手をついて自らの体を支えている。

おもむろに顔を上げた先、囚われたのは、湿度すら感じる艶っぽい視線。眉目秀麗な鬼と至近距離で目が合い、縁は息を呑んだ。

直後、すすす……と襖の閉まる音が耳に届く。

「それじゃ、おふたりさん、あとは夫婦水入らずでごゆっくりィ……」

沈黙が流れる中、ここまで琥珀を送り届けた黎雪はニヤつきながら襖を閉めた。したり顔の彼。ひらりひらりと片手を振られ、縁はようやく兄に謀《はか》られたのだと気がつく。

「あ、兄様ぁ!!」

呼びかけるが、黎雪はもう戻ってこない。酔いどれ状態の琥珀を残し、鼻歌を口ずさみながら軽やかな足取りで酒宴の場へと戻っていってしまった。

まんまと策に嵌められた縁は肩をわななかせ、気まずさといたたまれなさ――とにかく強烈な居心地の悪さを覚えて、さりげなく彼から離れようとする。……が、琥珀はそれを許さない。

「ふぐっ！」

「縁……」

逃げようとした縁をあっさり捕まえ、覆い被さるように布団に押し倒した琥珀は、彼女の逃げ道を奪うかのごとく腕の中に閉じ込めた。縁はじたばたともがいて身じろぐ。

「わ、若様、苦しいです……！」

「縁、お前、小さいなぁ……天かすみたいだ……」

「だ、誰が天かすだぁっ！　失礼な‼」

酸素を求めてどうにか顔を上げれば、酒気を帯びて間伸びした声を舌の上で転がす琥珀とまたも目が合った。

普段はきりりと吊り上がっている三日月のような目が、今日ばかりはとろりと頼りなく緩んでいて、つい気が抜けてしまう。

とく、とく。互いの体が密着し、やけに速い鼓動の音が耳に伝わる。琥珀は縁の両頬を掴まえ、さらに顔を近づけた。

「……縁……」

「わ、わ、若様っ、待って」

「なあ、縁……さっき、呼んだだろう、俺を」

「え？」

「〝琥珀〟って、呼んだ……お前の声が聞こえた」

すり、と縁に頬擦りをして、琥珀は告げる。縁は何と答えていいのか分からず、困惑したまま咄嗟に謝った。

「も、申し訳ございません！　先ほど無意識に呼び捨てにしてしまって！　以後気をつけますので……！」

「……なぜ謝る」

「あ、え……？」

「俺の名前、呼べよ……時々、呼ぶだろ。ずっと〝若様、若様〟って呼ばれる方が、腹が立つ……気に入らない……」

耳元で囁かれ、かぷりと軽く肌に歯を立てられる。しかし傷付けるような噛み方ではなく、子犬が母犬に甘えてじゃれつくようなそれで、縁は一層戸惑った。

「い、いつも、気安く呼ぶなって言うくせに……」

酔いどれた琥珀の甘噛みを受け入れながら抗議すれば、彼は「言ってない」「知らん」などとすっとぼける。完全に酔っ払いの絡み方だ。

どれが本音なのかと口を尖らせていれば、その唇に指が伝う。

「縁……」

何かを求めるような視線が、ちりちり、焦がすような熱を帯びて縁に注がれていた。彼が何を考えているのか、いまいちよく分からない。けれど、今、彼が何をしてほしいのかは伝わってきてしまった。

縁は緊張感に包まれて目を泳がせ、恐る恐る、彼の耳に唇を寄せる。

「……琥珀」

昔の呼び方で名前を紡げば、琥珀はぴくりと反応した。密着したままの距離感。ドキドキと落ち着かない胸。

琥珀は何かに満足したのか、また頬擦りして縁の髪を撫でたのち、布擦れの音をたてながら上体をもたげてこつりと額を押し当ててきた。恒例の安否確認。普段であれば軽く熱を測って終了するのだが、今日の琥珀は顔を顰め、縁の首筋にも指を当てた。

「熱い……脈も速い……」

酒に呑まれていながら冷静に呟き、琥珀は縁の髪を掻き分けながら頬に触れる。

「お前、少し熱があるぞ。体調が悪いならそう言え、悪化したらどうする」

「……き、気のせいです、熱なんてありません。一人前になったあやかしは、熱なんて出ません……」

「妖力がないお前はいくつになろうが病にかかる」

「……っ、またそうやってバカにする……！」

「バカにしてるんじゃない、心配してるんだ。……お前が大事だから」

　普段では考えられないほど素直な言葉を紡いで、琥珀は壊れ物でも扱うかのように縁の手を握った。先ほど探していたぬくもりが容易く手の中に収まり、縁は目を見開いて頬を赤らめる。肩口に顔までうずめてくる琥珀は縁の手の甲を撫で、「お前が大事だ……」と再び繰り返して、胸が一層早鐘を打った。

　幼い頃と同じように握られた手は、か弱き者を守る羅刹の手。ずっと探していたぬくもり。安心する匂い。

　けれど、それを安易に受け入れるのが、少し癪にも思えてしまう。

「う、嘘つき……。琥珀は、狐なんか、嫌いなくせに……」

　泣き出しそうなほどか細い声を絞り出せば、ふっと小さく笑う声が聞こえた。普段笑顔などついぞ見せないくせに、こんな時ばかり笑うのか。

　納得がいかずむくれていると、「ああ、嫌いだな」と琥珀は肯定する。

「きつねも、天ぷらもいらない。かき揚げも、いらない……」

「……？　なに？　天ぷら？」

「うん、そんなものはいらない。……俺は、天かすだけでいい」

　重なった手のひらに力がこもり、琥珀は続けた。

「俺は、天かすが好きだよ……」

酔いどれて間延びした声が告げる言葉は、まるで先ほど天かす扱いされた縁のことを示しているかのようだ。とくり、胸が震えて、顔にはさらなる熱が集まってくる。

「う、うどんの話、してる……？」

しどろもどろに問えば、また小さく笑われた。

「うどんより、俺はそばが好き」

「……そういうことじゃ、なくて……」

「お前はかき揚げそばだろう、どうせ」

「……月見そばも好きだもん」

「ああ、月見もいいな。でも――」


でも、やっぱり、天かすが好き。


囁かれ、かぷりと頬に歯を立てられる。浅い甘噛み。

痛みは感じなかったが、火照ったこの体からは、しばらく熱が引いてくれそうにない。縁はどこか諦めにも似た感情を抱えながら、酔った彼の手のひらを、柔く握り返すのだった。

第十三話　夜明けと雨音

口内にしつこく残る酒の苦味は、夜が明ける前に琥珀を現実へと呼び戻した。

不快な体の怠《だる》さに加え、こめかみの奥がズキズキと痛む。ひどく悪酔いしたのだろう、酒の抜けきらない頭でおぼろげな記憶をなぞり、けれどうまく記憶が辿れず、琥珀は深く嘆息した。

居間で兄たちが酒甕《さかがめ》の蓋を叩き割ったところまでは覚えている。しかしその後の記憶があやふやだ。たしか抵抗もできぬ間に酒を呷ることになってしまったのだと思うが……などと考えた頃、背後から控えめに着物が引かれる。

「ん、う……さむい……」

「は？　……あ、ああ、すまない」

反射的に謝り、いつの間にか自分側へ引き寄せてしまっていた掛け布団を均整に正す。――しかしその瞬間、琥珀は酒の残る頭でようやく、今の状況が普段のそれと異なっていることに気がついた。

（……待て。ここはどこだ？　俺の寝床ではないぞ）

聡明さを取り戻し始めた思考がみるみると現状を理解し、つうと冷や汗が背を伝う。恐る恐る隣に目を向け、たった今整えたばかりの布団をめくれば、そこに収まっていたのは丸くなって眠る見慣れた少女。

流れ込んだ冷たい空気にふるると身を震わせる彼女の頬には噛み跡が残っており――いよいよ琥珀は血の気を失い、布団からガバリと飛び起きた。

「っ……!?」

「んん〜……うう、寒いってば……」

「お、おい、縁！　起きろ！」

「んえぇ……？」

つい声が大きくなってしまいながら、琥珀は寝ぼけている縁の肩を揺さぶった。彼女は目を擦りながら眉をひそめ、着崩れた衿元も正さずに身を起こす。

「なあに、こはく……」

自然と琥珀の名を紡ぎながらうとうとと船を漕ぎ、細い肩と胸元を大きくはだけさせた状態で起き上がった彼女。惜しげもなくさらされた白い肌にはやはり赤い噛み跡がいくつか残っている――誰がつけたのかなんて一目瞭然だ、この場にひとりしかいない。

しかしまったく覚えのない琥珀は目のやり場に困って顔を逸らし、彼女の肌を見ないようにしながら乱れた衿を正すと、重々しくその口を開いた。

「……縁」

「ん～？」

「すまない、その……昨日、俺は、何を……」

「何って……天かす、食べてたよ……」

「天かす？」

「うん、天かす……」


（……話が見えん）


まだ寝ぼけているのか、琥珀が何度たずねてみても縁は「天かす」と答えるばかり。うどんの夢でも見ていたのか？　と首を捻った頃、彼女は突として琥珀の腰元に引っ付いた。

慌てて「おい！」と声をかけたものの、彼の体温で暖を得た縁はすっかり二度寝の体勢に入り、あっという間に夢の中。

「縁、ちょっと待て、寝るな！　天かすって何なんだ、おい！」

「すう、すう……」

「バカ、起きろ……っ、う、気分悪……」

問い詰めようとしたが、いまだに酒が残っている体では頭部が揺れるたびに胃液が逆流しそうになって派手に動くこともできない。一瞬上がってきた吐き気に耐え、月の光すら届かぬ暗闇の中で彼は深呼吸をした。

「はあ……うぐ……酒なんて、二度と呑むものか……」

恨み言のようにぼやき、琥珀は縁のいる布団からそろりと抜け出す。少し名残惜しい気はしたが、このまま横並びで眠ってしまう方が色々と耐えきれないだろう。

意気地のない自分に嫌気がさしつつ、穏やかに眠る縁の寝顔をじっと見つめた。手首に触れ、脈を測り、少し体温が高いような気がする彼女の頭を撫でれば、ふにゃりとその口元が緩む。その顔を眺めていれば、強張っていた肩の力も自然と緩んで気が抜けてしまった。

「……間抜け顔」

一瞬何らかの間違いを犯したのではないかと危惧したものの、どうやら彼女の純潔を奪ったわけではなさそうだ。とは言え酔った勢いで自制も利かず甘噛みを繰り返したのは事実のようで、欲に忠実な本能にほとほと呆れる。

規則正しく上下する縁の腹部に手を触れれば、中の臓器が確かに活動しているのだと伝わってきて安堵した。この布一枚を隔てた場所には、いまだに癒えぬ火傷痕が残っている。

消えない傷。これは彼女を縛る枷だ。

——またいずれお会いしましょう、私の花嫁。

酒漬けの頭に一瞬、先日の妖狐の言葉がよぎり、琥珀はグッと拳を握り込んだ。

「渡すものか……」

あの日のことは忘れない。

たとえ、縁がすべてを忘れていても。これから何があろうとも。

闇夜の隙間で低く宣言し、琥珀は彼女の寝間を出た。まだぼんやりしているが、酒よりも怒りの方がよっぽど頭に血をのぼらせていた。

足音を忍ばせることすらせずに台所へと向かう。すると朝餉の仕込みをしていた玖蘭と鉢合わせ、彼女は目を丸めながら振り返った。

「あら、琥珀。早いわね、昼まで起きないかと思ってたけど」

「……白湯《さゆ》を一杯いただけますか」

血ののぼる頭を冷やし、深く呼吸を吐き出しながら告げる。母はすぐに状態を察したらしく、湯呑みにとくとくと白湯を注いだ。

「悪酔いしたんでしょ」

肩をすくめた彼女に、「まあ……」と返して白湯を嚥下した琥珀。ほうと一息ついて体が温まった頃、玖蘭は黙って何かを思案し――やがて、こそりと耳打ちする。

「……縁とチューぐらいした？」

「ぶっ!!」

不意打ちの問いかけに白湯を噴き出し、琥珀は激しく噎《む》せ返った。ゴホゴホとひとしきり咳き込んだ後、彼は頬を赤らめて母を睨む。

「は、母上！　タチの悪い冗談はお控えください！」

「あら何よ、意外と初心《うぶ》よねえ、あんた。で、どうなの？　手ぇ出したの？　出さなかったの？」

「出すわけないでしょう！　お、俺は、酒なんぞの力を借りて縁を手篭めにするような、そんな浅はかな愚行には及びません！」

「ふぅん、それはそれは誠実だこと。母は安心したわ、育て方がよかったのかしら～」

おどけて笑う玖蘭は、息子を揶揄してご満悦。対する琥珀はさらに頭を痛め、今日一番の深いため息を吐き出した。

「酒で気分がすぐれないのですから、あまり大きな声を出させないでください。まったく……」

「相変わらず酒に弱いわねえ。あ、そうだわ琥珀、だったら酔い覚ましも兼ねて薪に火をつけてよ。あんた得意でしょ?」

何気ない申し出に、琥珀はピクリと反応する。ひとつゆっくり瞬いて、彼の視線は母から逸れた。

「……得意ではないです」

「嘘おっしゃい、知ってるのよ。あんた、本当は雷術《らいじゅつ》より焔術《えんじゅつ》の方が得意でしょうが」

玖蘭の指摘に、琥珀の表情は一層影を帯びる。残りの白湯を飲み干し、「火を使うのはやめたのです」と彼は控えめに呟いた。

「……縁を、怖がらせたくないので」

言葉を濁し、空になった湯呑みを調理台に置く。母はそれを手に取り、やれやれと嘆息した。

先ほど彼女が言った通り、琥珀は本来、雷術よりも焔術の扱いに長《た》けた鬼だ。だが、火に炙られた過去のある縁に余計な心労を与えぬようにと、焔術を使うことをやめたという。

「ほんと、あんたは昔から縁のことしか考えてないわね」

呆れたように言いながら、玖蘭は窓の簾《すだれ》を開け、東の山から顔を出した夜明けの空を仰いだ。

ややあって「琥珀」と呼びかけると、息子は顔を上げる。

「そんなに縁が大事なら、ちゃんと、最後まであの子を守らないとダメよ」

「……」

「分かっているでしょう？　もしも、妖狐に縁が奪われたら――もう二度と、あの子には会えなくなるんだから」

ただでさえ酔いが残って痛む頭に、きつめの毒が注がれるようだ。琥珀が黙って俯く傍ら、玖蘭は朝霧で霞む山々を見つめ、厳しい表情で続けた。

「妖狐は、鬼の一族以上に、外界との接触がない一族。そもそも妖狐の棲む〝勿嶺〟自体が幻の里と言われて、どこに存在するのかも分からない。彼らが公の場に堂々と姿を見せるのは、花嫁を迎える祭事の時だけ……」

「……」

「そういう一族よ、アイツらは。妖狐が本当にあの子を迎えに来たんだとしたら、絶対に渡しちゃダメ。勿嶺に連れていかれた花嫁は、二度と里から出してもらえない。足に枷を嵌められて軟禁されるという噂もあるんだから」

母の警告に耳を傾け、琥珀は密かに奥歯を軋ませる。

夢幻の妖狐――その存在は知られていても、詳しい素性は公にされず、長らく謎に包まれたままの一族だ。

勿嶺と呼ばれる里に棲んでおり、一人前となった雄のあやかしのみが里を出ることを許されているという。

逆に、雌は滅多にその姿を見せない。里から出ることを許されていないのか、外界で雌の妖狐を見ることは極めて稀であり、縁が都へ赴く際も『女狐』と言うだけで目立っていた。

逃げ出した女狐は処分されるという噂まであり、琥珀の胸の心地悪さがさらに増す。

彼は顔をもたげ、重たい口を開いた。

「母上……」

「ん？」

「俺は――」


シャン、シャン、シャン。


しかし、直後、遠くから響いた鈴の音。

覚えのある術香も鼻を掠めて、琥珀と玖蘭は目を見張った。

「っ、この匂い……！」

振り返り、琥珀は体の気だるさも無視して駆け出す。後に玖蘭も続き、やがてふたりは旅籠屋の暖簾《のれん》が下がる門を飛び出した。

シャン、シャン、シャン。

規則的に繰り返す鈴の音は夜明けの小道で異様な存在感を主張し、薄らいできた朝霧の中にはいくつもの怪火が浮かび上がる。

揺らいだそれらは徐々に近づき——ぽつり、ぽつり、狙い澄ましたかのように小雨が肌を打ち始めた。

「——朝早くから失礼いたしますよ、鬼の里の皆々様」

赤い番傘が雨粒を遮り、優雅な口元が弧を描く。

琥珀は眉間に皺を深く刻み、不気味な提灯行列の前に一歩躍り出た。

「我が花嫁をお迎えにあがりました」

霧の向こうに覗く空の色は、青く澄んだ雨模様。

此度の狐の嫁入りは、果たして神聖な吉兆か——それとも。

第十四話　ツバメの一家

人であれ物《もの》の怪《け》であれ、生きとし生ける者はみな、おそらく平等に夢を見るだろう。

しかし自らが空想の中にいるのだと、夢を見ながら自覚できる者は多くいない。

それは曖昧で柔らかな、果てのない幻影。

地に足つかぬ遊楽の中、道を示すかのように手招いて、甘い毒を仕込むのが、妖狐というあやかしだった。

毒を食《は》んだ無垢な子どもは、やがて伽藍堂《がらんどう》に成り果てる。されど鬼は牙を立て、伽藍を壊して引きずり出した。

虚構の依代《よりしろ》とならぬ間に。

英雄が我が身を呈すように。

鬼は自ら咎を呑み、毒を以《もっ》て毒を制した。

晴れていながら降る雨は、罪を洗い流さない。雲間で必ず月が見ている。

上弦の弓を撓《しな》わせて、地上の咎を穿たんと、鏃《やじり》をこちらに向けながら……。

「――随分と手厚く出迎えていただけて何よりですよ、羅刹の若君。我が花嫁もさぞ喜ぶことでしょう」

行列を率いて現れた良影は、扇子の裏側でニコリと微笑む。正面から対峙した琥珀は強い術香に吐き気を覚えながらも自身を律し、鋭い眼光で妖狐の一団を射貫いた。

「……軽々しく花嫁などと呼ぶな。アイツは羅刹の一族が引き取った者だ、連れてなどいかせない」

低く警告すれば、良影は楽しげに七つの尾を揺らめかせる。

前回と違い、琥珀の目で視認できる彼の姿は幻ではなく本物のように見えた。しかし昨晩の酒のせいで体調が優れないことに加え、周囲一帯に濃い術の匂いが蔓延していて、本物なのか幻術なのかすら正確な判断がしづらい。

「チッ……やはり酒など、もう二度と呑むものか……」

忌々しげにこぼしたのちに、琥珀は愛刀を抜く。白刃には雷術が付与され、たちまち青い微光を帯びた。

一瞬降ったと思った雨は、いつしか止んでしまっている。

「母上、下がっていてください。ここは俺が」

「ったく、朝っぱらから面倒ごと持ってきやがって。朝餉の仕込みが遅れるじゃない。幸か不幸か、今日の宿泊客はいないから別にいいけど」

玖蘭は目を細め、組んでいた腕の片方を不意にもたげて虚空に印を描いた。すると花弁が散るようにいくつかの札《ふだ》が現れ、旅籠屋の周りを囲うように飛び去っていく。

「家は壊さないようにしなさいよ、守っててあげるから」

宿の周辺に配置された札が光を帯び、結界を張り巡らせた母。「ええ」と顎を引いた琥珀は刀を構え、瞬く間に地を蹴って良影へと詰め寄った。

残像すら残さぬ速度で斬りかかる琥珀。一方の良影も閉じた扇子で斬撃を防ぎ、自身の姿を分散させて攪乱《かくらん》しようとする。

「無駄だ」

しかし、琥珀は良影の幻術を容易く見破った。分散したうちのひとりを迷いなく斬りつける。

たちまち幻術は消え去り、狙いを定められた本体らしき良影だけが琥珀の一太刀を寸前で避けた。

剣先が掠めた頬からは、黒ずんだ血が微量に流れる。

「やはり、あなたに幻術は効きませんか」

楽しげに口角を上げ、良影は琥珀から距離を取ると背筋を伸ばして優雅に佇んだ。

「羅刹の若君、あなたは本当に面白い。我々の幻術を目で見破る方法——それを、そのような形で会得しているとは」

「……無駄話に付き合う気はないと、前にも言ったはずだぞ」

「ふふ……あまり無体をなさらぬ方がいい。鬼の体で我らの術を受容するのは、たとえ微量でもお辛いことでしょう。現に、鬼族の酒すら受け付けられない体になっているようだ」

見透かすような発言に、琥珀は眉根を寄せた。

その様を見遣り、微笑む良影が扇子を再び広げた途端、ひらり、落ち葉が浮いて舞い踊る。

「羅刹の若君。聡いあなたであれば、分かっておられると思いますが――」

銀杏、紅葉、青葉、桜……四季を問わない葉や花に、ふう、と息を吹きかける。するとそれらは一層高く舞い上がった。

「私にも、幻術は効きません」

刹那、今しがた空に舞った落ち葉が刃となって落ちてくる。鋭利なそれらは琥珀の頭上から降り注ぎ、対する琥珀は冷静に雷術を練ってそれらすべてを迎撃した。

しかし、地に落ちた槍雨は砂塵を舞い上げ、琥珀の目に襲いかかる。

（っ、しまった！　俺の視界を潰すのが狙いか……！）

激痛と共に視覚が奪われ、琥珀は歯噛みした。

ぼやけて定まらない視界。嗅覚を頼りに相手の位置を把握するが、瞬く間に距離を詰められていたことを悟り、琥珀は瞬時に左肩を庇って身をひるがえした。

ザシュッ――

一歩、わずかに間に合わず、良影の攻撃が肩を掠める。爪で肉を削がれる感覚に舌を打ち、琥珀は良影の腹を蹴り付けて距離を取った。

「……ああ、なるほど。やはり、そこに〝在る〟のですね」

咄嗟に背後へ退いた琥珀。その行動に何らかの確信を得た良影は、爪の先に付着した鬼の血を舐める。

削がれた肩の傷はすぐに癒えた。だが、そこに攻撃をもらったことで、体内に温存していた〝毒〟が少し漏れ出てしまった。

大きく裂かれた着物の下には、傷ひとつない白い肌がある。

けれど、吊りがちな目を細める妖狐の視界には、異なる光景が映っていることだろう。

「我々妖狐の術を盗み、随分とうまく隠したものだ。おそらくまだ、ご家族にも気づかれていないのでしょう」

「……」

「ふふ、そんなもの、もちろん気づかれたくはないですよね。――その肩に広がる、忌々しい〝弱さの証《きずあと》〟なんて」

良影の瞳が捉えていたもの。それは、琥珀の肩口に残る火傷の痕だった。

しかし、その傷痕は他の者には認識できない。なぜなら、琥珀が自らにかけた幻術の力で隠されているからだ。

幻を扱うその力は、鬼のそれではなく、〝妖狐〟の力――良影は手元の扇子を閉じたり開いたりしつつ、感心したように喉を鳴らした。

「鬼が狐の術を使うとは、実に勇敢で愚かなこと。自らと異なる種族の力を得るなど、体内に有害な毒を混入させるのと同じことですから」

「……黙れ」

「その毒すら己の妖力として昇華してしまうとは、いやはや、さすがは羅刹というべきか。鬼でありながらよく使いこなしている」

「黙れと言っているだろう！　お前と話すことなどない！」

「私にはありますよ。つまるところ、あなたの体内には微弱ながらも妖狐の力が流れている。おそらくその肩の火傷を負った時に得た力なのでしょうが、はてさて……」

――それは、いったい誰から奪った力でしょうね？

わざとらしく小首を傾げ、良影は挑発的に問いかける。琥珀はぎりりと歯噛みして刀の柄を握り込んだ。……が、怒りのままに飛び出そうとした瞬間、烈火のごとく雷鳴が轟く。

飛来した雷は次々と地を穿ち、良影の身を貫かんとした。されど賢い狐は瞬時に後退し、目を細める。

「ふん……邪魔が入りましたか」

ぬかるむ地面が雷気をまとう中、頭上からは影が降り、やがて何者かが着地する。

琥珀を庇うように地に降り立ったのは、気だるげに頭部を掻く、猫背がちな若い鬼。

「ふあ～ぁ……ったく……。二日酔いだってのに、やかましくて起きちまったじゃねーかよ」

駆けつけたのは黎雪だった。彼はあくび交じりにぼやきながら、手に携えた刀の背で自身の肩を数回叩く。

のらり、くらり、佇む兄。目が合った良影は鼻で笑った。

「これはこれは……羅刹一家の放蕩子息《しそく》でしたか。お噂通り、酒に呑まれてお忙しいようで」

皮肉を紡がれ、黎雪は面倒そうに嘆息する。

「やれやれ、自尊心の高いお狐様の相手なんざ、呑み明かしたあとの起き抜けにすることじゃねーわ」

気だるげに嫌味をこぼし、辟易した彼。その間に、良影は黎雪との距離を詰めて鋭い爪を振り下ろす。

「兄上ッ！」

危険を察知し、琥珀が叫んだ。

しかしその刹那、それまで猛攻を仕掛けようと接近していた良影はハッと目を見開き、突如足を止めるとその場から大きく跳び上がって退いてしまう。

——ドオンッ!!

瞬間、轟音をまとう雷が天から激しく降り落ちた。

「……ぐっ……！」

間一髪で離れた良影の肌を焦がした雷撃は、背後で怪火を揺らめかせていた提灯行列をも呑み込んで感電させてしまう。

妖力を濃く練り込まれた術だと直感的に理解できた。その獰猛な攻撃性に良影は初めて笑顔を失い、消えた提灯行列の残影に包まれながら黎雪を睨んだ。

「……貴様……」

「ふぅーん。このお粗末な幻術行列が、花嫁を迎えるための祝言の儀だってんなら、随分笑わせてくれやがるねえ」

嘲笑し、黎雪は寝癖のついた頭を乱雑に掻くと良影を鋭く睨み返す。

赤々とぎらつく双眸は、背後の母の瞳に瓜二つだ。

「うちの可愛い妹分を嫁に迎えるってんならよ、まずは家族に話を通してからもらい受けんのが筋ってもんだろ？　もちろん、このお兄様にもな」

「っ、くく、ははは っ……！　この私が、羅刹のうつけごときに？　許しを乞えと？」

「うつけだからとナメちゃァいけねえ。何なら、元々焔術しか使えなかった琥珀に雷術を叩き込んだ師匠は俺だぜ？　気をつけなァ、妖狐殿」

ぐるりと片手で刀を回し、黎雪は地面に刀身を突き立てる。するとたちまち凄まじい濃度の妖力が湧き出し、ぬかるむ土の水分すら吸い上げた雷の粒子は、バチバチと感電しながら水と雷の入り交じる巨大な怪鳥を作り上げた。

圧巻の迫力に、良影は苦々しく顔を顰める。

「〝燕屋〟なんて可愛い名の宿で育っちゃいるが、こちとら給餌《きゅうじ》を待つだけのツバメじゃねえんだ。ツノも爪も牙もある。特に今は昨晩の酒も残ってるんでな、加減なんざできねえぜ」

低く宣言した直後、雷鳥はくちばしを開けて高く鳴くと、翼を広げて空に飛び立った。その目は地上の獲物をしっかりと捉えている。

良影は焦燥を色濃く浮かべ、滑空する雷鳥から逃げ出そうと身をひるがえした。――だが、間に合わず。

「燕雷鏘々《えんらいそうそう》――頭冷やして出直しな」

リンッ。一瞬の静寂の中に澄んだ鈴の音が響いた瞬間、さながら水面の魚を狩る鳥のごとく、それは良影を呑み込んだ。

地を裂く轟音は朝焼けの空によく響き、霧すら包んで吹き飛ばす。

訪れた沈黙。耳に痛いほどの静けさをしばし嗜んだ黎雪だったが、ややあって、彼は不服げに舌を打った。

「チッ、討ち漏らしたか……」

苦く呟いた瞬間、暴風のごとく彼らに襲いかかったのは強烈な衝撃波だ。受け流す暇すら与えられず、琥珀と黎雪は容易く吹き飛ばされて旅籠屋の壁に叩きつけられた。

「ぐあっ！」

「うぐっ……！」

地面に転がり、ふたりは大気すら揺るがす強大な妖力に気圧される。明らかにこれまでと違う異質なそれは、彼らが感じたどんな妖力よりも邪悪で禍々しかった。

濃い瘴気《しょうき》が渦を巻いてうねり、雷鳥すらかき消して――やがて、その場にはひとつの影が姿を現す。

「……勿嶺の外の景色を見るのは、果たして幾年ぶりかねえ。ざっと十年ぐらいか」

砂埃の中から耳に届く声。立ち上っていた塵が薄れた頃、現れたのは、箸と茶碗を持って座している長髪の男だった。

食事の途中を切り抜けてきたかのような、戦場にそぐわぬ箸と茶碗。華奢で儚げ、髪に寝癖までついているその様相からは、威厳の断片すら感じられない。

だが、黎雪は迂闊《うかつ》にその場を動くことなどしなかった。本能的な危機感を、肌で感じ取れていたからだ。

白と黒の濃淡が緩やかに変化する長い髪を高い位置で結い上げ、物憂げな両の目元に携えた泣きぼくろが特徴的な彼。背後には、怪しくゆらめく九つの尾。

「……ありゃあ、まさか、九尾か……⁉」

しばしの間を挟み、黎雪は焦燥すら孕む声を紡いだ。

九尾の妖狐――要するに、妖狐一族の長である。

鬼の階級の頂が羅刹と呼ばれているように、妖狐の階級の頂は九尾と呼ばれる。一見非力そうだが侮ってはならない。彼がその気になれば、威圧だけで山ひとつ吹き飛ばせる――それほどまでに強いあやかしなのだと知れ渡っているからだ。

大妖怪は茶碗の中の飯粒を掬い、表情もなく前を見据えている。

「まったく、うちの若いのにも困ったもんだ。朝餉の途中で呼び出さんでもよかろうに」

　他人事のように言葉を紡ぎ、九尾は座したまま箸で掬った少量の米を食した。

　あまりに軽いその態度。のらりくらりと掴み所のない発言を一同が耳で拾い上げていれば、壁際に座り込んでいた琥珀の脳裏に忌々しい記憶が戻ってくる。

　彼は知っている。覚えている。

　あの日、この声が、軽薄なままに頭上から降ってきたことを。

　――ほう、無茶なことをする。

　互いに寄り添って大火傷を負った、幼い琥珀と、瀕死の縁を見下ろしながら。

　――いやあ、すごいすごい。こんなやり方で俺らの幻術を振り払うとは。素直にびっくりしちまったねえ。

　――久方ぶりに面白いものを見た。俺を楽しませてくれた褒美は取らせないとな。

　――君にやるよ、羅刹の子。それはもう使い物にならんからね。

　――いつか目覚めるその日まで、その子を大事にしたらいい。

「……っ、お前が、縁を……！」

　琥珀は充血した瞳をさらに血走らせ、刀を構え直すと迷いなく地面を蹴り込んだ。

「おい、待て！」と黎雪が止める声も聞かず、彼は九尾の元へ飛び込んでいく。

あの日と姿形の変わらぬ大妖怪は、迫る琥珀へ視線を向けた。

――ガキンッ‼

そうして振り下ろされた刀は、九尾の持つ箸によって動きを阻まれる。刀身を挟まれ、押せども引けどもびくともしない。

彼は何事もなかったかのように口内の白米を咀嚼しており、やがて嚥下した後、憎らしげに睨む琥珀に語りかけた。

「んん？　ふむ、懐かしい匂いがすると思うたら……なるほど、君、あの時の小鬼か」

「……っ」

「ほう、いつの間にか成長したものだ。俺は記憶力がよくないんだが、君のことはよう覚えとる。可愛い娘を俺から奪っていった、燃える焔《ほむら》の琥珀色だ」

「戯れるな、この外道が‼」

珍しく冷静さを欠いて怒鳴り、琥珀は止められた刀身に力を込めて妖力を付与する。

「お前が……っ」

青く烟《けぶ》る雷光を帯び、挟まれている箸の間で、刀はキリキリと擦れて鳴いていた。

「――お前が、最初に縁を奪ったんだろうが‼」

叫んだ琥珀に目を細め、退屈そうに息を吐く九尾。彼は色素の薄い睫毛を伏せ、「君、つまらん術を使うようになったなあ」といささか残念そうに語る。

「あの頃の方が面白かったのに」

「っ――」

くい。

直後、九尾が箸を持つ手を軽く捻ると、琥珀は容易く吹っ飛ばされた。凄まじい勢いで木の幹に叩きつけられ、呼吸の仕方すら一瞬忘れる。

しかし痛みに悶《もだ》えている間もなく、木の葉を刃に変えた九尾の追撃が迫ってきているのが見えた。

まずい、この距離では避けられない。

次に来る痛みを覚悟した彼だったが――危うく串刺しにされるという寸前で、飛び込んできた黎雪が迫る刃を雷で撃ち落とす。

「あっぶね、間一髪……！」

「兄上……っ」

「ったく、すーぐ頭に血ィのぼらせやがって！　九尾に真正面から飛び込んでいくなんて何考えてんだ、いくら頑丈な羅刹でも死ぬぞ！」

「しかし、俺は……！」

叱咤される背後で、再びきらりと鈍い光が閃いた。ハッと振り向けば、九尾は木の葉を集め、鋭利な刃を無数に形成している。

それらは幾千と天高く舞い上がり、おびただしい数の槍の雨となって、切っ先を地上に向けていた。

「おいおい、マジかよ、なんつー数だ……！」

琥珀と黎雪が愕然と空を仰いだ途端、それらは慈悲もなく彼らに降り注ぐ。

「くっそ、化け物が……!!」

黎雪は表情を歪め、雷術を練って迎撃に備えながらも被弾を覚悟して琥珀に覆い被さった。弟の盾になろうという兄の思惑を悟り、琥珀は「兄上ッ！」と叫ぶ。

するとその瞬間、ザリッ、と近くで砂利を踏み締める音が響いた。

「退いてな、ガキ共」

声の主は冷静に告げ、ふたりの前に立ちはだかる。

「相手は九尾だ。あんたたちが敵う相手じゃないよ」

「……母上!?」

現れたのは、それまで宿に結界術を付与しながら静観していた母だった。

彼女はふたりの前に立ち、降ってくる槍の雨を見つめている。

「バカ、お袋！　下がれ！　いくらあんたの結界でもあの数は太刀打ちできねえ！」

黎雪は怒鳴ったが、彼女は深く嘆息した。

「バカはどっちよ、このバカ息子共。あたしがあんなもんに立ち向かうわけないだろうが」

「……⁉」

「あんたたち、これから意中の女を振り向かせたいんなら、よーく覚えときな」

動じる様子もなく、腕を組み、佇む玖蘭は九尾を見つめる。静かなる脅威と視線を交え、彼女は口角を上げた。

「――嫁や子どもってのは、いついかなる時でも、旦那が体張って守るもんだよ」

言い切った、直後。母子の周囲には黄褐色の巨大な鬼火が黒煙を上げて立ちのぼる。

それは激しく燃え盛り、幾千と降り注いだ槍の雨を次々と呑み込んで焼き尽くした。

強大な妖力にぶつけられた、さらに強大な妖力。

その光景に琥珀と黎雪が圧倒される傍ら、ひとつ残らず灰燼《かいじん》となった木の葉の残滓が舞う中で、届いたのは「ふあぁぁ……」というあくび交じりの気だるげな声だ。

「ったく、二日酔いの日すら、ゆっくり寝かせてくんねえんだもんなァ……うちの鬼嫁はよぉ……」

ぽりぽりと頬を掻き、現れた豪鬼丸が眠たげにぼやく。

息子たちの窮地をさらりと払い除けたその様子に、彼らは目を見張り、呆然とするばかりだった。

第十五話　毒を以て虚無

「ち、父上……！」

「うへえ、なんつーバケモンだよあの親父……まだ一度も拳骨落とされたことなくてよかったぜ」

さらりと狐の術を払い除けた豪鬼丸に、兄弟が揃って感嘆の息を吐く。そんな中、玖蘭だけは細く目を狭めた。

「ったく、カッコつける時ぐらい、シャキッと背筋伸ばして出てこられないもんかねえ」

低くぼやく嫁の小言を耳で拾い上げ、ぎくりと冷や汗を浮かべた豪鬼丸は、大袈裟な咳払いをして誤魔化すように九尾と向き合った。

「ご、ゴホン……随分と久しいな、勿嶺の九尾よ」

あえて厳か《おごそ》かな口調で語りかける。

一方の九尾は相変わらず呑気に白米を咀嚼しながら、「ほう、豪鬼丸か」と表情ひとつ変えずに彼を見遣った。

「確かに会うのは久方ぶりだ。その顔ついぞ見ていなかったが、君も変わらんねえ。最後に会うた時は『女に振られて賭博で敗けた』と嘆きながらふんどし一枚になっとったような……」

「おいおい、バッカ!!　そんな昔のことを嫁の前で言うんじゃねえ！　お前ってほんっと昔から空気読めねえよな!!」

「そうか？」

もぐもぐと米を噛み、いつまでも呑み込まぬままに過去を暴露する九尾。豪鬼丸が焦ったように声を張る背後では、一層目を細めた玖蘭が「女ぁ……？」と恨めしげに睨んでいる。

「そりゃあ聞き捨てならないね、豪鬼丸。どこの娼婦とねんごろになりやがったんだ？　あ？」

「ち、違う違う、昔の話だから！　お前と出会う前の話!!　誤解だっ!!」

「どうだか、あんたはすーぐ女のケツ追いかけるだろ」

「息子の前でなんてこと言うんだお前！　違うって、本当に昔の話なんだって！」

必死に弁明する父の姿を白い目で眺める琥珀は、「まるで兄上を見ているようだ……」と小さく呟いた。

しかしそんなうつけの血を自分も色濃く引いていることは覆しようのない事実であり、彼はことさら憂いて頭を抱える。

一方で、豪鬼丸は再び咳払いをひとつ。

多くを語らず嫁を誤魔化し、改めて九尾と対峙する。

「そ、そんなことはどうでもいいんだよ、九尾よ。……いや、敬意を込めて紫藤《しどう》殿と呼ぶべきか？」

「どちらでも構わんが」

「では、紫藤よ、本題に入るが――生憎、あんたのとこにうちの娘はやれねえよ」

父が宣言した途端、それまでの威厳のなさが嘘のように、周囲一帯の空気が緊張感を伴ってピリリと震えた。

静かながらも荘厳と言い放った彼は堂々と佇み、おぞましさすら感じる強い妖気を背後に燻らせている。

それは琥珀や黎雪すらも怖気づくほどの圧だったが、九尾――紫藤は一切の動揺も見せず、口内の米をようやく呑み込むと長い睫毛の向こうで薄く目を開いた。

「ふぅん、面白い。ほんの気まぐれでヨリを鬼の子に与えたつもりだったが、そこまで大事に育てられとったとは。こりゃ簡単には譲ってくれなそうだ」

「紫藤よ、どうして今さら縁を欲しがる？　お前さんはあの子を捨てたはずだろう」

「何を言う、俺は別に捨てとらん。ちゃんと里に持って帰ろうとしたが、使い物にならなくなったのさ。そちらの息子さんが随分とご執心《しゅうしん》なさったもんでね」

紫藤は顎で琥珀を指し、またひとくち白米を口に運ぶ。琥珀は忌々しげに奥歯を噛んだが、構わず紫藤は言葉を続けた。

「取り繕うのはよした方がいいんじゃないか、豪鬼丸。他の者が気づかなくとも、君は最初《はな》っから気づいとっただろう」

「……」

「我々が娘を捨てたのではない。君の息子の咎が、我々の同族を奪っていったのだと」

「……同族？　咎ァ？　ははっ、面白くもねえ冗談はよせ」

豪鬼丸は薄く笑い、刀の柄に手をかける。すらりと抜かれた刀身には、能面さながらに表情の変わらぬ紫藤の姿が映っていた。

「――俺の家族を、お前ら妖狐がこねくり回した伽藍堂と同じにするんじゃねえよ」

低く告げ、彼は己が周りを囲うように鬼火を放出して燃え上がらせる。紫藤が「ふむ」と顎を引く中、豪鬼丸は怒気をあらわに彼を睨んだ。

「生憎こちとら、ママゴトのつもりでガキこさえたわけじゃねえんだ。お前に俺の倅の行動をとやかく言われる筋合いはねえし、半端者のお前らに可愛い娘を嫁がせる気もねえ」

「ほう。つまり、過去の息子の行為は罪ではないと」

「アイツはアイツのやり方で、俺の教えをしかと守った。この俺が気圧されるほどの熱意でな。それを罪と呼べるか？　……俺にはできねえ」

静かに語った脳裏には、あの日の息子の姿が蘇る。

弱った縁に寄り添いながら。自身の傷は隠しながら。

黄褐色の目でまっすぐと父を射貫き、宣言した彼が。


『――このまま地べたで野垂れ死にさせるなんて、俺にはできません！　ヨリは悪いことなどしていないじゃないですか！　俺は羅刹です！　罪なき者を守るのが羅刹の責務なのでしょう⁉　であれば俺がヨリを嫁にもらいます！　俺がヨリを守ります！』

『おまっ……待て‼　瓜坊飼うってわけじゃねえんだぞ⁉　嫁にするって意味分かってんのか⁉』

『分かっております！　守りたいと思った女子《おなご》を、生涯かけて幸せにすると誓うことです！』

焔《ほむら》のごとき信念を持ち、迷いなく言い放った我が子。

あの日の彼が守った家訓を、今、父たる己が果たさずしてどうするのか。

「俺の息子は立派だよ」

口角を上げ、豪鬼丸は言い切る。

あの日、琥珀が縁を拾ったその時から、いつかこんな日が来るのだろうと思っていた。幼い彼が隠した傷を、その目で直視する日が来るのだろうと。

「俺も羅刹の親として、しかと使命を果たさにゃならねえ」

その傷をいくら他者から疎《うと》まれようが、咎であるとは言いきれない。

傷は弱き者たる証である。罪は羅刹の恥である。

されども君の選択は、羅刹の名に恥じぬ誉《ほまれ》であれ。

「〝一生をかけて、嫁と家族を守り抜くのが男だ〟……これが、うちの家訓だからな」

――ゴオッ!!

刹那、黒煙を上げた炎は燃え盛り、豪鬼丸の翼となるかのように大きく広がった。

その目に宿る確かな激情は、威嚇や牽制《けんせい》に収まらず、戦意をけぶらせた闘志すら入り交じっている。

熱風が辺りを包む中、紫藤は冷静に目を細めた。

「君は変わらんな、豪鬼丸」

咀嚼していた米を呑み、茶碗を置いて箸を揃える彼。ようやっと食事を終えたとばかりに、紫藤は品良く両手を合わせた。

「よい朝餉の時間だった。最近はとくと退屈していてね、食がどうにも細くなるばかりさ」

「飯食いながら現れんのが空気読めねえってんだよ、お前さんはよ」

「そうか？　それは失礼した。素直な君が羨ましいよ。己が感情に嘘偽りのないところは君のいいところだ。……ただ、目の前のものにのめり込んでしまうのが、玉に瑕《きず》だがね」

「……あん？」

　父が首を捻った途端、紫藤はその場に立ち上がる。

　揺らめく九つの尾。最初から最後まで、彼の表情は変わらない。

「すっかり忘れているようだが、俺は狐だよ。狐は他者を騙くらかす。息を吸って吐くように、淡々と」

　告げて、紫藤は離れた場所にいる琥珀を一瞥した。

　目が合い、ざわり、琥珀の胸中が濁る。

「前にも言ったが、俺は、不良品など要らんのさ。……だから君にやったんだろう？　羅刹の子よ」

　ひらり、舞った紅葉が視界を掠め、琥珀は大きく目を見開いた。ハッとして我に返り、焦燥に駆られるがままに周囲を見渡すが、その場のどこにも——良影の姿が見当たらない。

「そうだ、アイツ……っ、どこに……！」

思えば、九尾がこの場に現れてから、彼の姿は忽然《こつぜん》と視界から消えていた。

――目の前のものにのめり込んでしまうのが、玉に瑕。

それはつまり、大妖怪の登場に気を取られ、他者への警戒を怠っていたことを咎められているのだろうか。

琥珀は歯噛みし、再び紫藤に視線を戻す。

しかし、彼の姿すら、すでにその場から消え失せていた。

「消え、た……？」

琥珀は愕然と呟き、おかしい、と思案する。

自分の目は幻を見破れるはずだ。この目で見る限りでは、良影も紫藤も、確かに本物のように見えていた。

本物であればこの場から消えてしまうはずがない。

「そんなはず……奴らが、幻で、あるはずが……」

ないのに。そう断言しようとした――その時。彼の脳裏には、良影と争い合う中で肩を傷付けられた記憶が蘇る。

たちまち琥珀は息を呑み、「まさか……」と己の肩を押さえた。

先ほど、良影に肩の傷を付けられた時。己の中に収めていた〝妖狐の妖力〟が、微量ながら外に漏れ出てしまったような感覚があった。

あの時漏れた妖力は、狐の幻を見破れる力の源だ。よもや、それが外に漏れ出てしまったせいで、これまで幻を見破れていた視覚に何らかの影響が出たのではないだろうか――？

であれば、良影や紫藤は、いつから幻とすり替わっていた？

「……っ！」

最悪の憶測に行き着いた琥珀は血相を変え、即座に地面を蹴り込んだ。「おい、琥珀⁉」と兄が呼ぶ声にも応えず、彼は旅籠屋の中へと駆け戻っていく。

「――縁ッ‼」

腹の底から声を張り、彼女の名を叫んだ。長い廊下を駆け抜け、今朝方、縁と琥珀が共に眠っていた寝間へと急ぐ。

しかし、ようやく彼女の寝間の前へと辿り着いたその時、彼の視界は床に倒れ伏すふたつの影をはっきりと捉えていた。

「……っ⁉　おい、どうした⁉」

倒れていたのは、それまでついぞ姿を見せなかった戯の天狗だ。すぐさま駆け寄って双子の肩を揺さぶるが、共に呼吸はしているものの、意識はない。

誰かと争い、倒されている。

そう理解した瞬間、寝間の内部に潜んでいた嫌な妖気を、琥珀の肌は感じ取った。

「……おや、やっと気がつきましたか。随分と遅かったですね、羅刹の若君」

直後、聞きたくもなかった声が投げかけられ、琥珀はゆらりと顔をもたげる。

彼の目に映ったのは、白い耳と三つの尾を垂れ下げ、深い眠りについている縁。そして——くたりと力なく眠る彼女を腕の中で姫抱きにし、微笑みを浮かべて佇む——良影の姿だった。

「縁……」

細く呼びかけ、琥珀は目を見開いたまま立ち上がる。縋るように前へと手を伸ばし、彼女に駆け寄ったが、その手はふたりの幻影をすり抜けてしまう。

「っ、縁!!」

それでも尚、琥珀は縁の手を掴もうとした。だが、やはり触れられず。

やがて彼は体勢を崩し、とうに温もりの消えた布団の上へと倒れ込んだ。

「うっ……ぐ……縁……」

呻くように呼んで、薄っぺらな布団の冷たさに歯がゆさを覚える。良影は嘲《あざけ》り、琥珀を見下ろして声を降らした。

「ああ、やはり、もう見破れないのですね。これがただの幻だと」

「……黙れ……っ」

「毒を呑んでまで守り続けた花嫁に、もう二度と触れられぬのだと」

「黙れっ――黙れ黙れ黙れッ!!　黙れよお前!!　俺はっ、俺は……!」

冷静さを欠いて取り乱した琥珀は顔を上げ、憎しみを帯びた目で良影を睨みつける。……だが、それはほんの一瞬だった。

ひとしきり声を荒らげた彼は、今にも泣き出しそうなほど弱々しく表情を歪め、奥歯を軋ませて、温もりを失った布団を握り込む。

分かっていた。

目の前に縁はいない。

良影の姿も、ただの幻。

琥珀の肩に傷をつけ、幻術を見破れる力の根源を奪った瞬間、おそらく良影の本体は幻にすり変わった。さらには九尾の幻すらその場に呼び出し、誰もがそちらに気を取られていた隙に、縁は連れ去られてしまったのだ。

狐にまんまと出し抜かれ、謀られた。

琥珀はもうどうしようもないと分かっていながら、目を閉じて眠る縁の幻に手を伸ばす。

「約束、したんだ……俺が必ず、この手で、縁を……」

絞り出すような声。懺悔《ざんげ》にも似たそれを鼻で笑い、良影の幻は背を向けた。

「それはそれは、大層な重荷でしたねえ。今まで本当にご苦労さまです。そしてありがとうございました、私の花嫁を大事に守ってくれて」

「……っ、待て……」

「もう会うこともないでしょう。さようなら、紛い物の花婿様」

「頼む、待ってくれ、やめろっ！　縁……っ！」

必死に立ち上がって伸ばした手。けれど、それは彼女に触れられない。

――あなた、誰？　私に怖いこと、するの？

遠い昔、彼女に初めて出会った時に与えられた言葉たちが、走馬灯のように駆け巡る。

――あなた、本当に鬼さんなんだ。迷子になっちゃったの？

――鬼は怖いものだって村で教わったけど、あなたは怖くないね。

——大丈夫だよ、泣かないで。帰り道、一緒にさがしてあげる。

——初めまして、泣き虫な鬼さん。おうちに帰ろう！


あの時、優しく触れてくれた温もりが、今ではもう、こんなにも遠い。

「くそ、ふざけるな、畜生……っ‼」

どこからともなく木の葉が一枚、ひらりと落ちて、消えてしまった良影と縁。

琥珀はその場に蹲《うずくま》り、どうしようもない虚無感を認めることもできないままに、自身の左肩を強く掴みながら叫んだ。

「うあああああっ‼」

握り込んだ肩の火傷痕。

あの日の苦い焔《ほむら》の毒は、いつまでもこの胸に、癒えない咎《きず》を残している。

第十六話　夢幻の桃源郷

——ぐすっ……父上、母上、えぐ、ぐすっ……。

幼い頃。もういつだったのかは思い出せないが、薄暗い山中で、悲しげな泣き声を聞いたことがある。

秋を迎えて紅葉が彩る山の奥。編笠を被った幼い少女はひとり、傾斜の激しい帰り道を歩んでいた。

忙しい父や母に代わり、彼女は家族のために山に入って、キノコや山菜を採っていたのだ。

――ぐすっ、ぐす……。

啜り泣く声はまだ続き、少しずつ近くなってきている。少女は不意に足を止め、つい気になって、泣き声の出どころを探すことにした。

そうして彼女が見つけ出したのは、岩場に蹲《うずくま》って泣いている、同じ年頃の男の子。

けれども彼は、自分とは異なる見た目をしていた。

「あの……」

震える声を投げかければ、黒いツノを生やした彼が振り返る。その姿はまるで鬼だが、ここに鬼などいるはずがないと彼女は冷静に考えていた。

だって、ここは狐の棲む山なのだから。

「あなた、誰?」

控えめに問えば、男の子は威嚇するように睨んで牙を見せつける。少女は肩を揺らし、「私に、怖いこと、するの……?」と続けて問いかけた。

しかし彼の威嚇は長く続かず、やがて瞳を潤ませて、目尻から大粒の涙がこぼれ落ちる。

「……鬼の里に、帰れなく、なった」

か細く告げて、縮こまる彼。少女はきょとんと目を丸め、恐る恐る近づくと、そっと隣に腰掛けた。

「あなた、本当に鬼さんなんだ。迷子になっちゃったの?」

「……うん」

「そっかぁ……あ、ねえねえ、アケビ食べる?　さっき採ったの」

少女は背負っていた籠の中からアケビを取り出し、鬼の子に手渡した。彼は鼻を啜り、おずおずとそれを受け取る。少女は安堵したように息を吐き、「けがしてない?　ヨモギもたくさん採ったから、手当ては任せてね」と微笑みかけた。

鬼の子は戸惑い、気恥ずかしそうに俯いて、「俺は弱くないから、傷などない……」と拗ねた口ぶりでこぼす。続けて、彼は少女を見た。

「けがなら、お前の方がしているだろう」

涙で潤んだ琥珀色の瞳の中に映るのは、手、腕、頬……唇の端に至るまで、様々な箇所に傷やアザがある少女の姿だった。彼女はそっと視線を落とし、「んー……私は慣れてるから大丈夫」と苦笑する。

「秋のヨモギはね、食べてもおいしくないけど、傷に効くんだよ。血が出たところを葉で包んだり、あと、乾燥させて薬湯にしたり」

「……俺はけがなんてしないから、そんなの分からない」

「そうなの？　羨ましい、私はすぐにけがしちゃうんだ。愚図《ぐず》だから……」

最後の言葉は細くまろび出て、けれどすぐに少女は顔を上げた。

「でもね、もうすぐいいことがあるんだよ！」

突として明るく声を張った彼女。びくりと肩を震わせて、鬼の子は「な、何が」と問う。

「もうすぐ私、嫁入りに行くの！」

「嫁入り……？」

「そう！　そしたらね、父上と母上が喜んでくれるんだよ」

遠くを見ながら呟き、少女はかさぶたの張った頬の傷痕をなぞる。

「私ね、父上と母上が大好きなの。怒るとすっごく怖いけど、本当は優しいんだ。私が嫁入りに行けば、お金がたくさんもらえるんだって！　お金がある日はね、父上も母上もすごく優しいの」

「……」

「だからね、嫁入りの日がすごく楽しみなんだ。ふふっ、待ち遠しいなあ」

編笠の下、少女は無邪気に笑って言葉を転がした。しかし鬼の子の表情には暗い影が落ち、また、目尻から涙の粒を滑り落とす。

「……どうしたの？」

尋ねてみても、彼は黙りこくったまま啜り泣き、首を横に振るばかり。きっと自分が父や母の話をしたから、心細くなって泣いてしまったのだろうと少女は考えた。

彼女は隣に寄り添い、膝を抱えて泣き始めた彼の頭を優しく撫でる。

「鬼は怖いものだって村で教わったけど、あなたは怖くないいね」

泣きじゃくっている鬼の子は、大人が話すように乱暴者でも、無骨者でもない。

帰り道を見失い、家族が恋しくて泣いている、ただの子ども。

少女は彼に寄り添い、こつりと額を押し付けた。

「っ……！」

「これね、おまじないなの。あなたに幸せがありますようにって。神様があなたを守ってくれますようにって」

「かみ、さま……？」

「うん。この山道の先にね、お社があるの。その向こうには神様が棲んでるんだって。私が神様にお願いするから、大丈夫だよ、泣かないで。帰り道、一緒にさがしてあげる」

やんわりと手を握り、大丈夫、と何度も囁く。

「初めまして、泣き虫な鬼さん。おうちに帰ろう！」

あの日の淡い思い出を、彼女はもう覚えていない。けれど、鬼の子はまだ覚えている。

小さな迷い子が出会った、傷だらけの弱々しい少女が、この世の何より強い者の姿に見えたことを。

◇

「ん……」

嗅ぎ慣れない香の匂いが鼻をくすぐり、長い夢から目が覚める。縁はぼうっとしながらまぶたを上げた。

きらり、きらり、最初に視界に映り込んだのは、螺鈿《らでん》の蓮《はす》が煌めく天井。屏風や襖は豪華絢爛《けんらん》な装飾で彩られ、高級感のある妙な香りは、すぐ近くの香木から放たれている。見覚えのない光景に縁はまばたきを繰り返し、こくんと生唾を飲み込んで起き上がった。

「ここ、どこ……？」

「ああ、お目覚めになりましたか」

直後、不意に声をかけられ、縁はびくりと震え上がった。無意識に自身の尻尾を抱き込めば、「ふふ、驚かせて申し訳ありません」とさらに言葉を付け足される。

簾の奥から響く声。やがて簾が持ち上がり、優雅に微笑む良影が歩み寄ってきた。

縁は困惑し、辺りを見渡して縮こまる。

「そう怖がらずとも、あなたに危害を加えたりはいたしませんよ」

警戒する縁に語りかけ、良影は少しずつ彼女に近寄った。

「あなた、この前の、妖狐……？」

問いかける縁に微笑み、彼は膝をついて身を乗り出す。

「ひ……！」

「こんなに怯えて、可哀想に」

「や、来ないで……！　ここはどこ？　琥珀は？　私、琥珀と一緒にいたのに……！」

「羅刹の若君なら、もうここへは来ませんよ。二度と会うこともないでしょう」

至近距離で告げ、良影は縁の顎に手を添えた。くい、と軽く上向かされ、縁は困惑した瞳を揺らがせる。

「彼は、あなたを捨ててしまわれました」

「え……？」

「ご一家も総出で、快く引き渡してくださいましたよ。最初は渋っておられましたが、金を見せればころりと態度を変えてしまわれた」

つう、と喉元を撫でる指先。縁は驚愕に目を見張り、淡藤色の瞳を泳がせた。

鬼の一家が、自分を捨てた？

悪夢のような言葉を突きつけられ、彼女は弱々しくかぶりを振る。

「そ、そんな、わけ……」

「ないと言い切れますか？　本当に？」

「……っ」

「言い切れないのでしょう？　だって、あなたには傷がある」

耳打ちされたのちに腹部を撫でられ、縁はハッと我に返った。よく見れば、自分の着物は鬼の旅籠屋で着ていたそれと異なっている。

たちまち縁の頬は熱を持ち、自身の体を両手で覆った。

「み、見たの⁉」

咎めるような目で睨むが、良影の笑顔が剥がれる様子はついぞない。

「失礼。少しお着物が傷《いた》んでいたようなので、質のよいものに替えておいたのです」

「へ、変態！　着替えぐらい自分でできるわよ！」

「恥ずかしがることはないでしょう？　私たちは夫婦なのですから」

「何を……っ、きゃあっ⁉」

突として手首を掴まれ、強い力で押し倒される。布団の上に固く縫い付けられ、縁は戦慄しながら良影を見上げた。

怯える縁を見下ろす良影は、くつくつと喉を鳴らしながら舌なめずりをする。

「ようやく愛しい花嫁が、私の元へ戻ってきた」

その目は爛々と輝き、歓喜に満ちている。

「この時をどれほど待ち侘びたことか。あなたの中に私の子を宿す瞬間が待ち遠しい」

「……っ」

「大丈夫、私は寛大です。このように醜《みにく》い傷があろうと、かつての紫藤様や羅刹の一家のように、あなたを捨てたりなどしませんよ」

恍惚《こうこつ》と目を細めた良影は縁の頬へと唇を寄せ、そこから首筋にかけての柔肌をゆっくりと舌でなぞった。ゾッと身を強張らせた縁は危機感を覚えて足をばたつかせ、やがてどうにか手の拘束を振り解くと良影の頬を強引に引っ掻く。

がりっ！

彼の肌を捉えた爪は、容赦なくその皮膚を削いだ。が、浅く触れただけのそれは傷にすらならない。

縁はもう一度その頬を引っ掻こうと右手を振り上げたものの、二撃目はあっさりと捕らえられてしまい、再び布団に縫い付けられてしまう。

「やだっ、離せっ……！」

「……いけませんねえ、夫に手を上げるとは」

「何が夫よ、あなたの花嫁になったつもりはない！　離して！」

「なったつもりも何も、あなたは最初から私の花嫁だったのです。それを鬼が奪っただけ――けれど、それももう終わったことだ。あなたは鬼に捨てられたのですから」

酷な言葉が再び紡がれ、縁は抵抗を緩めて表情を歪めた。唇がわななき、視線が泳ぐ。

鬼の一家が自分を捨てた、なんて、そんなことあるわけがない――そう反論したいのに、うまく言葉が見つからない。

「……本当に、私、もう要らないって、言われたの……？」

震える声で問いかければ、良影はにんまりと目を細める。「ええ」と頷いた彼は空いた手で縁の前髪を梳き、指を二本押し当て、甘い幻術を付与した。

とろり、心地よい眠気に襲われ、縁のまぶたが一瞬閉じる。

「豪鬼丸様や、若様に……？」

「そうです」

「なんて、言われたの……？」

「哀れに思って拾ったものの、傷物の女など一族の恥。お家の評価を下げるだけだと」

「そんな……そんな、こと……」

言わない。言うはずがない。

あんなに優しい鬼の一家が、そんな酷い言葉を吐くはずがない。

けれど、縁の脳裏にちらついたのは、今まで何度も投げかけられた、他者からの心ない言葉。

——琥珀様も豪鬼丸様も、ひとりぼっちで捨てられてた可哀想なあんたを仕方なく面倒見てるだけだって分かってる？

——鬼の里に弱っちい狐がいると邪魔なんだから！

――さっさと里から出ていけ！

――ねえ、聞いたかい？　縁お嬢さんの話。

――聞いた聞いた、まーた顔に傷作って帰ってきたんだろう？

――まったく、お転婆なのはいいけど、あんな風に堂々と顔を傷付けられちゃたまらないよ。燕屋《うち》の評判が落ちるじゃないか。

ちく、ちく。まるで心のささくれのひとつひとつを、強く引っ掻かれて剥がされているかのよう。

大きな傷でもないくせに、いつまでも痛くて、いつまでも治らない。

「私……やっぱり、要らない子だったの……？」

急激に自信を失い、声が掠れて窄《すぼ》んでしまう。良影に抵抗しようという気力も薄れ、縁は脱力して虚空を見つめた。

大好きだった〝縁〟という名前。

つまみ食いしたおむすびとかき揚げ。

無骨で大雑把だけど優しくてあたたかい膝の上。

そして、いつも必ず守ってくれた、あの背中。

あれ？　でも、何だっけ。

一体あれは、誰の背中だったたっけ。


——縁。


名前を呼んでくれる誰かの声を思い出し、ぽろ、と無意識に涙が落ちる。

良影はわずかに口角を上げ、「可哀想に」と縁の頬を撫でた。

「あなたは、あの御宿が大好きだったのに。捨てられてしまうなんてあんまりだ」

「……ひ、う……うぅ……っ」

「でも、もう大丈夫——ここにいるのは皆、あなたの本当の家族ですからね」

囁き、良影は片手で扇子を広げた。その瞬間、いくつもの灯籠が一斉に明かりを灯し、どこからともなく美しい女狐たちが現れる。

唐突な展開に縁は硬直し、涙の膜が張る瞳を大きく見開いた。

「——ほら、私たちは、ずっと家族だったでしょう？」

「家族……」

「あなたは私の許嫁だ」

「許嫁……」

「彼女たちは皆、あなたの母」

「母……」

なぞって復唱する言葉は、継ぎ接《は》ぎだらけの虚構であるはずなのに、なぜだかすとんと胸に落ちて居座ってしまう。

周囲の女たちは白粉を塗って華やかに着飾り、まるで芸者さながら。笛を吹き、三味線を弾き、舞い、歌い、踊る。

彼女らはいずれも等しく縁と同じ三つの尾を持っており、にこやかに笑って縁を手招いている。

「――姉上！」

その時、ふと、賑やかな演奏の中に交じって一際高い声が響いた。

ハッとして振り返れば、愛らしい子どもが視線の先で微笑んでいる。

見覚えなどついぞない彼はあどけなく破顔し、「姉上！」と再び声を張って駆け寄ってきた。

「姉上、姉上！　お帰りなさい！　ずっとお会いしたかったです！」

「え……？　あ、姉上？　私が？」

「はい！　僕はあなたの弟です！　僕、姉上の帰りをずっと待っていました！」

ぎゅうっ、と腰元に抱きつかれ、甘えたがりな子どもは嬉しげに頬を擦り寄せてくる。無垢な瞳と視線が交わり、縁は困惑した。

「弟……？」

明らかに覚えのない存在だ。だが、徐々に頭の中が冷えていく。やがて、彼のことをずっと前から知っていたような感覚が縁の思考を支配し始めた。

毒が体を蝕むように、じわじわと。

「そう……だよね……私、兄弟みたいに、慕っている方がいて……」

思考が塗りつぶされていく。何らかの記憶が書き足されていく。

兄弟がいた。共に過ごした誰かがいた。

しかし、いつもそばにいたのは、果たして〝弟〟だっただろうか。

酒と賭博が大好きで。

いつでも誰かに怒られていて。

頭の中はスケベでいっぱいだけれど、膝の上に抱いてくれる手は優しくて。

ふんどし一丁になってばかりで、格好悪いのに、かっこいい。

それって誰だったっけ。

「姉上？」

首を傾げる子狐に、縁の記憶が上書きされる。

「……うん、そう……そうだね……あなたは、私の弟……」

「姉上、早く、早く！　父上のところに行きましょう！　姉上を待っているんです！」

「父上……？」

「はい！　姉上の大好きな、父上。そして母上」

じわ、じわ。少しずつ毒は広がっていく。


大好きな、父上と、母上。

つまみ食いをして怒られたこと。

だけど大好きなかき揚げをこっそりくれること。

反省文を書かされた時に寄り添って慰めてくれること。

いつもお酒くさいけど、誰よりも優しいこと。

あの時そばにいたのは、誰？


ひとつひとつ、徐々に記憶の中が置き換えられて——それまで脳裏にあったはずの旅籠屋の風景は、まったく別の色に塗りつぶされた。

「ああ、そうだ……父上と、母上だ……狐の……」

呟いた瞬間、どこかへ誘うように腕を引かれ、抵抗もせずに立ち上がる。

それまで寝間のような狭い空間にいたはずの縁の周囲は、いつのまにかまったく違う景色に変貌していた。

巨大な屏風には鳥が描かれ、羽を大きく広げたそれが巨大な狐に呑み込まれようとしている。畳の端から簾の装飾に至るまで、目を奪うのは細かい模様の金刺繍。

笛の音と歌声が彩りを添える広間の最奥、威風堂々鎮座するのは、凛と背筋を伸ばした九尾の男だ。

「父上！　姉上が帰ってきましたよ！」

弟が明るく声を張る。九尾はすいと目を細める。

毒は根を張り巡らせ、あっという間に縁を呑み込んだ。


「――父上！」


彼女は満面の笑みで紫藤を父と呼んで駆け出し、その胸に飛び込んでいく。縁を受け止めた紫藤は丸みを帯びたその頭を撫で、「いい子、いい子」と囁いた。

「ああ、いい子だ。いい子だね、ヨリは」

「はい、嬉しいです、父上……ヨリは、いい子です……」

「うん、とてもいい子だよ、おやすみ。君はいい子だ、安心して寝んねしな」

とん、とん。縁の背中を優しく叩き、紫藤は腕の中の哀れな少女を見下ろす。彼女は光のない虚《うつ》ろな目をぼんやりと見開いたまま、遠くを見つめて紫藤の腕に抱かれていた。

唇は微かに動いているが、言葉は何も発せられていない。

彼女は今、夢を見ている。

甘く、優しい、狐の夢を。

「……やはり、依代《ヨリ》の口数は少ないに限るねえ」

紫藤は呟き、舞を踊る周囲の女たちを見遣る。

きっと縁には、今、この寂れた屋敷の中が、絢爛豪華な大豪邸に見えている。華やかな芸者が楽器を奏で、踊るのを見て、楽しげな歌すら聴こえているだろう。

だが、現実はそうではない。

狐の女は舞を踊る。彼女らは全員美しい――けれど、誰ひとりとして笑わず、その口からは何の言葉も発していない。

皆一様に虚空を見つめ、生気を奪われたような面持ちで、ぎこちない動きを繰り返していた。にこりともせず同じような動きを繰り返す様は、まるで糸に操られたからくり人形だ。

妖狐の女は伽藍堂。

誰もが意思を抜き取られ、甘い夢の中にいる。

抜け殻となった体のみが、妖狐の命令を受けて動いているのだ。

すべては妖狐の番《つがい》となって、子を成すために。

狐の嫁入り――それはすなわち、〝狐の夢依《ゆめい》り〟。


「我々妖狐は、女の個体が極端に少ない。ですから〝外〟から女を連れてきて、夢の内側に捕らえてしまうのです。希少な女を逃がさぬために」

やがて淑《しと》やかな足取りで近寄ってきた良影は、扇子を閉じて縁に手招きする。すると彼女は反応し、従順に起き上がって彼の元へ歩み始めた。

「あなたは以前、夢の依代に成り損ねた。愚かな羅刹のせいでね」

虚ろな瞳で一点を見つめ、躊躇《ちゅうちょ》なく良影に寄り添う縁。

良影は小柄な彼女を愛おしげに見つめ、その背に手を回した。

「大丈夫。これでもう、あなたは私のもの」

囁く彼に抱き込まれ、縁は大人しく身を委ねる。

塗りつぶされた鬼の記憶は、伽藍堂の腹に残った傷痕だけが、まだ覚えている。

ここは妖狐の隠れ里、刎嶺。

虚構に棲まう彼らが作った、夢と幻の桃源郷である。

第十七話　月は見ている

刎嶺へと縁が連れ去られ、何もできぬまま数日が経った鬼の里。

娘がひとりいなくなった旅籠屋は、今日も今日とて通常通りに営業している。玖蘭は客用の料理の仕込みに追われ、豪鬼丸は漁へ赴き、黎雪はどこかへ出ていったっきり、一度も宿に帰ってきていない。

ここ数日、燕屋はそれまでの閑散っぷりが嘘のように客で賑わっていた。

玖蘭や仲居たちは息つく間もなく料理や酒を出し、布団を整え、また次の客を出迎える――このように忙しいことなど、ここ数年ついぞない。魚の仕入れも豪鬼丸だけでは到底間に合わず、近所の魚屋に卸してもらうことで凌《しの》いでいる状態だ。

忙しなく働き、怒涛《どとう》の一日をようやく終えて――台所へと戻った玖蘭は、ようやく落ち着いて息をつく。

「……はあ……目が回るわね……」

「女将様」

額に手を当ててぼんやりしていた頃、不意に仲居から声をかけられ、彼女はハッと顔を上げた。

「あ……な、何？」

「お客様から差し入れをいただきました。揚げ物だそうです、冷めたら揚げ直して食べてくれと」

「ああ、そうなの……ありがとう。あとでお礼を言いに行くわ」

控えめに笑って受け取れば、仲居はいささか心配そうに玖蘭を見遣る。彼女の表情に覇気がないことは、旅籠屋の誰もが気づいていた。

「女将様、少しやつれたように見えます。早めに休まれては……」

彼女の気遣いに、玖蘭は苦笑を返す。

「ありがとう、でも大丈夫よ」

「ですが……」

「あ、ほら、見て！　この差し入れ、天ぷらの詰め合わせだわ」

仲居に微笑みかけ、明るく声を張る玖蘭。彼女は包みの中に並べられた揚げ物を見つめ――ふと、かき揚げの存在に気づいて「あら」とまた笑った。

「かき揚げもあるじゃない！　ふふ、明日の昼に出そうかと思ったけど、ひとつだけ揚げ直しましょうか。一番大きいのがいいわね、きっと縁が喜ぶから――」

無意識にそんな言葉がこぼれ落ち、仲居の表情が一層曇る。玖蘭も声を詰まらせ、ややあって、緩やかに視線が下がっていった。

「……ごめん。何でもないわ」

呟いて、再び額に手を当てる。眉尻を下げ、仲居が「女将様……」と控えめに呼びかけたその時、玖蘭はぽつぽつと語り始めた。

「最近ね、『あの狐がいなくなってよかった』って、よく客から言われるのよ」

努めて慎ましく口こぼす彼女。仲居は目を伏せ、「……ええ、私も、よく言われます」と控えめに答える。

事実、縁がいなくなってからの旅籠屋は大忙しだ。異種族である縁を誰もが煙たがり、これまで燕屋に寄りつかなかったのだろうということが浮き彫りになってしまった。

外部の客だけでなく、旅籠屋の内部からも同じ声がよく聞かれる。「あの狐がいなくなってよかった」「女将様、ようやく解放されましたね」と……。

「彼らが言いたいことは、あたしにもよく分かるわ」

玖蘭はぽつりと続け、簾の向こうに目を向ける。里を囲う山々と、雲間に浮かぶ月。

いずれも見慣れた風景だ——ちょろちょろと動き回る、小さな娘がそばにいないだけで。

「ここは鬼の里だもの。鬼は同族以外を敵視する傾向がある……あたしだって、最初は縁のことが鬱陶《うっとう》しかった」

「……そうですね」

「豪鬼丸と琥珀が最初に縁を連れてきた時、あたしは反対したのよ。狐の女なんて信用ならない。嘘ばかりつく伽藍堂の妖狐。しかも傷物だなんて、鬼族の顔に泥を塗るだけ。……本当に、そう思っていたの」

目を細め、玖蘭は縁がまだ旅籠屋に引き取られたばかりの頃に思いを馳せる。


あの頃、縁は鬼の一族を警戒し、与えられた食べ物にすら手をつけないほど怯えていた。

傷は一向に癒えず、日毎に衰弱し、痛みに悶えて夜な夜な唸り、啜り泣く。

鬼の女は強くあるべきだという教えを受けて嫁入りした玖蘭にとって、いつまでも泣きじゃくって怯えるような弱い女など鬱陶しくて仕方がなかった。その上に異種族だ、理解などしようがない。

どうしても苛立ちが表に出てしまい、縁をきつく叱責することもままあった。豪鬼丸にも、繰り返し彼女は訴えていた。

『もう無理よ、あんな弱い小娘さっさと捨ててきてちょうだい！　飯も食わない、話しかけても答えない、泣いてばかりで腹立たしい……！』

『まあまあ、そう言うな玖蘭。琥珀の選んだ嫁だぞ？』

『なーにが嫁よ、ガキのママゴトに付き合ってる暇はないのよこっちは！　あの小娘が来てからたった数日なのに客が極端に減ったのよ、どうすんの！　さっさとママゴトなんてやめさせて！』

『さーて、本当にママゴトだろうかねえ。アイツの決意は並々ならんぞ』

豪鬼丸に訴えても、彼はのらりくらりと躱《かわ》すばかり。『すまねえな、玖蘭。お前にゃ苦労かけちまうが、俺たちの息子のために一肌脱いでくれ』などと押し切られ、結局、玖蘭は縁の世話を継続することとなった。

そんなある日。縁はついに空腹に耐えかねたのか、庭に落ちていた渋柿を拾って舐めていたことがあった。

玖蘭はすぐに見つけて叱りつけ、『そんなもん舐めたら腹壊すだろ、食うならこっちにしな！』とその時余っていた握り飯を彼女に渡したのだ。

最初は狼狽《うろた》え、手をつけようとしなかった縁だが、茶でふやかして茶漬けにしてやるとようやくそれを口にする。するとたちまち瞳を輝かせ、あっという間に一皿平らげてしまったのだった。

『こらこら、そんながっつくんじゃないよ。喉に詰まったら面倒だろうが』
『……これ、おいしい……』
『ふん、当たり前だろ。あたしが作ったんだから』
『おいしい、です……こんなに、おいしいの、はじめて食べた……』
『はあ？　あんたの母ちゃんは握り飯や茶漬けも作ってくれなかったのかい』
『分かりません……何も覚えておりません……でも、きっと、』

これが、今まで食べたどんなものよりも、一番おいしいです――。

そう告げて、縁は初めてふにゃりと笑った。茶でふやかしただけの塩むすびひとつで、泣いてばかりだった少女が簡単に笑ったのだ。
そんな彼女の笑った顔に、玖蘭は不思議と安堵した。それと同時に、縁のこれまでの境遇に疑念が生まれた。

このように幼い子どもが、塩もまぶしていない握り飯のひとつすら、まともに食べたことのないような生活をしてきたのだろうか。確かに腕や脚は痩せ細り、体躯も小さく、血色も悪い。成長に必要な栄養素がまったく足りていないように見える。

あまり記憶のない縁の言葉のすべてを鵜《う》呑《の》みにするわけではないが、おそらくこれまで貧しい生活を強いられてきたのだろう。幼い子どもが腹を空かせ、木から落ちて潰れた渋柿を食べようとする姿には、さすがの玖蘭も胸を痛めた。それゆえ、先ほどのように子どもらしく笑えることがやけに印象に残ったのだ。

（……そうよね。ずっと泣いてばかりいるから、弱く見えてイライラするのよ。泣くよりも笑ってくれた方がよっぽどいいわ）

鬼や女将である前に、彼女はふたりの息子を育てる母。それゆえ母性がくすぐられ、先ほど縁が笑った顔に、自然と安心したのかもしれない。

（これからは、泣く前に笑わせてあげましょう。そうすれば、あたしの苛立ちも少しはマシになるかもしれない）

そう思い至ったあの時から、縁に対する玖蘭の行動は大きく変わった。

相変わらずしつけには厳しかったが、できるだけ栄養のあるものを食べさせ、箸の使い方を教え、字の書き方も教えた。他にも様々な気配りをして、怪我をさせないように配慮し、病にかからないよう不衛生なものは遠ざけて……とにかく、彼女が泣く前に笑わせることを念頭に入れて尽力した。

最初は惰性でやっていたように思う。

笑わせなければならない。守らなければならない。いつまでも健やかに幸せであれば、彼女はもう泣かなくていい。彼女が泣かなければ、自分も苛立たなくていいのだから。

玖蘭の努力の甲斐あって、縁はよく笑うようになった。食べ物をよく食べ、健康的な顔色になり、庭の渋柿に手を出すこともなくなった。少々性格はふてぶてしくなったが、部屋の隅でメソメソ泣いていられるより幾分もマシだった。

そうして長く過ごす中で、少しずつ心境は変化する。

最初は義務的に行動していた玖蘭。しかし気がつけば彼女は、縁のために、何かを行動するようになっていた。

『ほら、縁、つまみ食いするならこっち食べな。あんた用に作っといたのよ』

縁が喜ぶから。
『ねえ、縁。お饅頭もらったの。後でこっそりお茶会しましょ』
縁が嬉しそうにするから。
『縁、見て！　豪鬼丸の頭に蝶々とまってる！』
縁が笑うから。
縁が笑えば、自分も笑えたから。
『おはよう、縁』
『おやすみ、縁』
『また明日ね』
『まーだ寝てんのか、寝坊助』
『ほら起きな、朝だよ！』

『おはよう、縁――あははっ！　すっごい寝癖ついてるじゃない！』


種族の違いなど、もはやどうでもよかった。

腹に傷があっても何も気にならなかった。

彼女が幸せであれば。

彼女が笑ってさえいれば。


『――おはようございます、女将様っ！』

ずっとそばにいてくれれば、それでよかったのに。


「……あの子、ちゃんとご飯食べてるかしら」

追憶の隙間で、玖蘭はポツリと小さく口こぼす。遠くを見つめる瞳。つまみ食いの常習犯がいなくなり、台所には作りすぎた揚げ物が余ってしょうがない。

「寂しがってないかしら……」

再び言葉が転がり落ちて、いよいよ歯止めが利かなくなった。脳内を占拠するのは、部屋の隅で泣いてばかりいた、小さな娘。

「寒さに震えてないかしら。風邪ひいてないかしら。体が弱い子だったから……お転婆ですぐに怪我するし……」

「……女将様……」

「あの子、放っておくとすぐに泣いてしまうの。寂しいと泣いてしまうし、暗いところも怖がって泣いちゃう弱い子なのよ……だからあたしが笑わせないと……そばにいないと……」

「女将様、少し休みましょう」

「あたしが休んでる間に、縁が酷い目に遭ってたらどうするのよ‼」

とうとう玖蘭は声を張り上げ、唇を強く噛み締める。こんな風に怒鳴っても、結局、あの子はもう帰ってこない。

「あんな子、やっぱり、育てなきゃよかった……」

やがて力なく呟き、彼女はその場にくずおれた。

「……あたしまで、弱くなっちゃったじゃない……」

溢れ出した涙を隠すように両手で目元を覆い、玖蘭は肩を震わせる。

啜り泣く彼女に仲居がそっと寄り添う中——台所の前で、琥珀は静かに佇んでいた。

彼は音もなくその場から立ち去り、俯きがちに暗い廊下を進んでいく。

「――琥珀」

しかしほどなくして呼びかけられ、琥珀は黙って顔を上げた。

「……父上」

「飯は食ったか？」

「……いえ……」

どうにも食す気にならず……と付け加え、琥珀の顔は再び下を向く。声をかけた豪鬼丸は「そうか」と頷き、茶を啜りながら琥珀を居間に手招いた。

「まあ座れ、少し話そう。饅頭食うか？　お前の好きな柿でも剥いてやろうか」

「……とても、そんな気分ではありません」

「まあ、そりゃそうだろうな。俺も珍しく呑む気にならん。黎雪のやつはどこかに行っちまったみてーだが……ま、そのうちフラッと帰ってくるだろ」

呑む気にならないと言いつつも悲観的にはならず、豪鬼丸は琥珀を隣に座らせる。大人しく腰を下ろした琥珀の表情には暗い影が差したままだ。

彼に茶の入った湯呑みを差し出し、父は「琥珀よ」と口火を切る。

「お前のせいじゃねえ。自分ばかり責めるな。そんなんじゃ、縁が心配しちまうぞ」

「……しませんよ」

「なぜ言い切れる」

「どうせ縁は、もう、ただの伽藍堂です……」

受け取った湯呑みに口も付けず、琥珀はか細く声を絞り出した。

そしてしばしの間を挟み、琥珀は意を決して口を開く。

「……父上」

「ん？」

「あなたは、本当は、ずっと気がついていたのでしょう」

言葉を紡ぎ、俯いたまま返答を待つ息子。その姿は断罪の時を待つ愚者さながらだ。

父は茶をゆっくりと啜り、ほうと息を吐いた。

「――お前が、昔、縁の腹を焼いたってことにか？」

淡々と、いつもの声色で。豪鬼丸は容易に核心を貫く。

琥珀は一瞬押し黙り――けれど、すぐに大人しく顎を引いた。

「そうです……」

「そうか。それなら、とっくの昔に気づいてた。お前が俺を引っ張ってって、縁の火傷を見せた時には察してたさ。お前の焔術と同じ匂いがしたからな」

「……そう、ですか……」

「ついでに、お前からも妙な匂いがした。ありゃ狐の匂いだった。最初は縁の匂いが移っただけかと思ったが……まっさか、お前の中に狐の妖力が閉じ込められているとは思わなんだ」

薄く笑い、豪鬼丸は囲炉裏の火を見遣る。

「皆までは聞かねえよ、琥珀。お前が理由もなくそんなことをする奴じゃねえのは分かる。何かあったんだろう、縁とお前の間に」

「……」

「ああ、そういや……お前が焔術を使わなくなったのも、あれからだったな……」

しみじみと振り返る中、琥珀は「父上……」と重々しい口を開いた。

「俺は、自分の火が恐ろしかったのです……。アイツに消えない傷を与えてしまった俺の火が、また縁を傷付けてしまうのではないかと……これ以上の負担を、アイツに背負わせてしまうのではないかと……」

「……そうか」

「父上、どうか教えてください」

彼は湯呑みを両手で握り締め、父に問う。

「俺がしたことは、やはり、罪でしょうか……」

か細い声だった。叱られた後の子どものような声。丸みを帯びる背中にまで、頼りない色が滲んでいる。

豪鬼丸はしばし考え、湯呑みに映り込んだ囲炉裏の火を見つめた。彼の意見は最初から最後まで等しく、依然として変わっていなかったが——ここは父として、あえて焚きつけてみることにしようか。

「……お前がこのまま縁を諦めるってんなら、そりゃ罪だろうな」

ふっと笑い、湯呑みの中の炎を呑む。顔を上げた息子に「琥珀よ」と呼びかけた豪鬼丸は、空になった湯呑みを置くと琥珀の頭にも乱雑に手を置く。

「聞こえのいい言葉ばかり選んだって、月はいつでも、雲の隙間からお前さんを見てるぞ」

父の言葉に心臓を掴まれ、琥珀は身を強張らせた。

「お前が本当に怖かったのは何だ？　お前が罪だと怯えるものは何だ？　火そのものか？　その火で縁を傷付けたことか？」

「……っ」

「……いいや、どれも違うな」

父の問いかけは、琥珀の心の柔い部分にも容赦なく触れてくる。

無骨なその手は乱暴者扱いされることもままあるが、誰よりも優しい手のひらなのだと、鬼の子である彼が一番よく知っていた。

月はいつでもこちらを見ている。いくら遠くへ離れても、ふと振り返れば月がいる。

上弦の月は嫌いだ。己の罪を咎めるように、遥か上空で嘲笑う。首斬り台の刃に似ている。罪深き己を裁こうと、常に空から見つめているのだ。

「琥珀よ」

「……」

「お前は、自分自身がこれ以上傷付くのを、ただ恐れていただけだろう？」

微笑みと共に、唯一にして最大の罪を言い当てられ、一瞬目頭が熱くなった。それがこぼれぬよう顔を逸らしたが、「一度誓った約束を破るのは重罪だ」とまで父の口から放たれ、思わず渇いた笑いが漏れる。

「……どこまでも、お見通しですか……」

「あたぼうよ、大事な我が子のことはちゃんと見てっからな」

「はは……本当に……子離れのできない月ですね……」

琥珀は力なく笑ったが――どこか心の雲を取っ払われたかのような、晴々《はればれ》しい心地が胸に蔓延《はびこ》っていた。

あの日、縁がこの宿に運び込まれた時。

苦しげに眠る彼女の手を取って、琥珀は誓った。彼女の傷に。

優しく照らす月の光が、雲間で静かに見守る中で。

『俺が必ず、この手でお前を、――してやる』

果たすことを恐れるほど弱くなってしまったのは、きっと、それほどまでに彼女の存在が大きくなってしまったから。

「琥珀」

「……はい」

「俺たち羅刹は、元々悪鬼だ。だが御仏の元で改心し、悪しきを裁く地獄の獄卒《ごくそつ》として、鬼の長たる地位を得た」

「存じております」

「俺たちの務めは、悪しき罪を裁くこと。己の咎を屠るのも、お前の役目だ、琥珀」

豪鬼丸は息子を諭し、ニィと悪戯《いたずら》に口角を上げる。

「さて、どうする？　縁のこと諦めるか？」

楽しげに尋ねる父。その口元は、天から笑いかける三日月さながらだ。琥珀は顔を上げ、昔と変わらぬ強い瞳で「いいえ」とまっすぐ言い放った。

もう、迷いなどない。

傷の痛みを恐れることもない。

ここは強い鬼が守る家。

鬼の長たる羅刹の御宿。

「――縁は、俺がもらいます」

あの日の誓いをなぞるように宣言し、琥珀は父と向き合った。

「やっぱ、お前にゃ敵わねえな」

笑った豪鬼丸が琥珀の肩をとんと叩いた頃――ふたりが語り合っていた居間に、突如忙しない足音が響き渡る。

「親父ィ‼　琥珀っ‼」

直後、慌ただしく居間へと飛び込んできたのは、数日間どこかへと姿を消していた黎雪だった。唐突な帰省に琥珀と豪鬼丸が目を見張る中、彼は怒涛の勢いでふたりに迫る。

「やべえ、やべえんだよ‼　聞いてくれ‼」

「うおっ⁉　り、黎雪、お前今までどこ行ってた⁉　まさか賭博でまた無一文に……」

「何言ってんだ、都に戻って情報収集してたんだよ！　そんなことよりやべえんだ！　――縁の情報を掴んだ‼」

あまりの勢いに豪鬼丸すら気圧される傍ら、久方ぶりに再会した兄は衝撃の言葉を告げた。琥珀は目を見開いて身を乗り出す。

「情報って……！　まさか、刎嶺の場所が分かったのですか⁉　兄上！」

「いや、刎嶺がどこにあんのかは分からん……だが、この情報が正しけりゃ、俺たちは縁を奪還できる！」

「奪還って、どうやって……」

「花嫁行列だよ！」

黎雪は大きく声を張った。

花嫁行列——琥珀が息を呑む一方、兄はさらに続ける。

「もうすぐ、この付近で妖狐の花嫁行列があるって噂だ。花婿の名は良影。相手の花嫁の名は不明らしいが、おそらく縁で間違いねえだろ⁉」

「花嫁行列……？　本当ですか……？　本当に、縁が……」

「本当かどうかなんてどうでもいい、賭けるしかねえんだよ！　刎嶺の場所が分からねえ以上、これがアイツに接触できる最初で最後の機会だ！　逃しちまったら、もう二度と縁を奪還できなくなっちまう！」

黎雪は歯噛みしながら告げ、琥珀の肩を掴んだ。

「俺はこの博打に勝つぞ、琥珀！　取り戻すんだよ、俺たちの縁を‼」

力強い宣言に、琥珀はぐっと拳を握り込む。やがて「ええ」と頷いて立ち上がり、彼は夜風の吹く縁側へと赴いて月を見上げた。

月は、いつでもそこで見ている。

いくら厚い雲で隠そうが、必ず月はそこにいる。

「――俺が、縁を取り戻す」

黄褐色の瞳で雲を貫き、咎を持つ羅刹は、己を見下ろす雲間の月に宣言した。

第十八話　雪融けの黎明

――シャン、シャン、シャン。

耳に馴染み始めた鈴の音が、周囲で何度も響いている。

曙山の山中、宵闇の中で揺蕩《たゆた》う不気味な怪火。狐の一団は降り出した雨に紛れ、ひっそりと現れた。

怪火が浮遊する中心、赤い番傘の下にて静かに佇むのは、白無垢を着た美しい少女だ。頬に白粉、唇には紅を引かれ、虚ろな瞳は光をなくしてまばたきもなく、ただぼんやりと虚空を見つめている。

「美しいですよ、我が花嫁」

良影は背後から近づき、彼女を優しく抱き締めた。しかし反応などなく、ただ黙ってその場に立ち尽くしている。

それでも良影は満足げに口角を上げ、愛しい花嫁の髪に口付けを贈った。

「ようやくこの日がきましたね。私たちの晴れ舞台。花嫁行列という祝言の儀を経て、夫婦の誓いを契る時が」

「……」

「ふふ、今頃さぞお喜びでしょう。あなたは昔、この嫁入りを心待ちにしていましたから。……ええ、実に哀れなものだ」

毒を含ませ、じわじわと。良影は自我のない縁に語りかける。

「あなたが選ばれ、心待ちにしていた嫁入りは、ただの夢の依代——狐に捧げられる贄《にえ》だったとも知らずに」

くつくつと喉を鳴らして囁き、良影は縁の腹をおもむろに撫でた。

ふたりの背後には、狐面を被った一族がずらりと並んで行列を作っている。彼らは鈴を鳴らし、笛を吹き、花を降らす。新しい花嫁を歓迎するかのように。

「ああ、儀式が終わるのが楽しみだ」

耳元で告げる良影。けれど、縁は一切反応しない。

「この花嫁行列が終わったら、この醜い傷の下にたっぷりと私の子種を注いであげましょう。大丈夫、痛みはありませんよ。あなたは何もしなくていい、ただ幸せな夢を見ていればいいのです」

「……」

「ふふ、その瞬間を羅刹の若君が見れば、一体どんな反応をするのでしょう……大事に守ってきた花嫁の純潔が散る瞬間など、きっと辛くてたまらないでしょうに」

さらり、縁の髪を梳き、良影は不敵に口角を上げる。

晴れていながら降る雨は、山の木々を潤し、渇いた地面をしっとりと濡らした。東の空からは月が見ている。

「時間だ」

良影は縁の手を引いた。

「行きましょうか、我が花嫁」

彼女は、大切な誰かにもらった自分の名前すら、もう覚えていない。

音を発しない口元はわずかに動き、まるで何かを訴えているかのよう。されど伽藍堂の傀儡《かいらい》となった彼女は抵抗ひとつせず、良影の隣を静かに歩き始めた。

シャン、シャン、シャン、シャン。

音を鳴らす神楽鈴《かぐらすず》。この鈴の音は、神がいる場所に響くものなのだという。

幼い頃、縁はこの音を心待ちにしていた。あの頃の彼女は神を信じていたから。そして悪夢に怯えていたから。

だから神様におまじないをしていたのだ、両腕で抱えた膝にこつりと額を宛てがって、どうか幸せな夢が見られますようにと。どうか神様が守ってくださいますようにと。

でも、その神様って、なんだったっけ。


シャン、シャン、シャン。


繰り返す鈴の音。一定のその音に合わせ、行列は等しく歩幅を刻んでいく。

しかし突然、良影はぴたりと足を止めた。

彼は目を細め、やがて小さく息を吐く。

「……本当に、諦めが悪いですね」

辟易したような彼の視線の先——そこで待ち構えていたのは、刀を抜いて立ちはだかる、月を背にした羅刹の子。

琥珀は伏せていた目を開き、静かに良影と向かい合った。

「これはこれは、私の幻にまんまと騙された、元花婿様ではありませんか」

良影は大袈裟に肩をすくめ、花嫁行列の行く手を阻んだ琥珀を煽る。

「今さら何の用です？　神聖な祝言の儀に横入りするなど、あまりにも無粋では？」

「縁を返してもらう」

「ほう、彼女を返せと？　あっははは！　これは面白い、もとより彼女の身も心も私のものだったというのに、横着にも『返せ』とは」

良影はおかしそうに嘲った。だが琥珀は冷静だ。

「俺の花嫁を返せ」

再び言い放った彼に、良影はやれやれとかぶりを振る。

「諦めの悪い男は嫌われますよ、若君。それに残念ながら、あなたの大事にしていた花嫁は、もう私から離れたくないようですし」

そう言い切った良影が「ねえ、花嫁様？」と目配せした途端、縁は反応し、どこか遠くを見つめたままぴたりと躊躇《ちゅうちょ》なく良影に寄り添う。彼は勝ち誇った顔で縁を抱き寄せ、見せつけるように傷のある腹を撫でた。

「どうぞご心配なく、羅刹の若君。あなたが傷付けたこの罪深き腹の中には、いずれ私の子が宿る。それであなたの罪も帳消しといたしましょう」

「良影。俺はお前が憎らしい」

「おや、負け惜しみですか？」

「そして同時に、俺はお前が哀れだと思う。……罪の子として生まれた、弱いお前が」

一寸の揺らぎもなく言い放った琥珀の発言に、それまで余裕の笑みを浮かべていた良影の表情が徐々に強張る。彼は眉をひそめ、琥珀を睨んだ。

「……今、何と？」

低く問われるが、琥珀は動じない。一歩前に出た彼は、寄り添い合う縁と良影を見て続けた。

「お前は幻に縋ることしかできない。嘘をまとっていなければ公の場に姿すら見せられない。俺はお前の――いや、お前らの弱さを知っている」

「……ははっ、何を言い出すかと思えば。以前のあなたの言葉をそっくりそのままお返しいたしましょうか？　〝私は、あなたの戯言に付き合うつもりはありません〟」

「お前は罪の子。そしてお前らは哀れな一族だ。嘘をさらなる嘘で固め、罪に手を染め続けても尚、あやかしの世に居場所がない」

「そろそろ黙っていただけますか」

「お前らは――」

「黙れと言っているでしょう!!　負け犬の遠吠えばかりうんざりだ!!」

良影は突として語気を強め、目を血走らせて縁の首を絞め上げた。琥珀が思わず息を詰めて飛び出しかけた一方、細い首に手をかけた良影は声を低め、「黙らねばこの小娘の首を折る」と脅しをかけてくる。

緊迫した状況の中。琥珀は手に滲む汗を握り込んで自身を落ち着かせ、努めて冷静に口を開いた。

「できるものならばやってみろ」

良影を睨み、彼は続ける。

「お前に縁は殺せない。お前にはもう、縁しか残されていないんだ」

「……黙れ……っ！」

「誰よりも強者でありたいのに、それが成せないお前の心を満たせるものは、〝傷〟のある縁だけ」

「うるさい、黙れ‼」

良影は縁の細い首に手を掛けたまま目を血走らせた。やや俯き、肩をわななかせて、反対側の手に持っていた扇子をへし折る。

「……貴様に何が分かる……」

低い声を恨めしげに絞り出し、良影は怒鳴った。

「貴様らのような恵まれた血族に、我ら一族の惨めさが分かるものか‼」

激昂した瞬間、良影の背後で行列を作っていた妖狐たちは一斉に飛びかかってきた。

吹き鳴らされていた笛は毒矢に、舞っていた花吹雪は鋭利な刃に。それぞれが明確な敵意を持って琥珀に襲いかかってくる。

琥珀は冷静にそれらの軌道を見切り、静かに武器を抜刀した。

「石火雷刃《せっからいじん》――玉響《たまゆら》」

すらり、鞘から抜かれた白刃。それは目にも留まらぬ速度で毒矢や刃の吹雪を切り裂き、妖狐の奇襲を退ける。

それはほんのひと時の出来事だ。襲いかかってきた妖狐たちはばたばたと倒れ、琥珀の刀の錆となった。しかしいくら斬っても手応えは感じられず、琥珀は落ち着いて息を吐く。

「……やはり幻覚か」

「ははは！　いくらでも斬っていただいて結構！　代わりはいくらでも作り出せるのですから!!」

高らかに叫び、良影は再び狐の集団をけしかけた。彼らはまた一斉に琥珀へと襲いかかる。

「大人しくその首を渡せ、羅刹!!」

牙を剥き、良影はいびつに口角を上げて笑う。敵を差し向けられた琥珀は伏し目がちだった瞳に殺気をけぶらせ、トンと身軽に地を蹴った。

次々と襲いかかってくる妖狐の幻。その動きを予測しながら立ち回る琥珀は、ひとりひとりを冷静に斬り捨て、時に力尽くで薙ぎ倒しながら一方的に幻を屠っていく。まずは胴を裂き、次に腕を斬り落とし、囲まれれば飛び上がって、旋回しながら一閃。

度重なる猛攻を凌ぎ、やがて黒い血の雨を降らせた彼は、返り血に濡れた髪を振り乱しながら修羅の眼差しで良影を見据えた。

いくら幻を作り出してもキリがなく、狼狽《うろた》える気配すら見せない。良影の手は徐々に汗ばみ、ぎりりと奥歯を軋ませる。

「忌々しい鬼め……！」

憎しみを帯びた声と共に、散った霧を寄せ固めて生み出される巨大な狐の幻。しかし一挙に飛び込んできた幻獣の牙すら容易く斬り伏せた琥珀は、冷たい目をもたげて口を開いた。

「お前の幻術の精度は見事だ、良影。だが、ひとつ忠告してやろう」

「……っ」

「この程度の稚拙な力で、鬼の首が取れるなどとは思わない方がいい。お前では俺に勝てない」

断言する琥珀に、良影の表情は苦々しく歪む。彼は縁を背後に隠して渡すまいと後退した。

琥珀は刀身に付着した血を振り払い、幻たちの骸《むくろ》を踏みつけながら一歩ずつ良影に近づく。

「縁を返せ」

「来るな……！　これは私のものだ……！　この醜い傷を持つ女こそが、私の探し求めた花嫁なんだ‼」

「お前が〝傷〟に固執する理由は分かっている」

「やっと手に入れた私のヨリを、返してなるものか‼」

「お前にもあるんだろう、良影」

――〝弱さの証《きずあと》〟が。

琥珀が淡々と告げ、核心を貫いたその瞬間。ゴウッ、と鈍い音が鼓膜を叩き、突として強風が吹き荒ぶ。

その風は狙い澄ましたかのように縁の体のみを天高く舞い上げ、良影から引き剥がした。

「なっ……！」

「おおっと、よそ見はしない方がいいぜ」

　刹那、大木を蹴り付けてその場に飛び込んできたのは黎雪だ。

　彼は電光石火の凄まじい速度で良影の懐に入り、刀を振り抜いて斬りつける。忌々しげに舌を打った良影は瞬時に幻とすり替わったが、刃が腕を掠めたらしく、剣先には微量の血液が付着した。

「ふーん。どうやら、今回はちゃんと、この場に本物がいるみてーだな」

　刀に付着した血の匂いが本物であることを確認し、冷静に呟く黎雪。一方彼らの上空では、先ほど天高く風に飛ばされた縁が双子の天狗に抱えられていた。

「ひゃっはァ！　おチビ奪還大成功～！」

「くくっ、これで二度もやられた借りは返したぜ、クソ狐！」

　ケタケタと笑う戯の天狗。彼らは黒い翼を広げ、神通力によって巻き起こした風の中を楽しげに飛び回っている。

　地上で良影が憎々しげに歯噛みする中、双子は「ほんじゃ、あとは若に任せた！」と声を揃えて再び風を起こし、琥珀へ向かって縁を投げた。

　風に乗って雑に譲渡された縁を受け止め、琥珀は不服げに眉根を寄せる。

「もっと丁寧に渡せ、悪童共が……！」

　オマケで付いてきた天狗の匂いに顔を顰めて恨み節をこぼしながら、彼はその場から駆け出した。良影が「待て!!」と声を張って追おうとするものの、黎雪が雷撃を落として行く手を阻む。

「チィッ……!」

「ここは通さねえぞ、嘘つき狐」

腕を組み、立ちはだかる黎雪。しかし彼は突如自分の刀を鞘に戻し、「安心しな、殺しはしねえし、武器も使わねえよ」と笑顔で宣言した。

「俺は嘘はつかねえ。博打も喧嘩も正々堂々。これが親父の教えのひとつだ」

「……そこを退け、うつけの長男が……!」

良影は瞳を血走らせ、幻術を用いて自身の分身を無数に作り出す。彼らは鋭利な爪を尖らせ、黎雪に向かって一斉に飛びかかってきた。

黎雪は口角を上げ、良影の分身を待ち構える。

「都も故郷も変わりゃしねえな」

呆れ顔で呟き、彼は続けた。

「表を歩きゃあ、誰もが俺を〝うつけ〟と称する。親不孝の放蕩息子、無一文のろくでなし。それで結構、咎める気にもならん」

「死ね!!」

「……だが、俺とて御仏に仕える咎討《とがう》ちの鬼だ。ひとたび他者の罪に触れりゃぁ――」

拳を握り、彼は匂いを嗅ぎ分けて無数の幻影の中のひとりに狙いを定める。

「――俺は獄卒。雪をも解かす黎明《よあけ》の羅刹」

言い切り、硬く握り込んだ拳。幻の中から本物の良影だけを見事に嗅ぎ分けた黎雪は、己の拳を迷いなく前に突き出し、突っ込んできた狐の鳩尾《みぞおち》に力一杯叩きつける。

瞬間、彼以外の分身は霧のように消え、殴打された本物の良影だけが地面に崩れ落ちて転がった。

「……あッ……が……」

「能ある鷹《たか》は爪を隠すもんだが、能のねえうつけは爪も隠さず、真正面からぶん殴るのみよ」

「勝負ありぃ～！　黎雪、一本！」

頭上で太ましい枝に腰掛け、ことの経緯を呑気に眺めていたアジャラたちが楽しげに声を降らす。

黎雪は「おいおい、見世物じゃねえぜ～？」と嘆息しながら、呼吸もままならず悶えている良影の後頭部に容赦なく踵を振り落とした。

ゴッ――鈍い音と共に意識を刈り取られ、良影はくたりと動かなくなる。

「これでよし、っと。悪ィが、ちょいとばかし眠っててくんな」

「ひゃはっ！　やるじゃねーの黎雪ぅ、お前に賭けてて正解だったぜ」

「チッ、兄者の勝ちかよぉ……何やってんだよ黎雪、負けろよ！」

「あぁ⁉　お前ら、俺を使って賭博してたのかよ⁉　つーか、賭けるんなら俺も交ぜろ‼」

「どうせ自分に賭けんだろぉ？」

「ひゃはっ、自分に賭けてなくてよかったなァ、黎雪。お前が賭けると敗けちまわァ、ひゃはは‼」

「こいつら……」

双子の揶揄に肩をわななかせた頃、ふと、黎雪は倒れている良影の腕に視線を落とした。

赤黒く滲んだ着物の下には、ほんのわずかな切り傷がある。おそらく最初に黎雪が付けた傷だろうが、あやかしであれば一瞬で癒えてしまうはずの小さな傷口からは、まだ血が流れていた。

（……？　傷が消えてない？）

黎雪は訝しみ、意識のない良影に近づいて仰向けにする。そのまま着物の衿を少しめくれば、「おーい黎雪、お前男色《だんしょく》の気でもあんのかァ？」などと頭上から天狗にからかわれた。

それも無視して着物の内側を覗いてみる。かくして黎雪は良影の肌に残るものを一望し——眉をひそめた。

「これは……」

目を細め、良影を見下ろす。苦しげに眠る彼は、悪夢に抗うかのように辛そうに眉根を寄せていた。


妖狐とは、甘い嘘を吐くあやかしだ。

夢と幻で作り上げた虚構の中でしか、生きていけない——。


「……なるほど、そうか。そういうことなのか」

黎雪が何かに納得して切なげに目を伏せた頃、それまで木の上にいたはずの双子の天狗が降りてくる。彼らは哀愁漂う黎雪の背中をドカッと足蹴にして押し退け、「いでぇっ⁉」と彼が転倒するのを後目に、邪気をまとって良影に近寄った。

「このクソ妖狐、クッソむかつくから、ぶっ倒したら報復してやろうと思ってたんだよ」

ゆらり、不気味な笑みを浮かべてくつくつと喉を鳴らす天狗たち。彼らが良影の髪を掴み上げ、何らかの道具を取り出したことを察し、まさか見せしめに殺すつもりでは——と危ぶんだ黎雪は即座に身を起こした。

「おい、ちょっと待て！　こいつは――」

しかし、振り返った双子が手に持っていたのは、書道用の筆と、黒い墨。

想定外の所持品に黎雪が「ん？」と目をしばたたく傍ら、アジャラ双子は楽しげに笑い出す。

「キヒヒヒッ！　こいつが倒れて動かなくなったら、ぜーったい顔に落書きしてやろーって決めてたんだよな～。なあ兄弟！」

「おうよ兄者、だっせえヒゲ描いてやろうぜ！」

「え？　いや、落書きって……あ～～～っ、おいおいおい！　ちょ、お前らそれ絶対あとで怒られんぞ！」

「黎雪も描くか？」

「はあ!?　いや俺は……っ、ちょっと描きたい」

「よし行け黎雪っ、鼻クソ描け、鼻クソ！」

「ひゃっははは!!」

声を上げて笑う、いたずら好きの悪童たち。

愉快な笑い声が響く山中には、提灯行列の幻など消え失せ、賑やかしていた妖狐たちの姿も誰ひとりとして残っていない。

ただひとり、その場に残され、倒れているのは良影のみだ。

意識を手放しながらも微かに動いたその唇から、「母上……」と消え去りそうな声が漏れていたことは、彼の鼻の下に落書きを施した黎雪の耳だけが知っている。

第十九話　太陽とお月様

黎雪と双子が良影の足止めに成功した頃。

琥珀は縁を抱え、足場の悪い山道をひたすら走っていた。

彼はあっという間に良影たちとの距離を離したが、旅籠屋へは戻らず、木の生い茂る険しい斜面に逸れて、山の奥へと入り込んでいく。

道なき道を行き、倒木や岩を飛び越え、時折飛びかかってくる餓鬼を斬り——。

やがて彼が辿り着いた場所は、古びて苔むした鳥居がそびえる、木の葉にまみれた寂しい社の前だった。

「……縁」

息を整え、鳥居の近くに縁を座らせる。呼びかけても彼女は応えず、虚ろな瞳を遠くへ向けたままだ。

「縁」

もう一度呼びかけ、琥珀はその額にこつりと己の額を押し付けた。手を握り、指を絡める。どうか君が無事であるようにと、誰とも知れない〝神様〟に祈りながら。

「……すまない、縁。ずっと不安にさせて悪かった。もっと早く言うべきだったんだ。すべての真実を。お前が何者であったのかを」

「……」

「俺は、お前が遠くに離れてしまうのが怖かった……手放すのが惜しかった……。お前がずっと見ている〝夢〟の中から、連れ出してやることができなかったんだ……」

懺悔するかのように己の咎を述べ、琥珀は縁を抱きしめる。

十年前のあの日も、ふたりはここにいた。

この社の前で、狐の術に心を食われかけていた縁の手を握り、大丈夫だと何度も言葉を繰り返した。それでも目を覚まさない彼女に、幼い琥珀は決断したのだ。

あの日、あの瞬間、あの男の前で――。

「うちの若いのを随分と虐《いじ》めてくれたらしいじゃないか、羅刹の子らよ」

直後、一切の気配もなく声を投げかけられ、琥珀はハッと目を見張って振り返った。

そこには九つの尾を持つ大妖怪が表情もなく座しており、琥珀は警戒をあらわに刀の柄を握る。

「まあ、そう身構えるな」

九尾――紫藤は冷静に告げ、手に持っている三色団子をちみりと手でちぎって口にする。

「言うたろ、俺はそれ《ヨリ》に興味がない。執着しとるのは良影だけだ。君から無理やり奪い取ったりはせんよ」

「……お前らの言うことは信用できない」

「そうかい、まあ好きにしたらいい。どちらにしろ俺は飯の最中だ、これを食い切るまでは動かん」

信じるかどうかは君に任せるがね、と付け足し、紫藤はモグモグと団子を咀嚼した。

琥珀は警戒を怠ることなく彼を睨み、「縁を奪いに来たのではないなら何の用だ」と突き放すように問う。

「別に用などないさ」

九尾は平然と答えた。

「君が今からどういう選択をするのか、少々気になったもんでね。見届けるためにここでしばらく待っていた」

「……」

「俺は君に興味があるんだ。異種族で傷物、自分と何の関係もないそんな小娘のために、君は己が身を顧みず無茶なことをした。そんな君の行動が、いまだに俺には理解できん」

「ああ、そうだな、お前らには絶対に分からない。――幽世の外から無関係の異種族を攫ってきて、逃げられぬよう夢の中に縛り付け、平然と夫婦ごっこを繰り返してるような妖狐《お前ら》には」

憎しみを込めて低く紡ぎ、琥珀は再び縁を抱きしめる。

「こんな俺の気持ちが、お前らに分かってたまるものか……」

弱々しくこぼす琥珀を見遣り、紫藤はひとくち茶を飲んで、口内の団子を流し込んだ。ちらと顔を上げた彼の視線の先にあるのは、粗末な社と古い鳥居。

「ここは、神の棲む場所に繋がる異界の門。曼荼羅社《まんだらのやしろ》と呼ばれ、神に手招かれた者だけが、この門をくぐれるという」

「……」

「羅刹の子よ。君は手招かれたことがあるだろう？　この向こうに――神の棲む現世に、行ったことがあるんじゃないか」

紫藤の問いかけが、じわじわと琥珀の耳に染み込んでくる。

縁と初めて出会ったあの日のことが、何年経っても忘れられないのは――きっと、ふたりが過去に、神の棲む場所で出会ってしまったから。

「……だったら何だ」

琥珀は低く声を絞り出し、縁を抱きしめている腕に力を込めた。

「確かに俺は、幼い頃、この社の奥に行ったことがある。だが、あの日の悔いをお前に話して何になる？　お前には関係のないことだ」

「ほう」

「さっさと去れ。どうせお前も幻だ。縁にかけた術を解く気はないのだろう」

「さて、それはどうかな」

ちみり、また団子をひとくち食《は》み、咀嚼しながら紫藤は告げる。

「俺が団子を食う間、君が面白い話をしてくれれば、少しは気が変わるかもしれん」

続いた言葉に、琥珀はハッと鼻で笑った。

「狐の話など信ずるものか」

吐き捨て、また縁を抱きしめる。

十年ほど前のあの日の出来事を思い出し、琥珀は腕の中で眠る大事な存在を抱きしめたまま、そっと目を閉じた。

◇

――十年前。

穏やかな気候の昼間だった気がする。

幼かったあの日の琥珀は、曙山の中腹で釣りをしていた豪鬼丸に付き添っていた。まだ齢も七つに満たないほどだった。

鬼の里から出たことはなく、異種族と関わったこともない。性格も今と違い、甘えたがりで臆病。

琥珀は常に父や兄にべったりだったが、釣りをしている時の父は意外にも静かなもので、なかなか琥珀の相手をしてくれない。ついに琥珀は釣りの経過を見守ることに飽きてしまい、ひとりで山中を歩き回ることにしたのだった。

その途中、見つけたのが、この古びた社である。

「なんだろう、ここ……？」

適当に歩いてきたせいで、気がつけば随分と深い山奥にまで来てしまっていた。一度父のところに戻るか迷ったが、見慣れない社を珍しく思い、琥珀は興味本位で目の前の鳥居に触れてしまう。

その時、彼の耳は声を拾ったのだ。

——神様、どうかお願いします——

するとたちまち周囲の景色が変わり、気がつけば、彼はまったく見知らぬ山の中にいた。

「……え？」

唐突に周辺の雰囲気が一変し、琥珀は困惑した。すぐに焦燥に駆られ、本能的にその場から逃げ出す。

父が近くにいるはずだと考えて匂いを辿った——が、匂いなどまったく嗅ぎ取れず、どこにいるのか分からない。

「ち、父上っ……父上！　一体どこにいるのですか、父上……！」

同族同士のあやかしであれば、匂いで互いの居場所が分かるはずだった。しかし見覚えのないその場所は、琥珀の知らない匂いで溢れていた。

父の匂いは一向に辿れず、混乱と恐怖と心細さに襲われる。だがついさっきまで釣りをしていたのだから、きっと川に行けば会えるはずだと考え、水の音がする方角へ必死に走った。

かくして、辿り着いた穏やかな川辺。けれど、そこにいたのはまったく知らない匂いをまとう男たちだった。

琥珀は慌てて木の陰に隠れ、彼らの様子を密やかに窺う。

「――おい、今夜の生贄は決まったのか」

ひとりの男が問いかける。すると隣の男が「ああ」と頷き、「あの不気味な白い髪の忌み子だ」と続けた。

彼らは全員白い狐の面を被っていたが、獣のような耳や尻尾はない。

「可哀想に、まだ齢も六つかそこらだろうに」

「致し方あるめえ、村のためだ。あの不気味な娘が生まれてから不作の年が随分と続いとる、きっと災いを呼ぶ娘なんじゃて」

「藤色の瞳なんて持っとるんじゃけぇなあ……」

「お狐様に嫁入りさせねば祟《たた》られる。不憫《ふびん》だが、あの娘には村のために今夜死んでもらわにゃ」

大人たちは口々に言い、川のそばを離れた。シャン、シャン、シャン――彼らの持つ神楽鈴が、耳に残る音を鳴らしている。

幼い琥珀には会話の内容がほとんど理解できず、ただ漠然と、鬼でも狐でもない何らかの種族がいることに恐れを抱いていた。そして今宵、誰かが殺されるのだろうということだけは理解できていた。

ここはどこだ。アイツらは何だ。父や母はどこにいるんだ。もしもこのまま帰れなかったら……そんな嫌な想像ばかりが脳裏に張り付き、とうとう彼は泣き出してしまった。

「う、ぐすっ、えぐ……父上……母上……」

ぐすっ、ぐす……。

嗚咽が悲しげに響く中、その声は誰かの耳に届いて拾い上げられる。

そして、控えめな足音と共に、彼女はやってきたのだ。

「あの……」

「……!」

「あなた、誰?」

振り返ったところにいたのは小さな娘だった。自分も大概小さかったが、もっと細くて傷だらけで、圧倒的に頼りなかった。反射的に威嚇して牙を剥けば、少女もまた身構える。

「私に、怖いこと、するの……?」

問いかける声も震えていて、どう見ても弱そうな娘。琥珀は一瞬警戒したが、襲われることはないだろうと判断し、威嚇をやめて己の声を絞り出した。

「……鬼の里に、帰れなく、なった」

か細く告げて、縮こまる。見知らぬ少女はきょとんと目を丸め、恐る恐る近づくと、そっと隣に腰掛けた。

「あなた、本当に鬼さんなんだ。迷子になっちゃったの？」

「……うん」

「そっかぁ……あ、ねえねえ、アケビ食べる？　さっき採ったの」

紫色に熟れたアケビを手渡され、琥珀は狼狽《うろた》えながらもそれを受け取る。

編笠の下には白い髪。傷やアザが目立つ顔。そして淡い藤色の瞳。つい物珍しげに彼女を見てしまいながら、何気ない会話がしばらく続いた。

しかし、やがて彼女が「もうすぐ嫁入りに行く」と宣言した時、琥珀は先ほどの狐面たちが言っていた〝生贄〟という言葉を思い出す。

――お狐様に嫁入りさせねば祟られる。不憫だが、あの娘には村のために今夜死んでもらわにゃ。

（この子が……今夜、死んでしまうのか？）

聡い琥珀はすぐに理解してしまい、どこか後ろめたい気持ちが胸に蔓延《はびこ》って下を向く。また涙が出てしまい、ことさら深く俯いた。

「……どうしたの？」

尋ねられても、黙ったまま首を横に振ることしかできない。何を言えばいいのか分からなかった。今夜殺される目の前の娘に。

けれど彼女は隣に寄り添い、膝を抱えて泣く琥珀の頭を優しく撫でる。やがて、こつりと額同士が合わさった。

「っ……！」

「これね、おまじないなの。あなたに幸せがありますようにって。神様があなたを守ってくれますようにって」

「かみ、さま……？」

「うん。この山道の先にね、お社があるの。その向こうには神様が棲んでるんだって。私が神様にお願いするから、大丈夫だよ、泣かないで。帰り道、一緒にさがしてあげる」

やんわりと手を握り、大丈夫、と何度も囁く。

その時、琥珀の心は確かに震えた。不安で覆われ、冷たい風ばかりが吹いていた胸の奥に、まるで真昼の太陽光が差し込んだかのように熱が戻った。

けれど、今宵、彼女は死んでしまう。

この手のぬくもりも消えてしまう。

この子が何か悪いことをしたのか？　いや、きっと、していない。

なのにどうして。

「初めまして、泣き虫な鬼さん。おうちに帰ろう！」

眩しい笑顔が雲を払う。琥珀の心に光を照らす。

母は常々言っていた。強い女を嫁にもらいなさいと。そして、その子を守れるぐらい、自分も強くありなさいと。

知らない世界で迷子になった、その日。琥珀は胸に灯る熱を自覚し、高鳴る鼓動の音を知り、出会ってしまった。

傷だらけで弱々しい、けれどどこの世の何より強い――あたたかな光を持つ、人間《かみさま》に。

第二十話　誓《ちかい》の傷を君に

幽世に棲むあやかしたちは、現世の人間を神と呼ぶ。そして現世で生きる人間たちもまた、幽世に棲む者を神と呼んだ。

だが、そのすべてをそう呼ぶわけではなかった。

狐は神様。河童《かっぱ》は妖怪。足がなければ霊と呼び、鬼を悪と呼んで嫌う。

現世の神様は思い込みが激しい。ひとたび天から雷が降れば、鬼のせいだと言い放ち、祟りや災いと結びつけた。

そうして彼らの〝神〟たる狐に、贄として女を捧ぐのである。

——神様、どうかお願いします——

両手を合わせて切に願う、健気な少女のことすらも。

「——琥珀！　おい、琥珀！」

ゆらゆらと揺蕩《たゆた》うまどろみの中で、己の名を呼ぶ声がする。ふと意識が浮上して目を開けた時、琥珀の嗅覚は慣れ親しんだ匂いを嗅ぎ取った。

はっ、と我に返り、顔を上げる。視線の先にいたのは、迷子になって以来ずっと探し求めていた父だった。

「父、上……」

「おいおい、お前大丈夫か？　生きてんだな？」

とんとんと背中を叩かれ、呆れたようでありつつも安堵した声が降ってくる。上体を起こして周囲を見渡せば、そこは見慣れた山の中だった。よく知っている、鬼の里の。

「……戻って、きた……？」

か細く告げた時、父は大袈裟に息を吐く。

「はー、心臓に悪い……お前なあ、こんなとこで寝たら餓鬼に喰われちまうだろうが
よ。死んでんのかと思ったぜ。眠いんなら帰って寝な、無理させて悪かったな」

「え、あ、いえ……。あの、それより父上、あの子は……？」

「あ？　あの子って？」

「女子《おなご》です……さっきまで一緒にいて、泣いてる俺を助けてくれて、社に連れていっ
てくれた小さい子……」

「ははっ、何だそりゃ？　夢ん中で神様にでも会ってたのか？」

豪鬼丸はおかしそうに笑い、古びた社を見つめた。

「ここには神様が棲んでて、神隠しに遭うって噂もあるからなあ」

続けた彼に、琥珀は首を傾げる。

「……カミカクシって、何ですか？」

「ん？　簡単に言やぁ、ちょっとした悪戯《いたずら》さ。この社の向こう側に棲んでる神様が、
時々こっち側の子どもを気まぐれに呼んで、境界の向こうに攫っちまうんだと」

「神様に、呼ばれる……？」

「お互いにな。あっち側の神様も、呼べばこっち側に紛れ込むことがあるらしい。ほとんどねえけどな」

立ち上がった父は両腕を組み、「まあ、んなこたァどうでもいい」と肩をすくめる。

「俺の釣りに付き合うのに飽きたんだろ？　こんなとこで寝ちまうぐらいだしな」

「あ……いえ……」

「なんか風が湿ってきやがって一雨きそうだし、お前は先に帰っときな。俺はもうちょい釣りするわ。クワズイモの葉でも雨避け代わりにすりゃ、しばらく釣れるだろ」

父は嘆息し、「ひとりで帰れるか？」と問いかけた。琥珀は何も言わずに俯いて目を泳がせたが、豪鬼丸はその頭を乱雑に撫でる。

「大丈夫だ、琥珀。お前ももう七つになるだろ。鬼の子に親が付き添うのは七つまで。そろそろひとりで何でもできるようにならねえとな」

「……しかし……」

「夢ん中でまで神様に助けられてメソメソしてるようじゃ、立派な羅刹鬼になれねえぞ？　俺らはむしろ神様を守る立場だ。護身用の短刀も持たせてるだろ、いざとなったらそれで戦え」

「……はい……」

控えめに頷き、琥珀は不安げに瞳を潤ませた。甘えたがりの次男坊は、やんちゃで奔放だった長男とは大違いだ。本当に大丈夫だろうかといささか心配しつつも、豪鬼丸は琥珀の頭から手を離す。

直後、細やかな雫が彼らの頬を打った。空を見上げ、豪鬼丸は辟易する。

「はー、やっぱ一雨きやがった。しかも〝狐の嫁入り〟だ」

「……狐の嫁入り？」

「晴れていながら降る雨をそう呼ぶんだとさ。さて、雨足が強まらねえうちに俺は釣り場に戻るわ。お前も気をつけて帰れよ！」

豪鬼丸はそれだけ言い残し、駆け足で釣り場へと戻っていく。琥珀は一瞬怖気づいて後を追いそうになったが、自身を律して踏みとどまった。

黙ってその場に立ち尽くし、光が降り注ぐ雨空を仰ぐ。

太陽はまだ、真上の高い位置にのぼっていた。つまり現在は昼間だ。先ほど迷子になった見知らぬ場所は、もう日の入りにほど近い時刻だったというのに。

あれは、やはり、ただの夢だったのだろうか。

（じゃあ、あの子も、幻……？）

思い出したのは、太陽のようにあたたかい少女のこと。

もうすぐ嫁入りに行くと言っていた彼女。

今宵、狐に捧げられて死んでしまう神様。

境界の向こうに攫われてしまうのが神隠しで、晴れていながら降る雨が狐の嫁入り。

ひとつひとつ、丁寧に思案し、琥珀は背後を振り返る。鳥居の奥の古びた社は落ち葉をかぶり、静かにその場に佇んでいた。

琥珀は一歩ずつ近づき、鳥居にそっと手を触れる。

「……神様、どうか、お願いします」

もし、夢でないのなら。

もしも彼女が、本当にこの社の向こう側にいるのなら。

今宵、どうか彼女が、生きながらえますように。

「あの子に、幸せが訪れますように……」

こつり、願いを込めて、額を鳥居に預けた——瞬間。

からん、と軽やかな下駄の音が、琥珀の耳を叩いた。

「……鬼さん？」

続いて聞き覚えのある声が放たれ、琥珀はハッと顔を上げる。

額を預けていた鳥居の向こう。その場所にいたのは、白い装束に身を包まれ、あどけない顔に薄化粧を施された、あの少女だった。

周囲の景色は変わっていない——つまり、ここは鬼の里のまま。であれば、どうして彼女がここに？　と思考を巡らせる間もなく、少女は「鬼さん！　また会えたね！」と満面の笑みで嬉しそうに駆け寄ってきた。

琥珀は狼狽《うろた》えたが、飛び込んできた彼女をぎこちなくその腕で受け止める。

「あのね、聞いて！　私ね、父上と母上にとっても褒めてもらえたの！　お狐様の嫁入りに選ばれるなんて名誉なことだって！　お化粧までしてもらえたんだよ！」

「……っ、あ、ああ」

「ねえねえ、似合ってる？　可愛い？　えへへ、こんなに綺麗なお着物、着るの初めて！　可愛いでしょ？」

ぴょんぴょんと小動物のように跳ね、愛らしい少女は嬉しさを隠しきれないまま琥珀に問いかける。一方で、琥珀の胸は早鐘を打ち、体中が今までにないほどの熱を帯びていた。密着している少女の顔すらなかなか直視できずにいれば、彼女はきょとんと首を傾げる。

「鬼さん、大丈夫？　また迷子なの？」

心配そうに問われ、琥珀は頬を赤らめたまま首を横に振った。ややあって精一杯の勇気を振り絞り、「か、可愛いと、思う……」などと声を紡ぎ出せば、少女はまた笑顔で琥珀に抱きつく。

「わあい、嬉しい！　ありがとう鬼さんっ」

「……っ」

「私ね、ちょっと緊張してたの。怖い神様に嫁入りすることになったらどうしようって。……それにね、父上や、母上と、離れ離れになって、少し寂しくて……」

現世に置いてきた父と母のことを思い出したのか、少女の目には涙が浮かぶ。琥珀は狼狽《うろた》えたが、何かを考える前に咄嗟に口が動いていた。

「だ、大丈夫だ。お前もきっと、すぐに父上や母上に会える」

「……本当？」

「ああ。だって俺も、ちゃんと帰ってこられた。そして父上に会えた。だから大丈夫だ」

「……そっか。そうだよね！　私、また、父上や母上のところに帰れるよね！」

できうる限りの励ましの言葉で、それまで暗い影がさしていた少女の顔には笑みが戻る。ホッと胸を撫で下ろした琥珀だったが、それも束の間。

「それに、鬼さんが私の花婿さんだったんだね！　安心しちゃった！」

続いた想定外の発言に、琥珀は大きく目を見開くこととなった。

「え？　お、俺が？　お前の、花婿!?」

「あれ？　違うの？」

「ち、違う！　そんな話は聞いてない！」

「あれぇ、おかしいなあ……社の向こうにいったら、私をお嫁さんにしてくれる神様が迎えに来るって、村の人たちが言ってたのに……」

眉尻を下げる彼女。「本当に、鬼さんじゃないの？」と再度問われ、琥珀はとんでもない勘違いに困惑しながら目を泳がせた。

「お、俺は……花婿なんかじゃ――」

戸惑いを孕む声が漏れた、刹那。不意に耳が拾い上げたのは鈴の音。


――シャン、シャン、シャン。


それらは徐々に近づいてくる。琥珀は目を見張り、咄嗟に少女の手を引いた。

「きゃっ！　な、何？」

「しっ――静かに。こっちに隠れろ」

片手で少女の口を塞ぎ、近くの木陰に誘導して身を潜める。じっと気配を殺し、ふたりで肩を寄せ合った。琥珀の鼻は、嗅いだことのない匂いを鮮明に捉えている。

ほどなくして鈴の音と共にその場に現れたのは、狐の耳と複数の尻尾を持つ見知らぬ者たちだ。琥珀は警戒をあらわに様子を窺った。

鬼ならざる複数のあやかし。やはり嗅いだことのない匂いだが、匂い自体は薄く、まるでその場に存在していないかのよう。

不思議な一団は神楽鈴を一定の間隔で振り鳴らし、鳥居の前で足を止めた。しばらくして先頭のひとりが鳥居の中へと足を踏み入れ、抑揚のない声を発する。

「紫藤様。人間からの捧げ物が見当たりません」

告げられた瞬間、周囲に立ち込めたのは不気味な濃霧だ。同時にただならぬ気配を感じ取り、琥珀は少女の肩を強く抱いて息を呑む。

立ち込めた霧はおぞましい瘴気を放ってその場に渦巻き、すぐに風に散っていった。霧散したその中に佇んでいたのは、九つの尾を持つ長髪の妖狐。

彼――紫藤は周囲に視線を巡らせて何かを吟味し、ふむ、と顎に手を当てた。

「先にネズミが入り込んだらしいねえ。ちぃっと齧《かじ》られちまったか」

目を細めた彼。琥珀は気配を押し殺し、すぐにこの場から立ち去るべきだと判断して腰を上げる。

しかし、紫藤の視線はすぐにふたりが隠れている物陰へと移った。

「……まあ、ネズミなんて取って喰ってしまえばいいだけなんだがね」

刹那、細やかな霧の粒子が琥珀の頬を撫でた。彼はハッと目を見開いたが、時すでに遅し――少女はたちまち霧に包まれ、悲鳴を上げる間もなくその中に取り込まれてしまう。

「しまっ……！」

　手を伸ばすも、間に合わない。少女の姿はその場から消え去り、霧に攫われて妖狐の手の中へ渡ってしまった。

　佇む紫藤の腕の中には、たった今連れ去られたばかりの少女がくたりと力なく倒れ込んでいる。紫藤は彼女を大事に抱え、あどけないその顔を覗き込んだ。

「ああ、贄にしては随分幼いね。人間共に捨てられたか。初潮も迎えておらんのなら、まだ使い物にはならんが……まあいい」

「……っ」

「さあ、いい子、いい子だ。ねんねしな」

　彼が背を叩きながら囁いたその瞬間——少女の容姿に変化が起きる。

　再び霧が立ち込めて包み込んだ頭部には、獣さながらの白い耳が現れ、腰の下からも三つの白い尻尾が生えてきたのだ。その姿はまるで狐のあやかし。一体何が起こったのかと琥珀は困惑した。

「いい子、いい子——」

　呪文のように繰り返される言葉。それは毒となって少女の耳に注がれ、彼女を彼女ではない別の何かに変えてしまっているかのよう。

琥珀はいても立ってもいられず、ついに飛び出した。

「やめろ、その子を離せ！」

護身用に持たされていた短刀を手に、琥珀は叫ぶ。紫藤は顔をもたげ、睨みつけてくる小鬼に目を細めた。

「うん？　羅刹の子か。ネズミにしては、喰い辛いのが潜んでたようだねえ」

「無駄話に付き合う気はない、今すぐその子を離せ！　従わねば斬るぞ、化け狐め！」

「ふむ、随分と口が達者だ。しかし残念、俺らはみぃんな幻さ。斬られど刺されど痛みはない」

紫藤が無表情に告げた瞬間、その場にいた他の狐は皆一斉に消えてしまう。

見たことのない妖術に琥珀は狼狽《うろた》えたが、短刀の切っ先だけはブレぬようしっかりと柄を握り込み、奥歯を強く噛み締めた。

「ほう、勇敢な小鬼だな」

残った紫藤は抑揚のない声を発し、腕に抱いている少女の顔を見下ろす。

「君はこの子を守ろうと言うのか。だがもう手遅れだよ、この子はすでに夢幻の中。言葉も感情もない、ただの伽藍堂だ」

「……むげん……？」

「君にも今、この子の姿が狐のように見えているだろう？　それが夢幻だ。本来、この子に狐の耳や尻尾はない。俺が術をかけてそういう風に見せているだけ」

くたりと倒れ込んだままの少女は言葉を発さず、まばたきすらしない。「おい、起きろ！」と声を投げかけてみても反応はなかった。

「無駄さ、君の声はもう届かんよ」

紫藤は告げ、腕の中の少女をそっと地面に降ろす。

「狐の幻術を見破ることができる者は、同じ狐の術を持つ者のみ――術を解くことができるのも、また然り」

「お、お前、この子をどうするつもりだ⁉」

「どうするって、単純なことさね」

紫藤は表情ひとつ変えずに続けた。

「俺らの種族は性別が偏りがちでね、男ばかりが生まれてくるんだ。君にも母がおるだろう？　子どもってのは、母親――つまり、女がいなけりゃ生まれてこん。だから俺たちは、母になれる器を人間から分けてもらっているのさ」

「……‥！」

「なあに、苦しみはない。彼女はヒトであったことをもう忘れている。俺たち妖狐の幻の中で、幸せな夢を見て、いずれ我らの子を宿す。ただそれだけのための、伽藍堂の花嫁だ」

告げて、紫藤は少女に何かを耳打ちする。すると彼女の体は動き出し、どこか遠くを見つめたまま琥珀の前へと歩いてきた。

「お、おい……」

琥珀はたじろぎ、短刀を持つ手の力が弱まる。その隙を見逃さず、少女は琥珀から短刀を奪い取った。

「な……！」

「……」

「おい、どうしたんだ！」

呼びかけるが、答えない。その目は常に虚空に注がれ、意識がないまま行動しているように見えた。

「お前……」

琥珀は表情を歪めるが、紫藤は顔色ひとつ変えずに経過を眺めている。

「それも俺の術さね。もはや彼女の意思は夢幻を操っている俺のもの。魚の腸《はらわた》でうごめく寄生虫がごとく、術は腹の中で広がり、やがて時がくれば我らの番《つがい》となって子を孕む」

「そんな……」

「さて、君はどうする鬼の子。父や母のところに逃げ帰るもよし、この子を救うもよし。まあ、救うとすれば殺すしかないがね」

くい、と指先を動かす紫藤。その指示に従うように、少女は奪い取った短刀で突如琥珀に襲いかかった。

琥珀は苦く舌を打ち、素早く反応して少女を突き飛ばしたが、術によって操り人形にされた彼女は意識もないまま立ち上がり、再び刀を持って飛び込んでくる。

「……っ」

琥珀には彼女の攻撃を避けるのが精一杯だった。少女を傷付けることを恐れ、攻撃に移ることができない。しかし彼女の振り回す刀は容赦なく琥珀の胸や腹を突き刺そうとしてくる。

「もうやめろ、頼むから目を覚ませ……！」

呼びかけるが、やはり声など届かない。

「おい、止まれよ……！」

「無駄だ。いくら呼びかけても聞こえんよ。止めたいなら娘を殺す他ない」

「嫌だ‼　それだけは絶対に嫌だ！」

叫び、琥珀は隙を見て少女の体を押し倒した。その手首を取り押さえ、「絶対に死なすものか……！」と声を絞り出す。

琥珀の訴えに、紫藤は何の悪びれもなく「なぜ？」と問いかけた。

「その娘は、君にとって何の関係もないだろう。種族も違う。死んでも不利益などない。助けたところで見返りすらない」

「黙れ、見返りの問題じゃない！　無垢な者を傷付けるなんて、俺にはできない……っ」

「羅刹という種族は、見ず知らずの異種族にすら情を抱けるのか？　それとも君だけか？　羨ましいねえ、俺には分からん」

贄となった少女を見遣り、紫藤は見えない糸を手繰るように指先を動かした。すると押さえつけている彼女の力が強まり、琥珀も必死に抵抗する。

「その娘は帰る場所を失った。だから幸せな夢幻の中へ還してやろうというだけだ。同族に犠牲にされた哀れな娘……愚かな神に見放された」

「……っ」

「いつまでも進展がないと退屈だろう、さっさと終わらせて帰ろうか」

彼が呟いた瞬間、強い術香が鼻をかすめ、琥珀は一瞬強烈なめまいに襲われた。刹那、取り押さえていた手の拘束を解かれ、左肩に短刀を突き刺される。

「く……っ！」

激痛と共に力が抜け、琥珀は彼女を突き飛ばそうと無意識に右手を前に突き出した。——そして、それからは、本当に一瞬だった。

まず感じたのは、柔い肉の感触。鬼族特有の鋭い爪が、ずぶりと何かに深く食い込み、布ごとそれを引き裂いた。

赤い血が目の前で散り、虚ろな瞳と静かに目が合って、音を発さない唇がわずかに動く。

何が起こったのか分からない。そのまま、琥珀は雨でぬかるむ土の上にべちゃりと力なく尻餅をついた。

静寂がやけに長く感じて、鼓動の音すら鮮明に聞こえる。

布から染み込む雨水が冷たいのに、爪の先だけあたたかい。

ふと視線を落とせば、手のひらが赤く染まっていた。数回まばたきを繰り返して、息を吸って、吐く。そんな単純なことすら自分でちゃんとできているのか分からなくなって、彼はぎこちない動きで顔を上げ、目の前で倒れている少女を見つめた。

「え……」

雨に打たれ、動かない彼女。波紋を刻む水溜りが赤く染まって、光のないその目が遠くを見ている。

「あ……」

声が漏れるが、言葉にならない。目で見ているが、思考が追いつかない。

その腹には傷があった。

己の爪で裂いた、深い傷が。

――ああ、違う、違うんだ。

「……ち、ちが……違う、そんな……」

琥珀は震える声を絞り出し、倒れ伏している彼女にふらふらと近づく。左肩には短刀が突き刺さったままだ。それすら厭わず、彼は華奢な少女の前に膝をついて抱き寄せた。

遠くを見つめて動かない彼女。琥珀は悲痛に顔を歪め、「違う、こんなつもりじゃ……!!」と痛切に嘆いた。

紫藤は退屈そうに一連の動向を見遣り、「もう殺してしまったのか?」と一歩ずつ彼らに近づく。

「もう少し粘ってくれるかと思ったが、やはり人間は脆《もろ》い種族だねえ。つまらんな」

「っ、違う、死んでない!! まだ、死んでなんか……!」

「今は死んでいなくとも、時間の問題だろうて。あやかしと違って、人間の傷はすぐには治らん。血を流せばやがて死ぬ。その傷を今すぐ塞いでやりゃあ、助かるかもしれんがね」

飄々《ひょうひょう》と告げる紫藤。悪びれなど一切ない。

少女を抱きしめ、琥珀が憎々しげに歯噛みした頃――ふと、腕の中の彼女はぴくりと反応した。

「……え……」

琥珀と紫藤が目を見張った瞬間、彼女は苦しげに呻く。

「う、ぅ……い、たい……痛いよ……母上……父上……」

か細いながらも、たしかに放たれた声。琥珀は身を乗り出し、血のついた手を震わせ、少女の手を握り取った。

一方で、紫藤は感心したように息を吐き、顎に手を当てる。

「ほう、これは驚いた。腹を裂いたことで術が外に漏れ出て、幻術の効果が薄まったか？　まさか正気に戻るとは」

「……生き、てる……」

「安心するには早いんじゃないか、鬼の子よ。術が体外に出たとて、出血を止めねば遅かれ早かれこの子は死んでしまう。この傷の深さじゃ、もう助からん」

冷ややかに告げられる言葉。しかし琥珀は奥歯を噛み締め、彼女の着衣を剥いで白い腹に残る傷口に手を押し当てた。

「……君、今度は何をしようと言うんだ？」

冷静に尋ねる紫藤に、琥珀は「傷口を焼く」と即答する。紫藤は意外そうに目を細めた。

「腹に火でも放つつもりか？」

「血を止めるには、そうするしかない」

「ほう、興味深い。君はつまり、今からこの子に消えない傷を残そうとしているのか。何の関係もない少女を救うために、その体を傷付け、罪を呑むと」

揶揄するような言葉。しかしそれを否定することなく、琥珀は「そうだ」と強い眼差しで答えた。

同時に黄褐色の炎が燃え上がり、琥珀の周囲を包囲する。紫藤は静かに佇み、まだ幼い鬼の子の動向を眺めた。

「〝羅刹の務めは、罪深きを斬り、罪なき者を守ること。罪なき者は傷付けるべからず。ただし、羅刹たる者、咎を以て咎を討つ勇気も持て〟――」

父の教えをなぞるように呟き、琥珀は右手に術を込める。

この火を放てば、きっと、一生消えない傷になる。彼女を縛る枷となる。傷に傷を重ねて、より一層大きな傷を残すことになるだろう。

これは罪だろうか。

この傷は弱さの証なのだろうか。

たとえ、そうだとしても。

「……全部、もらってやる」

傷ごとすべて。

君の見ている、夢ごとすべて。

「この罪ごと、俺がこの子をもらい受ける！」

力強く宣言し、琥珀は少女の傷に火をつけた。刹那、傷口からは禍々しい妖狐の術が霧状に炙り出され、立ち上る獄炎の中で渦巻いて旋回する。

鬼の妖力と、狐の妖力。

それらは混濁して織り交ざり、やがて、琥珀色に輝く鬼の業火が夢幻の霧を呑み込んだ。

その時ふと、琥珀の脳裏には少し前に聞いた紫藤の言葉が蘇る。

『狐の幻術を見破ることができる者は、同じ狐の術を持つ者のみ——術を解くことができるのも、また然り』

狐の術を持つ者であれば、幻術が解ける――その言葉が本当なのであれば、あの術を体内に取り込むことで、彼女の目を覚ましてやれるのではないだろうか。

そう考え至った刹那、琥珀は肩に刺さったままだった短刀を一瞥する。そしてそれを素早く引き抜き、傷口が塞がる前に、炎の中に取り込んだ狐の術を強引に左肩に押し当てた。

「――っ！　う、ぐ……っ!!」

「……ほう、無茶なことをする」

紫藤が物珍しげに呟く中、琥珀は少女の傷口から炙り出された夢幻の術を、焼け付く痛みに耐えながら傷痕に押し当て続けた。

それは肩の傷から体内に入り込み、毒の菌糸を張るように、少しずつ琥珀の内側に浸透していく。

やがて、彼は強い吐き気に襲われた。おそらく他種族の術を取り込んだことによる拒絶反応だろうが、それすら構わず毒を呑む。

全身が痺れ、骨の髄まで雷で撃ち抜かれたかのような激痛が伴い、もはや平衡感覚すらない。しかしそれでも琥珀は術が外へと逃げぬよう傷口を炎で焼き付け、苦痛に耐えて妖狐の幻術を体内にしまい込んだ。

「っ、はあ、はあ……！」

かくして、彼は狐の術を体内に収めることに成功した。

一連の行動を見ていた紫藤は表情ひとつ変えなかったが、どこか上機嫌にぱちぱちと手を叩いて琥珀を讃える。

「いやあ、すごいすごい。こんなやり方で俺らの幻術を振り払うとは。素直にびっくりしちまったねえ」

「う……く……」

「久方ぶりに面白いものを見た。俺を楽しませてくれた褒美は取らせないとな。君にやるよ、羅刹の子。それはもう使い物にならんからね」

倒れている少女を見遣り、紫藤は告げる。彼女もまた、琥珀の炎によって腹の傷を塞がれていた。だが出血は止まったものの、熱傷の範囲は広く、呼吸も細い。

「ひとつ言っておくが、人間は火傷の範囲が広くても死ぬぞ」

紫藤に言葉を投げかけられ、琥珀は忌々しげに彼を睨んだ。だが、琥珀の目には、もう紫藤の姿がはっきりと映らない。おそらく体内に狐の妖力を取り込んだことで、幻を振り払うための術《すべ》を得たのだろう。

警告にも似た紫藤の言葉はまだ続く。

「人間は弱い。出血で死に、毒で死に、病で死に、飢餓でも死ぬ。このままでは、じきに彼女も事切れる。現世の神は脆い種族だ」

「……っ、はあ……はあ……っ」

「だが、君ならばもしかしたら、この子を目覚めさせてやることもできるかもしれんな。いまだかつて、ここまで身を呈して夢幻に抗った者はいなかった。少しばかり興味が湧いたよ」

紫藤はどこか満足げに頷き、火傷を負って寄り添うふたりの前に屈む。

「忘れるな、羅刹の子」

彼は存外優しく琥珀の頭に手を置き、言葉を続けた。

「夢幻の果ては、虚無と忘失《ぼうしつ》——君まで夢に囚われてはいかんよ」

「……」

「いつか目覚めるその日まで、その子を大事にしたらいい」

彼は琥珀の頭を撫で、不可解な言葉を残して——気がつけば、霧のようにその場から消えてしまっていた。

琥珀は顔を上げ、痛む左肩を一瞥する。

異質な妖力を無理やり体に取り込んだせいだろうか。普段であればすぐに癒えるはずの傷の治りが、やけに遅い。己の術で焼き付けた火傷痕も、ありありとその場に残っている。

表情を歪め、琥珀は着物の裾をわずかに裂いて肩の火傷に巻き付けた。傷を隠し、ふと、彼は腕の中の少女の顔を覗き込む。

琥珀の目に映る彼女には、もう、狐のような耳や尻尾は生えていなかった。出会った頃と同じ容姿に戻っていることに安堵し、彼は立ち上がる。

「大丈夫だ、すぐに助けを呼んでくるから……絶対に死なせないから……」

少女に告げて、琥珀は素早く地を蹴った。


誰が名付けたのかも定かでないが、晴れているのに降る雨のことを、人々は『狐の嫁入り』と呼称する。それを「神聖なものだ」と受け入れる声もあれば、「災いの前触れだ」と畏怖する声もあるという。


晴れ間の覗く雲の下。

小雨が肌を打つ中で、濡れ羽色の髪を揺らした小鬼がひとり。

此度の『狐の嫁入り』は、果たして神聖な吉兆か？　単なる自然現象か？

或いは、迫る災いの前触れか――。

「──父上っ！　父上！　大変です！」

雨水を蓄えてぬかるむ土を下駄で踏み抜き、忙しなく駆けてきたひとりの小鬼。

高く伸びたクワズイモの葉が密集する中、撥水性の高いそれらを雨避け代わりに釣りをしていた男は「あァん？」と気だるげに振り返った──。

第二十一話　愛のまぼろし

「長らく思い出に浸っとるんだねえ、君も」

串に刺さった団子をちみりと指でちぎり、長い追想を終えた琥珀の背後で紫藤は告げる。「その食べ方をやめろ、腹が立つ」と悪態をつく琥珀は縁をその腕に抱いたまま、十年前に自ら傷付けた左肩に触れた。

「鬼でありながら、随分と俺らの幻術をモノにしたようじゃないか。毒に等しかっただろうに、体によく馴染ませたものだ」

紫藤から投げかけられる言葉に、琥珀は答えない。黙って縁の顔を見下ろし、いまだ夢の中にいる彼女の頬を撫でた。

ややあって、琥珀は声量を落とし、紫藤に問いかける。

「……お前は、今のまま、嘘で作った桃源郷の中に居座り続けるつもりなのか」

団子を咀嚼しつつ、紫藤は視線を上げた。

「ほう、さもよく知っているような口振りだが」

「九尾、お前とて分かっているんだろう。人間は力を持たない。妖力のない人間との交配が長く続けば、妖狐の力もおのずと弱まる。いずれ妖力は消え、傷も癒えなくなり、夢幻の術すら使えなくなるんだぞ」

「心配してくれるとはお優しいね」

「心配しているんじゃない、警告しているんだ。このままでは、じきに妖狐は滅びる。……現に、良影は、そうして生まれた妖力の弱い個体なんじゃないのか」

琥珀は声を低め、核心にもほど近い言葉を投げた。紫藤は目立った反応こそしなかったが、その視線がいささか下向いたのを琥珀は見逃さない。

「妖狐と人間の交配を何世代も続けた末に生まれた子が、良影なんだろう」

導き出した憶測を口にする琥珀に対し、紫藤は「なぜそう思う?」と尋ねた。対して、琥珀はやはり冷静だ。

「幻のアイツはすぐに自分の傷を治していたが、本物のアイツはすぐに幻術と入れ替わって、その場を凌いでばかりいた。そうするしかなかったからだ。本体が傷を受けてしまえば、即ち〝弱さの証《きずあと》〟を体に残すことになる」

「……」

「良影は……いや、本当は、お前ら妖狐のほとんどが、もうそんな状態なんじゃないのか。異種族との交配を繰り返しすぎて、力は弱まり、自力で傷すら治せない。ゆえに幻の中でしか生きられない……強者であるような嘘の幻を見せていなければ、あやかしの世に居場所などないんだ」

「――ま、そういうことで概ね間違いねえと思うぜ」

ふと、会話に割り込んだ第三者の声。振り向けば、米俵さながらに良影を抱えた黎雪がその場に立っていた。彼は良影を顎で指しながら続ける。

「こいつの着物の中を覗いてみたら、肌に大量の古傷が残ってやがった。幻を作ることに力を注ぎすぎて、傷も治りきらねえんだ」

「兄上……」

琥珀は呼びかけ――しかし、すぐさま真顔になって目を細めた。

と、言うのも。彼が抱えている良影の顔に、真っ黒な墨で大量の落書きが塗りたくられていたからで。

「……兄上、なんですか？　この滑稽な有様は」

呆れ顔で問う琥珀。黎雪は大真面目に「俺らの死闘の証だ」と答える。次いで「主に双子が好き放題やったあと満足して帰ってった」とも付け足した。

やはりアイツらか……と琥珀は眉間を押さえ、脳裏でケタケタ笑う奔放な双子天狗を嫌悪しながら、兄が地面に降ろした良影へと歩み寄る。

「兄上、そういうのはしかと止めてください。あの双子は甘やかすと調子に乗ります。しかもここの落書きは兄上でしょう、まったく品がない」

「お、よく分かったな！　いいだろ、この渾身の鼻毛」

「鼻毛？　鼻毛がなぜ腹踊りをするタヌキになって――ふっ、くくっ……」

「あっ、笑った！　笑っただろ琥珀、品のない落書きで！　あと、これはタヌキじゃなくてキツネの玉袋踊りだ」

「たまぶ……ふっ、はは……！」

黎雪の落書きがツボに入ったらしく、琥珀は口元を押さえて肩を震わせる。「お前意外とこういう下品なネタ好きだよな」とニヤつく兄をぽこんと殴りつつ笑いが収まらない琥珀は、良影の顔を直視できずに目を逸らすばかり。

黎雪は得意げに胸を張り、いまだ意識の戻らぬ縁の元へ歩み寄った。

「ほら、縁、お前も早く起きて見てみろよ。きっと笑うぞ、琥珀よりデカい声で」

頭を撫でて囁くが、縁は遠くを見つめたまま。それでも黎雪は縁を抱き上げ、あぐらをかいて膝の上に乗せた。

「縁は昔から、どんなに怒って拗ねてても、俺の膝の上に乗ると嬉しそうにするんだよ」

自信ありげに宣言し、黎雪はとんとんと一定の間隔で彼女の腹を優しく叩く。ようやく笑いの収まった琥珀も、ふたりの元へ歩み寄り、そっと屈んで縁の手を握った。

「……そうは言っても兄上、おそらく縁は、兄上よりも父上の膝の方が好きなのでは？」

「何言ってんだ、親父の膝だと酒くせえだろ？　その点を差し引きゃ、絶対俺の方が上だ」

「ああ、なるほど、違いない」

「でも結局、何やかんやでお袋に一番甘えるんだよな、縁は」

「母上も、何やかんやで縁を一番甘やかしてますからね」

「母は強しだわ」

「ええ、本当に」

目覚めない縁を囲い、他愛もない会話を繰り返す兄弟。何の変哲もないやり取りだったが、縁を見つめるふたりの視線からは、蛮族と呼ばれるには不釣り合いな慈愛が滲んでいる。

「大丈夫だ、縁」

琥珀は呼びかけ、火傷の痕が残る腹に手を触れた。

「お前が伽藍堂になっても、何度お前が自分を忘れてしまっても――全部、俺たちが覚えている。俺たちといた〝縁〟は、ずっと消えない」

「……」

「あの日結んだ縁《えにし》は、ずっとお前に結びついているから。だから安心しろ。お前も、俺たちも、鬼の里で一番強い、羅刹の一家だ」

手を握り、囁きかける琥珀。黎雪も穏やかな表情で頷き、虚ろな目をした縁の頭を撫でる。


そんな彼らのやり取りを見遣り――紫藤はどこか眩しそうに視界を狭めていた。

「――いい子たちだろ？　俺の育てた自慢のガキはよ」

ふと、紫藤の背後から投げかけられた声。振り向くことなく相手を悟り、紫藤は浅く息を吐いた。

「遠くから様子を窺うばかりで、もう姿は見せんのだろうと思うとったよ。豪鬼丸」

「親が我が子に付き添うのは七つまで、だ。俺の出る幕なんざねえさ」

「にしては過保護だと思うがねえ」

「遠くから黙って見守るぐらいいいだろうが、可愛い我が子なんだからよ」

現れた豪鬼丸は歩み寄り、紫藤の隣に腰を下ろす。手首に提げた瓢箪《ひょうたん》内には酒を忍ばせているようだ。ちゃぷりと揺らして「呑むか?」と問えば、「鬼の酒は合わん」と一蹴され、彼はつまらなそうに唇を尖らせた。

「君の息子たちの言う通りだよ、豪鬼丸」

ややあって口火を切った紫藤。その視線は良影に注がれている。豪鬼丸は酒に口をつけ、黙って耳を傾けた。

「俺らは人間との交配を繰り返した結果、種は存続したが、妖力は著しく弱くなった。良影は特に哀れな子だ。傷も治らず、幻術なしでは外にも出れん。アイツはそれを屈辱に感じていたようでな」

「……やたら縁に執着して、わざわざ鬼の里に赴いてまで取り返そうとしたのも、それが一因か?」

「そうだろうねえ、自尊心だけは高い息子だ。自分よりも酷い傷のある女——つまるところ自分よりも劣る存在を支配下に置くことで、少しは満たされるとでも思ったんだろうさ」

冷静に告げた紫藤は顔を上げ、琥珀と黎雪の姿を見遣る。「良影にも、たくさん兄弟がおったんだ」と彼は続けた。

「だが、他の兄弟たちのほとんどは、病と外傷で死んじまった。脆い種族とまぐわった愚行の代償は、体の脆さが物語るんだろう」

「……傷ならまだしも、病にかからん俺らじゃ、熱を出した子どもの対処法なんて分からねえからな」

「ああ、そうさな。たとえ無事に育っても、育てる母は夢の中にいる伽藍堂だ。笑いもせんし、怒りもせん。伽藍堂に育てられた子なんぞ、どう足掻いても伽藍堂のままさね」

淡々と告げ、紫藤はどこか遠くに目を向ける。

「良影のやつも、中身はからっぽさ。哀れな息子だ。伽藍堂の人形を母と呼び、母に期待している。しかし伽藍堂の子に生まれたばかりに、愛され方を知らん」

「そんなもん、お前さんが教えてやりゃいいだろ」

豪鬼丸はさも当然とばかりに即答した。

「お前は親父なんだろうが。子ってのは母親ひとりの愛でできるもんじゃぁねえ。母親が感情を持たねえ伽藍堂だってんなら、お前が母親の分まで過剰なぐらい愛してやりゃあいい」

酒を呑みながら告げる彼。紫藤は表情ひとつ変えずに耳を傾け、やがて再び良影へと視線を戻す。

「……俺とて分からんのだ、どう愛してやればいいのか」

どこか頼りない声だった。豪鬼丸はゆっくりと瞬き、相変わらず能面のように変わらない狐の表情を見遣る。

「愛というのは、一番の幻だよ」

紫藤は良影を見つめたまま続けた。

「俺の母も伽藍堂だった。笑いもしないし、怒りもしない。けれど、〝母〟という人形は厄介でね。俺たち妖狐が彼女らを捕らえて嘘の幻を見せているはずなのに、母という存在は、俺たちに〝愛〟という幻を見せるのさ。いつか愛してくれるはず、ってね」

「……」

「だが、待てど暮らせど、伽藍堂の母は俺を愛してなどくれない。すべて嘘で作ったまやかしの母なのだから当たり前さね。俺らは代々、嘘という罪に手を染めすぎた。ゆえに今、嘘の中でしか生きられん。世にも家族にも嘘をつき、嘘で固めた幻の里に隠れ棲む」

「――これは、琥珀にも言ったことなんだが」

紫藤の独白を遮り、豪鬼丸は声をかぶせる。少し離れた場所にいる琥珀も顔を上げ、父の言葉に耳を傾けた。

「それで諦めちまったら、〝罪〟になるぞ、紫藤」

豪鬼丸ははっきりと告げ、おもむろに紫藤の肩を抱く。彼は真剣な顔で語った。

「母や嫁が伽藍堂だからって、お前が息子を愛することまで放棄しちゃならねえ。周りが伽藍堂だらけだとしても、お前は自分の意思を持つ生き物だろうが。お前なら息子を愛せる。むしろお前にしか満たしてやれない」

「簡単にのたまってくれるな。俺にはできんよ、愛など分からんと言うとろう」

「バカだな、愛なんてそんなに難しく考えるもんじゃねえんだよ。お前が母親からしてもらいたかったことを、そのまま息子にしてやりゃいいんだ」

からりと告げて、豪鬼丸は酒を呷った。ちょうどその時、そばで倒れていた良影が「う……」とうめいて意識を取り戻す。

豪鬼丸は肩をすくめて微笑み、「いい頃合いだな」と紫藤の背中を強めに叩いた。

「ほらよ、親父殿。行ってやれ」

強引に前へと押し出され、紫藤は深く嘆息する。「昔から粗雑な男だ……」とぼやきつつ立ち上がった彼は、渋々と良影の元へ歩み寄った。

一方の良影は紫藤の気配に気がつき、辛そうに顔をもたげる。

「……紫藤、様……？」

目を開けた良影は掠れた声を紡ぎ、苦しげに表情を歪めた。墨の塗られた顔を地面に伏せて両手を突いた彼は、「不甲斐ない姿をお見せして、誠に申し訳ございません……」と深く謝罪する。

そんな彼を見下ろし、紫藤はただ静かに佇んでいた。

その時、ふと彼の脳裏をよぎったのは、遠い記憶の中にいる母の姿だ。

言葉もなく、表情もない伽藍堂の人形。そして、そんな母の気をひこうと試行錯誤していた、幼い頃の自分の姿も同時に思い出す。


――母上、見てください、変な花です。

――母上、こっちは変な虫ですよ。

――母上、僕の変な顔です、どうですか。


連れ去られてきた人間たちの顔など、いちいち覚えてはいない。しかし、己を産み落とした母の顔だけは、いまだに鮮明に思い出せる。

あの頃の自分は、まだ、淡い期待を抱いていた。

伽藍堂の母が、いつかこちらを見てくれるのだと。

己の名を呼んで、己の存在を認識してくれるのだと。

おはようと、おやすみと言って、頭を撫でながら笑ってくれるのだと。

であれば、この息子も、そう思っているのだろうか。

「……良影」

　呼びかけ、おもむろに膝をつく。地面に頭を擦り付けたまま顔を上げない彼。紫藤はその姿を見下ろし、幼少期の己の面影を重ねてしまいながら、息子の頭を優しく撫ぜた。

「……っ、え……？」

「おはよう、良影」

　あの頃の自分が抱いていた淡い期待をなぞるように手を動かし、声を紡げば、大きく見開かれた良影の目が揺らぐ。彼は困惑をあらわに言葉を絞り出した。

「……し、紫藤、様？」

「ん？」

「いったい、何を……」

「……ふむ、すまない、間違えただろうか」

　控えめにこぼして手を引っ込め、顔を逸らす。しかし良影はその手を引き留め、「いえ……いいえ」とかぶりを振った。

「ま、間違えてなど、おりません」

「……」

「し、しかし……私は、幻に頼っていなければ、傷も癒せぬような、恥じるべき愚息です……そのような私が、あなた様から慈悲をかけていただくなど、あっていいことでは……」

「愚息？　誰が言うた、そんなこと」

紫藤はきょとんと首を傾げ、良影の傷に触れる。

「確かに、傷が残ることはあやかしの世において不名誉なことだ。弱さの証とされ、迫害される。だが――」

彼は語り、不慣れな動きながらも、やんわりと自然に口角を上げた。

「俺は、お前を恥ずかしく思うたことなどない」

「……！」

「むしろ、俺よりもよくできた息子だ。安心していい。物言わぬ母がお前をどう思うかは知らんが、少なくとも俺は、強くあろうと生きてきたお前を誇りに思うさ」

目尻を緩め、良影に笑いかけながら浅い傷痕を見つめる。

幼い頃、ほんの少しの怪我でも、母に心配してほしかった。励ましてほしかった。ただそばにいてほしかった。

もしかしたらそれが、『愛されたかった』ということなのかもしれない。

紫藤は一瞬目を閉じ、良影の手を握り取る。

「里に帰ろうか、良影」

「え……し、しかし……まだ、我々の花嫁が……」

「花嫁などもういいさ。……あれはあれで、帰るべき場所へ帰る時がきたんだ」

躊躇《ためら》う良影の肩を抱き、紫藤はその場に立ち上がる。彼は慣れない微笑みを浮かべたまま、「羅刹の子よ」と琥珀に語りかけた。

「あとは、君の好きにしたらいい。その娘のことは君に任せる」

「……」

「君には、まだ妖狐の力が微弱に残っているからねえ。花嫁を夢の中から連れ出すぐらいは、自分でできるだろう？」

告げて、紫藤は目尻を緩める。そばで見ていた豪鬼丸が満足げに息をつく傍ら、紫藤は何かを思い出したかのように息子へと向き直った。

「そうだ、良影」

「は、はい？　何でしょうか……」

「今のお前、顔がとても面白い。帰ったら写し絵を取ろう」

「……は？　顔？　あの、紫藤様、失礼ながら、顔とは一体何のことで――」

ぽふん。

良影の言葉の全容も待たず、ふたりの姿は煙のようにその場から消えてしまった。おそらく里に帰ったのだろうと理解しつつ、「あの顔の落書きに気づいたら、良影のやつめちゃくちゃ怒るだろーな……」と黎雪は苦笑する。

ほどなくして、豪鬼丸は琥珀に語りかけた。

「起こす手立てはあんのか？　琥珀」

皆まで言われずとも、縁の件を示していることぐらい分かる。琥珀は顎を引き、意識のない縁を姫抱きにして立ち上がった。

「縁にかけられている幻術に、俺の幻術を重ねがけして、夢の中にいる縁に呼びかけます」

「ほう……しかし、そんなんで起きんのか？　この寝坊助が」

「どうでしょうね。こいつは、一度寝るとなかなか起きませんから……」

「ははっ、違いねえ」

明るく笑い、豪鬼丸は立ち上がって黎雪に手招く。父の思惑を察し、彼は大人しく琥珀から離れた。

「あとは夫婦の時間だ。邪魔者は退散すっとしようか」

「はいよ、親父」

気を遣ってくれたのか、ふたりは琥珀と縁だけをその場に残し、背を向ける。「あとは頼むぞ、琥珀」と言い残した父の言葉に浅く頷き、琥珀は縁を姫抱きにしたまま、苔むした鳥居をくぐった。

十年ほど前。琥珀が豪鬼丸を縁の元へと引っ張っていき、初めて彼女を見つけた時。父が告げたあの言葉を、琥珀は今でも覚えている。

『——ぬぁっ⁉　こいつァ、妖狐⁉　何でこんな所にひとりで倒れて……ここは鬼の里だぞ！』

『妖狐？　この子がですか？』

『おォ、どう見たって狐の耳と尻尾があるだろ⁉　……あ、そういや琥珀は、まだ他の種族を見たことがなかったんだっけか？』

問いかけられ、琥珀は一瞬言葉に詰まって困惑した。父が何を言っているのか、うまく理解ができなかった。

なぜなら、琥珀の視界に映っていた縁は、もう狐らしい耳も尻尾も生えていない。

とっくに狐の術など解けているはずだったのだ。

『ありません……』

彼は父に正直に答えた。しかし父は、それを〝まだ他の種族を見たことがない〟という質問への返答だと誤認したようで、そのまま話が進んでしまった。

そして琥珀は確信する。父は幻を見ていると。その幻が、縁の姿を狐のように見せているのだと。妖狐の術が彼女の体内に残っているということを、彼は認めざるを得なかった。

鬼の里で目覚めた縁も当然、夢の中に囚われたままだ。琥珀のことも覚えていない。琥珀どころか、自分が人間であることも、本当の父と母が現世にいることすらも忘れていた。

記憶を奪われ、幻にかけられ、自分が妖狐だと信じて疑わなかった彼女。誰もが幻に惑わされ、誰もが彼女を狐と呼んだ。

けれど妖狐の力を直接体内に宿した琥珀だけは、幻術の影響を振り払い、ずっと本来の縁の姿が見えていたのだ。

彼だけは知っていた。

彼女がどこから来たのかを。

本当は何者であるのかを。

「……お前は、人間だよ。縁」


人の子である彼女には、妖力などなくて当たり前。

傷は治らず、病にも弱く、術も使えず、あやかし特有の匂いも分からない。

琥珀はいつも寄り添っていた。彼女の体が脆いことを知っていて、彼女があやかしの世に歓迎され得ないことを知っていたから。

「人間、なんだ……」

彼女が他者と自分の種族差を憂い始めた時、琥珀は密かに、ここらが潮時だと感じていた。本当のことを告げる時が来たのだと。

それなのに、分かっていたのに、言えなかった。

「お前の本当の故郷は、この社の向こう側にある」

縁を抱きしめ、琥珀は額同士をこつりと合わせる。

幼い頃、苦しげに眠る彼女の手を握り、約束した言葉も同時に思い出した。

「大丈夫だ、安心しろ」

ずっと、果たすのが怖かった。

いつでも目覚めさせることができたのに、できなかった。
彼女が大事だったから。
離れがたいと思ってしまったから。

——私、また、父上や母上のところに帰れるよね！

幼き日、笑顔で告げた縁の言葉を思い出す。
彼女が帰るべき場所がどこなのかを、琥珀だけは知っている。

「俺が必ず、この手でお前を——」

夢幻の果ては、虚無と忘失。
甘んじて彼女の夢に囚われ続けていた弱さこそ、咎を屠るべき羅刹たる己の、唯一にして最大の罪。

「本当の家族の元に、帰してやる……っ」

誓いの言葉を胸に秘め、縁を強く抱きしめて。

かき集めて付与した最後の幻術は、淡い光を帯び、彼女の見ている夢の深部へ入り込んでいく。

さあ、出会いに行こう。人の子である、あの日の君に。

――琥珀！

その夢から覚めた時、鬼の里で過ごした君が、もう何も覚えていなくとも。

第二十二話　夢幻の果てに

夢の中にいた。

温泉のぬるま湯に浸かってぷかぷかと揺蕩《たゆた》っているような、心地いい夢の中だ。

花が咲き乱れる丘の上、白い耳と尻尾が生えた子どもたちが、少女を囲って踊っている。「姉上」「姉上」と、愛おしげに呼んでは笑いかけている。

「ねえねえ姉上、今日もお話ししてください！」

少女は花畑の真ん中で微笑み、彼らの話を聞いていた。

「えー、ずるいずるい、今日の姉上は僕と遊ぶんだぞ！」

「だめだめっ、今日は僕と一緒にお花摘みするの！」

「やだやだっ、僕とお話しするんだもん！」

「何だとお！」

「ふふふ、こらこら、喧嘩しないの。順番に遊ぼうね！」

中心にいる少女は明るく微笑み、可愛い弟たちを抱きしめる。彼らは皆似たような顔立ちで、くりくりと丸い瞳を輝かせ、「はい、姉上！」と嬉しそうに破顔した。

ここは平和な狐の里。彼らは皆、血を分けた可愛い弟たち。この里では種族差でいじめられることも、周りとの力量差で劣等感を抱くこともない。

夢みたいな桃源郷。ほわりとあたたかな光が胸に満ち、この日常が永遠に続けば、それだけで幸せだとすら思えていた。

「私、狐に生まれてよかったぁ」

しみじみ呟き、大好きな父と母のことを思い浮かべる。

両親はどちらも狐だ。とても優しくて、とても強い。

いつもたくさん抱きしめてくれて、無条件に愛してくれる。

それに父はかっこよくて、母も美しくて、婚約者も素敵な狐で、みんな、理想の狐の一家で……。

──本当に？


ふと、その時。突として風の匂いが変わり、少女はハッと顔を上げて振り返る。

過ごし慣れた狐の里は、普段通りに穏やかだった。

馴染みの豆腐屋や米屋が軒を連ね、何も変わらない。あの狐も、この狐も、昔からよく知っている。

だって自分は、ここで育ったのだから。


──ちゃんと思い出せ。


どこからともなく耳に届く、誰かの声。少女は困惑したまま視線を戻すが、そこにいたはずの弟たちは皆、忽然と姿を消していた。

「え……？　あれ？　みんな、どこに……」

立ち上がり、周囲を見渡す。すると背後の景色が先ほどまでとはまったく別のものに変わっていた。

山々に囲まれた田舎盆地。

紺の暖簾が垂れさがった大きなお屋敷。

立派な木造の門、淡く光る大きな提灯、『燕屋』——聞き覚えがあるような、ないような、不思議な屋号に吸い込まれるように門をくぐれば、突如大きな怒号が鼓膜を叩く。


『——コラァ！　■■！　あんた、また盗み食いしてるだろ！』


ドタバタと、屋敷の外にまで響く騒がしい足音。そっと廊下を覗けば、かき揚げをくわえた小柄な子どもが大きな鬼の女に追いかけられていた。

子どもは廊下を駆けて逃げまどい、やがて居間で寛いでいた鬼の男の背に隠れる。

『た、た、助けてくださいっ！　つまみ食いがバレました！　このままでは女将様に煮込まれて今宵の鍋の具にされてしまいますぅっ！』

『まーたつまみ食いしたのかよ、■■。懲りねえなあ。よーし、ここは俺がどうにかしてや——』

『甘やかすんじゃないよアンタはッ！　そこ退きな！』

『いッだだだ！　痛えって、耳引っ張らないでくれ、ちぎれる！』

　ギャアギャアと喚き、折り重なるように倒れて揉み合う一同。その光景が、なぜだか無性に懐かしい。

　柱の陰から彼らを見ていた狐の少女は、覚えのない既視感に戸惑い、怖くなって身をひるがえした。しかし再び目の前の情景が変化し、今度は中庭らしき場所に飛ばされる。

『――なんだ、[redacted]。泣いてるのか？』

　また、聞き覚えのある声。今度は気だるげな金髪の若者が現れ、庭の隅で泣いている幼い子どもの隣に腰をおろしていた。

『ぐす、えぐ、兄様……』

『どうした？』

『里の子どもに、チビって、馬鹿にされたのです……鬼の里に、チビがいては邪魔だと……』

『ああ、なるほど、そういうことか』

若者は微笑み、泣いている子どもの体を軽々と抱き上げる。やがてその子を自身の肩に乗せ、一気に立ち上がった。

『ほあ……!?』

『ほら、どうだ[redacted]。背ぇ高くなったぞ』

『こ、怖いです、兄様ぁっ!』

『ははっ、怖いなら、でかくなんのはまだやめといた方がいいな!　怖い思いしなくていいんだから、小さいままの方がいいだろ?　チビも悪くねえさ』

『うぅ……た、確かに』

明るく笑う若者に、少女はこくんと頷く。溢れるばかりだった涙もいつしか止まり、彼女は微笑んだ。

『兄様、すごいです。へりくつの天才です』

『おいおい、それ全然褒めてねえぞ』

『あははっ』

笑い合うふたり。その様子を眺めていた少女の胸には、再び強い既視感が戻ってくる。

あれは誰だろう。

知らない存在であるはずなのに、胸が締め付けられる。

『――■■』

また、情景が変わった。今度は夜だ。暗がりの中を、行灯の明かりがぼんやりと照らしている。

聞き取ることのできない名前を発したのは、まだ顔に幼さの残る少年だった。彼は寝間の布団で寝込む少女の手を握り、その顔を心配そうに見つめている。

『大丈夫だ、■■。俺がそばにいる』

『……う……ぅ……』

『熱が高いな……辛いか……？』

『若様……』

『無理はするな。寝ておけ、[redacted]』


優しい手。心地よい声。覚えていない。でも、知っている。

ふと気がつけば、少女の周りには淡い光を放つたくさんの糸が伸びていた。見知らぬ鬼の御宿と結びつく、あたたかな光の糸。

そうだ、昔、自分はこの糸をもらったのだ。

死にかけていたところを拾われた。

それから名前をもらって、食べ物をもらって、愛をもらって、育ててもらった。

大事なものをたくさんもらった。


『豪鬼丸様！』――父上。

『女将様！』――母上。

『兄様〜！』――兄上。

『若様！』


「……ふたりの時ぐらい、名前で呼べ。阿呆」

砂利を踏みしめ、突として割り込んだ声。少女はぴくりと反応し、振り返った。

その場に佇んでいたのは、濡れ羽色の髪を持つ綺麗な顔立ちの鬼。「誰……？」と問えば、彼は一歩ずつ近寄ってくる。

「思い出せないのか、縁」

「……よ、り……？」

「お前の名だ。狐の夢に囚われた依代ではなく、俺たち羅刹の一族と共に過ごした名前。種族を超えた〝縁〟を結ぶための名前。幼い頃、父上がお前に与えた」

優しい声色で告げて、繋がっている糸を手繰り、彼は少女を腕の中に引き寄せる。

その瞬間、彼女の脳裏にはさまざまな記憶がなだれ込んできた。


火傷を負って山に捨てられたこと。

鬼の一家に拾われたこと。

最初はとても怖くて不安だったこと。

だけどいつしか、大好きな家になっていたこと。

父と兄がいつも笑っていて、母はいつも怒っている。

そんな母によく似た彼も、よく怒っていた。

でも、何があっても必ず彼は、一番に駆けつけて守ってくれる。

「琥珀……」

欠けていた記憶のかけらがぱちりと埋まり、彼の名前を思い出した。そして、自分の名前も思い出す。

――縁。そうだ、私の名前は縁だ。

はっきりと思い出し、その様子を悟った琥珀は柔く微笑んだ。再び強く縁を抱きしめ、その肩口に自身の顔を押し付ける。

「ひゃ⁉　こ、琥珀、急に何、どうしたの⁉　そ、それに、ここ、どこ？　私、たしか妖狐の屋敷に捕まって……あれ？　でも、あれって夢だったのかな……」

「……縁」

「ん？　なあに？」

「お前に、ずっと言えなかったことがある」

静かに告げられ、縁は首を傾げた。一呼吸置き、琥珀は続ける。

「お前は、妖狐じゃない。それどころか、あやかしでもない」

「……え？」

「人間なんだ。現世から来た人間。お前の本当の家族は、狐の里でも鬼の里でもなく、現世にいる」

「え……え？　な、何……いきなり何言ってるの？」

「俺は今から、狐が見せていた夢幻の中からお前を呼び覚まして、人間の世に帰す。そのためにここに来た。……お前は、本当の両親の元に帰っていいんだ」

一方的な言葉を投げかけられ、縁の思考は動きを止める。ややあって何を言われたのか理解し始めた彼女は目を泳がせ、困った顔でへらりと笑った。

「……冗談、だよね……？」

時間をかけ、ぎこちなく問いかける。だが、琥珀は首を縦に振らない。そして彼は、こんな冗談をのたまう性格でもない。

不安に心を支配され、縁は困惑しながら彼の手を引いた。

「も、もう帰ろ！　琥珀、きっと疲れてるんだよ！　ね？　帰り道こっちかな？　どっちが先に旅籠屋に着くか競走しよっか、昔よくやったよね！」

「……」

「ほら、帰ろうよ！　女将様が心配しちゃうし！　ねえ、ほら、琥珀……。ねえってば……」

いくら帰ろうと促しても、琥珀は動かず、顔も上げない。縁の声は徐々に細くなり、やがて「琥珀……」と縋るように呼びかけてその場にへたり込んだ。

「縁」

控えめに呼びかけられ、頬に触れられる。琥珀はひとつ深呼吸をして、「もう、お別れだ」と重々しく告げた。

縁はまだ事実が受け入れられず、へたり込んだまま両手で顔を覆う。

「……私のこと、捨てるの……？」

震える声だった。俯きながら絞り出した言葉。

「違う」

琥珀は即答する。しかし「何が違うの……」と縁は頬に触れてくる彼の手を振り払った。

「いきなり人間だって言われても、私、分かんないよ……現世に本当の両親がいるって言われても、覚えてなんかない……そんなの、知らない……」

「縁……」

「もう要らなくなったから、捨てるんでしょ……私が弱いから……鬼じゃないから……っ」

「違う……」

「嘘つき……っ、捨てないって言ったくせに……私のこと大事だって言ってたくせに！　私がどんなに、琥珀やみんなのこと大好きだったのか知らないくせに!!　琥珀なんかっ、う、ぐすっ、琥珀なんかぁ……っ」

とうとう嗚咽が漏れ、縁は弱々しく蹲《うずくま》る。彼女の訴えに琥珀は表情を歪め、無意識のうちに手を伸ばしかけた。しかしぐっと歯を食いしばって耐え、縁に触れぬまま、心を鬼にして立ち上がる。

そのまま立ち去ろうとする彼だったが――縁に着物の裾を掴まれ、また、足は止まってしまった。

「やだよ、琥珀……」

泣き縋る声。か細く耳に届いたそれは幼な子さながらに不安定で、今にも壊れてしまいそうだ。

「私のこと、お嫁さんに、してくれるんでしょ……？」

つっかえながらも懸命に、縁は幼いあの日の誓いをなぞる。

「私、嬉しかったの……子どもの頃の口約束でも、琥珀は私のこと、ずっと大事にしてくれるって……ずっと一緒にいてくれるって、思って」

「……」

「私……私、ずっと、一緒にいたいよ……う、ぅ……っ、琥珀の、琥珀のお嫁さんがいい……置いていかないで……」

「……っ」

「ずっと、ずっとそばにいてよ……私と、一緒にいてよぉ……っ」

ここは夢の中。愛しい君の夢の中。

張り巡らされた縁の糸を、この手で自ら解くことで、君が囚われていた長い夢は終わりを迎える。

夢幻の果ては、虚無と忘失。

夢から覚めれば——君は何も覚えていない。

「俺は、ずっと、お前が好きだよ」

熱を帯びて揺らぐ目から、群青のかたまりをこぼさぬように。

琥珀は最後に一度だけ振り返り、泣きじゃくる彼女の額に己の額を押し付けた。

「俺だけじゃない。父上も、母上も、兄上も、みんなお前を愛している。どこにいても。誰と共にいても」

「う、ひっく、やだ、いやだよ……」

「大丈夫。月はいつも、お前を見ている。ずっとそばにいる。俺たちは絶対忘れない。忘れないよ、縁」

「やだっ——絶対やだっ！　お願いだから……っ」

悲痛に追い縋る縁の手を離し、琥珀は弦のように張り巡らされた光の糸に爪を宛てがう。

「案ずるな、何も心配ない」

強引に口角を上げ、最後に、彼は笑いかけた。


「——すべて、ただの夢だったんだ」


刹那、琥珀は撫でるように糸を爪弾き、それらすべてを切り解く。

途端に縁は夢の世界から解き放たれ、全身の力が抜けて、意識を失ったまま現実の世界へと戻ってきた。

白い耳と尻尾は霧のように消え、出会った頃と同じ、ありのままの〝人間〟の姿となった彼女。

倒れ込んだ縁の体をそっと支えて姫抱きにした琥珀は、現世の人里からほど近い山の麓にそっと彼女を横たわらせた。

穏やかに眠る愛しい人。

きっと、その微睡《まどろ》みの中に、自分はもういない。

「……縁」

こつり、額を合わせ、琥珀は祈る。

君が幸せであるように。

どうか、笑っていてくれますように。


「さようなら」


涙交じりの別れの言葉が、夜にこぼれて溶けていく。

鬼は静かにその場を離れ、やがて、山には静寂が戻ってきた。

眠る少女はもう、鬼のことも、狐のことも、幽世のことも覚えていない。

けれど彼女の喜びや悲しみを、愛しい誰かが残した傷痕は、まだ、覚えている。

最終話　鬼の家の花嫁

夢を見る。これは幸せな夢だ。

大好きな家族に囲まれた自分が、毎日幸せに暮らしている夢。

夢の中の家族はいつも顔が見えない。

まるで月が雲に隠れているかのように、薄ぼんやりとモヤがかかって、それが誰なのか思い出せない。けれど、彼らのことが大好きだということだけは確かだった。

幸せな夢は残酷だと思う。目が覚めると、心の中には失望ばかりが散らばっている。

そのかけらを拾い集めてみても、すぐに砂みたいに崩れて、きれいさっぱり消えてしまうから。

だから今日もまた、同じ夢の繰り返し。

おぼろげで儚い幸せな夢の中、途切れた糸を手探りでかき集め、愛しい誰かを探している。


「――小夢《こゆめ》」

夕暮れにもほど近い、烏《からす》が山へと帰る午後。

歳若い白髪《はくはつ》の少女は、背後から不意に呼びかけられた。

彼女――小夢がぎこちなく振り返れば、今しがた呼びかけた女が不機嫌そうにつかつかと歩み寄ってくる。

そうして突然、彼女は小夢の横っ面を平手で打った。

「っ……！」

バシッ――よろめいたところで、もう一発。今度は耳まで巻き込まれ、キンと強い耳鳴りがした。

小夢は数歩後退し、ふらふらとその場にしゃがみ込む。

「何回呼んだら返事するんだい、この愚図！　呼んだら一回で返事しな！」

怒鳴られ、小夢はすくみ上がった。青紫に染まる唇を震わせ、「も、申し訳ありません、母上……」と地面に額を擦り付ける。

近所の人々は好奇の目でその様子を見遣り、奥方は不服げに鼻を鳴らした。

「ふんっ、本当に気味の悪い娘だよ。髪は白いわ、腹に汚い傷があるわ、何年も行方不明だったのに突然戻ってくるわ……」

「……」

「目の色も藤の花みたいで縁起が悪い。年頃だってのに嫁の貰い手もつかないし、本当にとんだ疫病神だ。早く出ていっておくれよ、傷物が家にいると思うとこっちまで気分が悪くなる」

猛毒を吐き、奥方は蔑むような目で小夢を見下ろす。一方で小夢は目を伏せ、何も言わずに俯いていた。

奥方にとっては、その態度すら気に入らない。

「チッ……さっさと死んじまってたらよかったのに」

忌々しげに吐き捨てられ、彼女はその場を離れていく。やがて静寂が戻ってきた頃、小夢はおずおずと立ち上がり、ぶたれて熱を帯びる頬を片手で押さえた。

一連のやり取りをそっと覗き見ていた近所の女たちは声を潜め、口々に耳打ちし合う。

「あの子、まだこの村にいたのね」

「たしか十年以上前に生贄になって、少し前に戻ってきた忌み子だろ？」

「神様に捨てられた子だよ」

「遊郭に売り飛ばされたって聞いたけど……」

「腹の傷のせいで貰い手がつかなかったんだと」

「それはそうよ、あんな不気味な子」

「——誰も欲しがらないわ」

耳に触れる言葉たちが、鋭い棘を刺してくる。小夢は顔を逸らし、足早にその場から立ち去った。

しばらくぱたぱたと走り、山道の手前で足を止める。彼女は黙って俯いたまま、おもむろに自身の腹部を片手で撫でた。

この下には傷がある。大きな火傷。一生消えることのない爪痕。

「……大丈夫」

呟き、小夢は山に向かって手を合わせた。これが、彼女の小さな日課だった。

詳しいことは知らないが、十年以上前、小夢はこの山に棲むお狐様の花嫁に選ばれたらしい。

その後は行方知らずになっていたのだが、一年ほど前、なぜだか村に帰ってきてしまったのだという。記憶を失い、心に空白を作った状態で。

小夢という名は、この村で生まれた彼女が元々持っていた名だ。だが、その名にはあまり愛着がない。そもそもこの村の住民に、いい思い出などほとんどなかった。

気まぐれで暴力的だった父は、とっくの昔に真冬の川で泥酔して溺れ死んだらしく、強欲な母は間男を家に引き込んで好き放題。何度か子どもも生まれたらしいが、すべて間引くか里子に出し、悠々自適に遊び暮らしている――そんな家庭だ。そこへ死んだはずの娘が帰ってきたものだから、風当たりは強まる一方だった。

幼い頃から、小夢は生まれ持った髪色と目の色のせいで、父や母に冷遇されてきた。

それでも、あの頃の小夢は父や母を愛していた。

どんなに叩かれても。

どんなに無視されても。

たとえ生贄として、山に捨てられてしまっても。

父と母しかいなかったから。

唯一の家族だと思っていたから。

……でも、今は。

「父上……母上……」

ぽつり、か細く呼びかけた声。こぼれ落ちた〝父〟や〝母〟が、誰のことを示しているのか、自分でもよく分からない。

けれど、数年前に失って空白になった記憶の断片には、たしかに愛しい父や母の姿があった。

あの時失った空白の日々を、人は皆、不気味がって〝神隠し〟と呼ぶけれど――たとえ夢の中の幻だとしても、彼らの存在は小夢の心の支えとなっていたのだ。

小夢は降り出した小雨の中で目を細め、山に向かって再び手を合わせた。

「神様、どうかお願いします――」

そこにいるのなら。

空から見てくれているのなら。

どうか、どうか、私を幸せにお導きください。

「……なんて、いつまでも夢見てちゃダメだね」

子どもじみた願い事に失笑し、夕暮れ時が近くなった空を一瞥した小夢は踵を返す。

水気を含んだ土を踏み、彼女は家へと帰っていった。


晴れていながら降る雨を、人は『狐の嫁入り』と形容する。それを神聖な吉兆だと崇める声もあれば、災いの前触れだと畏怖する声もあるという。

雨降る小道を迷子は歩き、途切れた糸に思いを寄せる。

雲の隙間からのぼり始めた遠くの月は、憂いげな彼女の背中を眺めていた。

◇

——夜。

月が高い位置にのぼった頃、暗い納屋《なや》では規則的な寝息がすうすうと繰り返されていた。

母に歓迎されていない彼女の寝床は、常にこの狭い納屋の中だ。小夢は丸くなって眠り、幸せな夢の中にいる。

しかし、ふと耳に届いた物音が、彼女の夢の邪魔をした。

カタッ——。

「ん……」

微睡みに沈んでいた意識を引き戻され、小夢はおもむろに身を起こす。

冬がほど近くなり、納屋には隙間風が吹き込んでいた。先ほどの物音は風の音だったのだろうか、と再び眠る体勢に入ったが、またもカタ、と妙な音を耳が拾う。

今度こそ意識が覚醒し、どこか悪寒《おかん》を覚えて目を開けた。真っ暗な納屋。外からは雨音が聞こえてくる。

「……？　何……誰か、いるの……？」

闇に慣れ始めた視界を凝らし、呼びかけた。

するとその瞬間——突如、狐の面を被った複数の男たちが彼女を取り囲んで飛びかかってくる。

「ひっ……⁉」

息を呑み、悲鳴を上げかけた瞬間、強引に手で口を塞がれた。「チッ、起きたか」「面倒だな」などと低く耳打ちし合う声が届き、同時に着物の内側へと滑り込んだ手に体をまさぐられる。

小夢は戦慄し、血の気を失って手足をばたつかせた。

「ん、んんー！　んーっ！」

「暴れるな、鬼の子が！」

「ん……っ」

別の男に頭を押さえられ、床に叩きつけられる。痛みと恐怖で震え上がれば、男たちは小夢を見下ろした。

「お狐様に捨てられた忌み子は、やがて穢《けが》らわしい鬼となる。悪鬼となる前に、お前のその身を狐の権化《ごんげ》たる我々が浄化してやらねばならん」

「ふ……っ、ぅ……」

「悪く思うな。お前と村のためだ。お狐様の花嫁として、我らにその身を捧げよ」

面の男たちは一方的な主張を投げかけ、口々に「そうだ」「疫病神め」「鬼の子だ」と吐き捨てて小夢を組み敷こうとしてきた。

しかし彼女は獰猛に目尻を吊り上げ、口を押さえつけている男の手に力いっぱい噛み付く。

――がりっ！

「いっ――！」

途端に拘束が緩み、その隙に小夢は別の男の腹を蹴り付けた。彼らが怯んだ隙をついて床を蹴り、体勢を低く保ったまま納屋を飛び出す。それはまるで、木々の合間を駆け抜ける狐のような素早い動きだった。

男たちを振り切った彼女は村を駆け抜け、真っ暗な山の中へと逃げていく。

「いってて……っ」

「おい、娘が逃げたぞ！」

「追え！　殺しても構わん!!」

「待てェ！」

恐ろしい怒号が飛び交い、小夢は息を乱しながら必死に山の奥へと走った。時折背後を振り向けば、松明の明かりが不気味にゆらめき、まるで人魂《ひとだま》のように暗がりを照らして追ってきている。

「どうしよう、数が、多い……っ！」

瞬発力には自信があった。だが、持久力にはあまり自信がない。そう長くは逃げきれないだろう――つまみ食いをして逃げてもすぐにバテてしまって、女将様にとっ捕まっていたように。

（……あれ？）

焦燥ばかりが胸を覆う中、ふと、たった今脳裏に浮かんだ〝女将様〟という言葉に違和感を覚える。

女将様、女将様……。

（女将様って、誰だっけ？）

密やかに訝った、その瞬間。突出していた木の根に小夢は足を取られ、体が大きく傾いた。

「うあっ……⁉」

どしゃり。容赦なく地面に叩きつけられ、膝が擦れて熱を持つ。下駄の花緒も切れたらしく、足首まで痛みを訴えていた。

すぐに立ち上がろうとするも、痛みと恐怖で力が入らない。

振り返れば、複数の松明がすぐそこまで迫ってきている。

「いたぞ！」

「捕まえろ、殺せ！」

刀が抜かれ、男たちが迫る。背筋が凍りつき、襲いくるのは言いようのない恐怖だ。

だが――ふと、この状況に強い既視感を覚えた。

なんだか、以前にも似たようなことがあった気がするのだ。


おいしそうな匂いのする台所で。

大好物のかき揚げをつまみ食いしようとして。

いたずら鳶にそれを取られて。

森まで追いかけて。

だけどその途中で化け物に見つかって、今度は逆に追いかけられて……。

その後は、どうなったんだっけ。

「死ね、小娘！」

刀を持った男が迫る。闇の中に白刃が振り下ろされる。その光景がゆっくりと視界に流れていく中、それまで記憶の核を覆っていた分厚い雲が、突然すっと晴れていくような心地がした。

そうだ。あの時、彼が助けてくれたんだ。

誰よりも長くそばにいてくれた、大好きな彼が。

風になびく濡れ羽色の髪。静かに見つめる黄褐色の目。

ああ、覚えている。胸の中に残っている。

危ない時、寂しい時、悲しい時——いつだって一番に駆けつけてくれる、彼のこと。

（神様、どうか、お願いします……）

溢れた涙を拭ってくれる素直な指先も、寂しい時に黙って寄り添ってくれる不器用な優しさも。

大丈夫、ちゃんと覚えている。消えていない。

あの頃固く結びつけられていた光の糸くずは、まだ、この心に引っかかったまま残っている。

モヤがかかった濃霧の向こう。記憶の雲の中に隠れていた三日月が、鳥居の奥で、迷子の彼女が帰るべき道を照らした。


「――琥珀っ……!!」


叫んだ、直後。

肌に感じたのは強い突風。

同時に鋭い音が耳鳴りを伴って閃き、近くでキンッ、と金属質な何かがぶつかった。ほどなくして男の悲鳴と共に何かが弾き飛ばされ、からんと音を立てて地面に落ちる。

騒がしかった山に静寂が訪れ、少女は弾かれたように顔を上げた。涙でぼやけた視界。その場に佇むのは、出会った頃よりも大きくなった背中と、それすら隠すほどに伸びた濡れ羽色の髪。

麗しく降り立った美しい鬼は、怯む人間たちを静かに睨み、やがて重々しく口を開いた。

「……笑えないな、人間共。この者が羅刹の一族だと知っての狼藉か？」

ぴり、ぴり、雷気を含む細やかな粒子が、冷ややかに問う彼の周囲を浮遊している。

鞘から抜かれた白刃は周囲で狼狽《うろた》える人間たちを常に捉えており、底冷えするほどの殺気をまとっていた。

溢れる怒りは凄まじく、その場の人間をひとり残さず切り伏せてしまえそうなほどの圧が満ちている。

一歩前に出た彼――琥珀は、人間たちに低く警告した。

「……去るがいい。今の俺は虫の居所が悪い。一歩でも近づけば、その身が果てるものと思え」

「ひっ……！　お、鬼っ……!?」

「やはりあの娘、鬼と繋がって――」

「――万花百雷《ばんかひゃくらい》」

術を練った刹那、天から降り注いだ鋭い雷撃。男たちはどよめいて後退し、本物の〝災い〟を前に顔を青ざめさせる。

琥珀は冷たい瞳で続けた。

「無駄口は叩くな。さっさと去れ」

「……っ」

「次はお前たちの頭に落とす」

「て、撤退！　撤退じゃ！」

ただならぬ事態に危機を感じたのか、男のひとりが退陣を叫んだ。彼らは一様に怖気づき、蜘蛛《くも》の子が散るように山を駆け降りていく。

松明の火が離れ、戻ってきた静けさ。

月明かりが差し込む山道の真ん中で、琥珀は息を吐き、白刃を鞘に戻した。

――くい。

ちょうどそんな頃合いで、彼は着物の裾を力なく引かれ、そっと目を伏せる。

ほどなくして、消え去りそうな声を紡いだ。

「……どうして、俺を呼んだ？」

弱々しい声だった。

「もう二度と、会わないと、決めていたのに……」

少しずつ丸くなる背中。

「どうして……」

　先ほどまで頼もしかったその後ろ姿が、今では叱られるのを待つ子どものように、弱々しい。

「琥珀」

　少女は呼びかけた。何かを確かめるように。そして、何かを待つように。

「ねえ、琥珀……」

　少しずつ声は細くなり、視界が滲んで揺らぎ始める。

「……私、迷子なの……琥珀……。あなたの名前は、思い出したのに、自分の本当の名前も、父上と母上の顔も、まだ、思い出せない……」

「……」

「ずっと、迷子なの……帰り道が分からないの……。家に帰りたい……帰りたいよ、琥珀……。きっと、あなたも同じでしょ……？　帰り道、また、分かんなくなっちゃったんでしょ……？」

　琥珀は何も答えない。

　何も答えないが、片手で自身の目元を覆い、力なくその場に腰を下ろした。

振り向かない背中。肩がわずかに震えている。

幼い子どものように縮こまったその姿も、少女は鮮明に思い出していた。


――あなた、誰？　私に怖いこと、するの？

遠い昔、彼に初めて出会った時に与えた言葉たちが、走馬灯のように駆け巡る。


――あなた、本当に鬼さんなんだ。迷子になっちゃったの？

――鬼は怖いものだって村で教わったけど、あなたは怖くないね。

――大丈夫だよ、泣かないで。帰り道、一緒にさがしてあげる。

――初めまして、泣き虫な鬼さん。おうちに帰ろう！


少女は一歩彼に近づき、恐る恐る控えめに、丸くなっているその背中を抱きしめた。

あたたかくて、懐かしい。

安心する匂い。

いつもそばにいてくれた、誰かの匂い。

「……私ね、お腹に、大きな傷があるの」

耳元で囁けば、琥珀はびくりと肩を揺らして反応する。しかし彼を捕まえたまま、少女は続けた。

「最初はね、この傷が嫌いだった。この傷のせいで、みんなに気味悪がられるから。みんなに嫌われるから。……だけど、途中で気づいたんだ」

「……」

「この傷が、私を守ってくれてる——って。この傷のおかげで、私は遊郭に売られなかった。変な相手と結婚させられることもなかった。みんながこの傷を嫌がるから。……きっと、この傷に、ずっと守られていたの」

愛おしげに腹の傷を撫で、少女は琥珀に寄り添う。

抱きしめる腕の中。琥珀は顔を覆う手の内側で表情を歪め、ことさら縮こまってしまう。

「……縁」

ややあって、掠れた声で紡がれた名前。琥珀は嗚咽をこらえながら、「縁」ともう一度その名を繰り返した。

——お前、自分の名がどういう字なのか知ってるか？

遠い記憶の中で、父が問う。顔の見えない父。だが、やがてその顔がぼんやりと脳裏に蘇り始めた。

『――は、はい。〝縁《えにし》〟という字を書いて、〝より〟と読みます。豪鬼丸様からいただいた字です』

『そうだ。〝えにし〟ってのは、簡単に言うと他者との繋がり。種族の違うお前が、この里で孤独を覚えなくていいように、鬼との縁を大事に繋ぎ止めていられるように。……俺は、お前にこの字を与えた』

そうだ、思い出した。

この名前は、鬼との繋がり。鬼との縁を大事に繋ぎ止めていられるようにと、名付けられた大事なもの。

あの夜に笑った父の顔が、脳裏で鮮明に蘇る。だが、父だけではない。

母の顔も、兄の顔も、自分が育った鬼の里も、旅籠屋も――これまで紡いできた愛しい思い出の糸が、記憶の枝葉に絡まって、途切れてしまっていた縁《えにし》を修復していく。

彼女は――縁《より》は、すべての記憶を取り戻して初めて、真に夢から目覚めたような心地になった。

長い、長い夢を見ていたのだと知る。本当に長くて、果てのない夢を。

彼女は柔く微笑み、こてんと琥珀の背中に額を預けた。

「……初めまして、泣き虫な鬼さん」

神様、どうかお願いします。

これがきっと、神様に祈る、最後のお願い事。


「――おうちに帰ろう」


優しく告げた瞬間、琥珀は振り返って縁の体を強く抱きしめた。以前より伸びた髪。広くなった背中。震える声が「縁……」と大事な名を紡ぎ、また、強く彼女を抱く。

「……いいのか……」

弱々しく、琥珀は問いかけた。

「お前の帰る家は、俺たちの家で、いいのか……?」

不安げな言葉。縁は目を細め、「ううん、違うよ」と彼の頬を掴む。

「あの家が、いいの」

「……っ」

「あの家に帰りたいの」

宣言し、縁は勢い任せに琥珀の唇を掠め取った。途端に琥珀の全身は強張り――刹那、ふたりは強烈な浮遊感に襲われる。

「……へ？」

硬直するふたり。今まで夜の山にいたはずなのに、東の空には山から顔を出す太陽が見えた。

その眩しい日差しを浴びた直後――彼らの体は、瞬く間に急降下する。

「う、わあああっ⁉」

――ドボン！

素っ頓狂な悲鳴をあげ、ふたりは冷たい池の中に落下した。突然の出来事に水の中の鯉は慌てふためき、蛙すら飛んで逃げ出してしまう。

縁はざぶりと水から顔を出し、琥珀と共に咽せ返る。ふと見上げた視線の先は、見慣れた懐かしい中庭だった。

「ここは……」

呟いた瞬間、先ほどの音を聞きつけたのか、騒がしい足音が響く。

「な、なんだあ⁉　泥棒か⁉」

寝ぼけた顔の黎雪が縁側に飛び出してきたのも、ほぼ同時だった。

「……兄様？」

池の鯉が逃げ惑う中央で、縁は水浸しのまま呼びかける。彼女と目が合った黎雪は「……は？」とたちまち硬直したが、ややあって信じられないとでも言いたげに、みるみるその目を見開いた。

「兄様、私です！　縁です！」

再び呼びかけて間もなく、彼は裸足のまま庭に飛び出す。そして、迷わず池の中の縁を抱き上げた。

「――縁っ!!」

「兄様っ！」

「お、おまっ、なんでここに……っ、ゆ、夢か……⁉　うっ、ううっ、俺、まだ夢見てんのか⁉」

瞳を潤ませ、涙声で問いかける黎雪。縁は満面の笑みで首を横に振り、「夢じゃないです！　帰ってきたのです！」と黎雪に抱きついた。

それとほぼ同時に、バリンッ！　と今度は陶器が割れる音が響く。

「！」

「…………縁？」

湯呑みを落として割り、呆然と立ち尽くしていたのは玖蘭だった。「女将様……」と縁が呼びかければ、彼女は沸々と頬を赤らめ、眉根を寄せながら大股で歩いてくる。

その表情が怒りに満ちているように見えて、縁はぎくりと狼狽《うろた》えた。

「縁ッ‼　あんた……！」

「ひい！」

力のこもった歩みに縁は震え上がった。

とてつもない怒号を覚悟し、反射的に逃げようとした彼女だった、が——ほどなくして縁を包み込んだのは、あたたかくて優しい、玖蘭の抱擁。

きょとんと目を丸めた縁を抱きしめ、玖蘭は震えて、力なく膝をつく。

「ぐすっ……このっ……この、大ばか者……！　黙っていなくなって……一言もなく、消えて……！　こっちが、ずっと、どれだけ心配してたか……っ」

「……お、女将様……」

「う、うっ、何よ……顔に傷ができてるじゃない……知らないうちに、髪も伸びて……う、ひっく」

玖蘭は泣きじゃくり、少しだけ成長した縁の顔に触れながら表情を歪めた。

それは、紛うことなき〝母〟の顔だ。

「もう、夢でもいい……夢でも、いいの……夢でも、幻でも、いいから……っ」

「……」

「一日、元気なあんたの顔が見られたらって……あたし、ずっと……」

言葉につっかえ、念願叶って再会した娘を、玖蘭はさらに強く腕の中に閉じ込めた。

「よかった」「本当によかった」と繰り返す彼女に抱きしめられながら、縁も瞳を潤ませ、おずおずと玖蘭に身を寄せる。

ああ、思い出した。これが母親なのだ。

母親の腕の中とは、こんなにも、あたたかいものだった。

「女将様……っ、う、ぐす、女将様ぁ～……」

「泣くんじゃないっ、うっ、うっ、泣くんじゃないよ縁、笑いなさいよぉ……」

「無理でずぅ～……」

互いに泣いて抱き合うふたり。そんな母子の様子を眺めて穏やかな笑みを浮かべ、琥珀もようやく池の中から出てくる。

直後、「やーっと帰ってきやがったか」と声が降り、琥珀は振り返った。

「……父上」

現れた豪鬼丸は目を細め、息子の頭を撫でる。

「待ちくたびれたぜ、ったくよぉ。お前って奴は、いつまで経っても縁を迎えに行かねーんだもんなあ。ちょくちょく様子は見に行ってたくせによ」

「……やはり、父上は何もかもお見通しでしたか」

「ったりめーだろ？　いつになったら攫ってくんのかって、そわそわして待ってたってのに」

「正直、俺には、どうするのが正解なのか分からなかったのです」

視線を落とし、琥珀は続けた。

これまでその目で見てきた、神の棲まう世のことを。

「生まれた場所に戻ることが縁の幸せだと思っていましたが、人間たちの仕打ちはひどいものだった。人間にとって、狐は神。そして鬼は悪です。……神に嫁入りさせたのに捨てられてしまったとされた縁は、災いをもたらす鬼憑きの忌み子として、人里での居場所など、ないに等しかった……」

「……ああ、人間の考えそうなことだったな」

「俺は、本当はすぐにでも縁を連れ戻したかった。しかし、もう縁は幽世のことを忘れている。……棲まうべき世が元々違う縁を、俺の独断で再びこちら側へ連れ去るなど、それこそ彼女から居場所を奪うことになりかねないと懸念していました」

琥珀は視線をもたげ、母と抱き合って泣く縁を見遣る。泣いているのに、その涙からは幸せが溢れていた。

「……でも、違った」

頬を緩め、穏やかに彼は告げる。

「縁が言ったのです。この家に帰りたいと。この家がいいのだと」

「ははっ、なるほど、縁らしい」

「そうですね。俺がアイツを侮っていました。縁は強かった。俺が迷って、いつまでもアイツを連れ出せずにいたというのに、アイツときたら、何の躊躇《ちゅうちょ》もなく俺の迷いを打ち消してしまったのですから」

「種族云々の前に、女ってのは強いからなァ」

くつくつと楽しげに笑い、豪鬼丸は琥珀を見下ろす。

「でも、お前なら必ずいつか迎えに行くと思ってたぜ。俺の教えを必ず守る子だからな、琥珀は」

ニッ、と口角を上げる父。琥珀も柔く微笑み、「ええ、そうですね」と頷いた。

「一生をかけて、嫁と家族を守り抜く——これが、我が家の家訓ですから」

琥珀は父の教えをまっすぐとなぞり、ひとつ間を置いて、すっと息を吸い込んだ。

「父上、母上」

改めて呼びかけ、前に出た琥珀。彼は濡れたまま地面に手と膝をつき、豪鬼丸と玖蘭に向かって頭を下げた。

「——娘さんを、俺にください」

覚悟を決めて、深々と。

正式にもらい受けるための宣言を、彼は続ける。

「もう幼い頃の口約束ではありません。必ず幸せにします。この先何があっても、俺が生涯をかけて、縁を守ります」

「……琥珀……」

「あなた方の娘と、一生を共にしたいのです」

頭を下げたまま言い切った彼を見つめ、縁は胸を震わせながら口元を押さえた。

豪鬼丸と玖蘭は互いに顔を見合わせ、小さく微笑む。

「……さて、どうする？　縁」

やがて愛娘へと答えを促せば、彼女もまた目尻に浮かんだ涙を拭い、琥珀の隣に駆け寄って地面に膝と手をついた。

「豪鬼丸様、女将様……いえ——父上。そして、母上」

「……うん」

「息子さんと、共に生きる許可をください」

琥珀の隣で、縁も深く頭を下げる。

「私は、何もできない娘です。爪も、牙も、立派なツノもありません。耳と尻尾すらもなくなってしまった、不束で不器量な娘です。……ですが——」

縁は顔を上げ、大切な家族の顔を順番に見つめた。

豪鬼丸。

玖蘭。

黎雪。

――そして、琥珀。

「私は、ここにいたいのです」

体に大きな傷をもらい、この御宿に拾われたあの日から。

今日という日を、ずっと夢に見てきた。

「この家の花嫁に、なりたいのです！」

一際大きく宣言し、再び縁は「お願いします」と改めて頭を下げる。

ざり、ざり、砂利を踏みしめて近づく足音。やがて大きな手のひらが、彼女の頭をくしゃりと撫でた。

父にこうして頭を撫でられるぬくもりも、ちゃんと、彼女は覚えている。

「んっとに……」

いささか涙交じりの声で、豪鬼丸は笑った。

「お前らには、ほんと、敵わねえな……」

玖蘭と黎雪も口角を上げ、各々が頬を緩める中、豪鬼丸は「よーし、分かった。お前が嫁にもらえ！　琥珀！」といつか聞いたような台詞をなぞる。

顔を上げた琥珀に微笑みかけた父は、自身の涙を拭ってしたり顔で彼に続けた。

「ほんと、妙なもん拾ってくんのはやっぱお前なんだよなあ？　琥珀よぉ」

「そうですね、父上。……しかし、悪いものを拾ったことはないでしょう？」

「ははっ、そうだな。違いねえ」

仲睦まじい親子の会話を背後で見守り、黎雪はがばりと琥珀と縁の肩を抱いた。

「さーて、結婚の挨拶も済んだことだし、家に入って宴《うたげ》でもしようぜ！　でもお前らずぶ濡れだし、先に風呂な！」

明るく笑った兄はふたりの背中をぽんと叩いて離れると、まだ座り込んで泣いている母に肩を貸す。

「ほら、ちゃんと歩けって。まだ泣いてんのかよお袋、泣き虫だなァ」

「うるっさいわね！」

言い合うふたりの後ろに豪鬼丸も続こうとして――ふと、彼は足を止めた。

「ああ、そうだ、縁。お前には言ってなかったが」

「？」

「先日、九尾の紫藤と少し話したんだ。どうやら勿嶺に囚われていた人間の女たちは、全員夢の中から解放されたらしい。人里に戻った女もいれば、そのまま勿嶺に残った女もいるってよ。よかったな」

「……え？　何のことですか？」

「あ、そっか、お前はそもそも何も知らねえのか！　いーや、何でもねえ。知らぬが仏、世は情けだ」

縁には不可解な言葉を紡ぎ、豪鬼丸は今度こそ旅籠屋の中へと戻っていく。過ごし慣れた、懐かしい敷地の中。愛しい家族が笑い合う声が聞こえて微笑んだ頃、喧騒が去った中庭には、鹿威《ししおど》しの音がカコンと響いた。

「……縁」

しばしの間を置き、呼びかけられた名前。一家と結ばれた大事な名前を紡がれ、振り返った縁の手を、琥珀はやんわりと握り取る。

前よりも高くなった背丈。美しい月色の瞳。

一層たくましくなった彼を見上げれば、こつり、額同士が優しく合わさった。

「生涯をかけて、俺がお前を幸せにすると誓うよ」

ツノも、牙も、爪もない。

狐の耳も、尻尾もない。

腹に愛しい傷のある、鬼の育てたひとりの娘は、

「――うん！　私も、琥珀とここでずっと一緒に生きるって、約束する！」

本日、消えない誓いの縁《えにし》を結び、鬼の御宿に、嫁入りしました。

会社帰りに迷子の子だぬきを助けた縁で、"隠り世"のあやかし狸塚永之丞と結婚したOLの千登世。彼の正体は絶対に秘密だけれど、優しく愛情深い旦那さまと、魅惑のふわふわもふもふな尻尾に癒される新婚生活は、想像以上に幸せいっぱい。ところがある日、「先輩からたぬきの匂いがぷんぷんするんです！」と、突然後輩から詰め寄られて!? あやかし×人——異種族新米夫婦の、ほっこり秘密の結婚譚！

◉定価：726円（10%税込） ◉ISBN:978-4-434-32627-1 ◉Illustration：早瀬ジュン

これは、孤独な少女が
龍の道士と幸せ夫婦になる物語——

後宮で生まれ育ち、一度も外に出たことがない孤独な公主・雪花《セッカ》。幼くして母を失った彼女は、先帝の娘でありながら後ろ盾をもたず、虐げられて生きてきた。そんなある日、雪花の兄・普剣《フケン》帝が彼女に降嫁を命じる。相手は龍の血を引く一族の末裔・焔蓮《ヤンレン》。国のため、特別な血筋を絶やさぬよう子を成すのが自らの役目——そう覚悟を決める雪花に、夫となったはずの蓮は意外な事実を告げる。それは、この婚姻は偽りで、雪花を後宮から救い出すためのものなのだ、ということで……？

◎定価：726円（10%税込み）　◎ISBN 978-4-434-31635-7　◉illustration:さくらもち

生贄の娘は、

鬼に愛され華ひらく

天涯孤独で養護施設で育った里穂《りほ》。ある日、名門・花菱《はなびし》家に養女として引き取られるも、そこで待っていたのは、周囲の皆から虐めを受ける過酷な日々だった。そして十七歳の誕生日、里穂はあやかしの「生贄」となるよう養父から告げられる。だが、絶望する里穂に、迎えに来たあやかしは告げた。里穂は「生贄」ではなく、あやかしの帝の「花嫁」になるのだと――

各定価:726円(10%税込)

イラスト：セカイメグル

妾腹の生まれのため義母から疎まれ、厳しい生活を強いられている莉珠《りじゅ》。なんとかこの状況から抜け出したいと考えた彼女は、後宮の宮女になるべく家を出ることに。ところがなんと宮女を飛び越して、皇帝の妃に選ばれてしまった!　そのうえ後宮には妖《あやかし》たちが驚くほどたくさんいて……

●各定価:726円(10%税込)　●Illustration:ボーダー

この作品に対する皆様のご意見・ご感想をお待ちしております。

おハガキ・お手紙は以下の宛先にお送りください。

【宛先】

〒150-6008 東京都渋谷区恵比寿 4-20-3 恵比寿ｶﾞｰﾃﾞﾝﾌﾟﾚｲｽﾀﾜｰ 8F
(株) アルファポリス　書籍感想係

メールフォームでのご意見・ご感想は右のＱＲコードから、
あるいは以下のワードで検索をかけてください。

アルファポリス　書籍の感想　検索

ご感想はこちらから

アルファポリス文庫

鬼《おに》の御《お》宿《やど》の嫁《よめ》入《い》り狐《ぎつね》

梅野小吹（うめのこぶき）

2023年 9月30日初版発行

編　集－佐藤晶深・芦田尚
編集長－太田鉄平
発行者－梶本雄介
発行所－株式会社アルファポリス
〒150-6008東京都渋谷区恵比寿4-20-3 恵比寿ｶﾞｰﾃﾞﾝﾌﾟﾚｲｽﾀﾜｰ8F
TEL 03-6277-1601（営業）　03-6277-1602（編集）
URL https://www.alphapolis.co.jp/
発売元－株式会社星雲社（共同出版社・流通責任出版社）
〒112-0005 東京都文京区水道1-3-30
TEL 03-3868-3275
装丁イラスト－月岡月穂
装丁デザイン－AFTERGLOW
印刷－中央精版印刷株式会社

価格はカバーに表示されてあります。

落丁乱丁の場合はアルファポリスまでご連絡ください。

送料は小社負担でお取り替えします。

©Kobuki Umeno 2023.Printed in Japan

ISBN978-4-434-32628-8 C0193